Alberto de Oliveira

Ilustrações
Alberto Camarero

Dados Internacionais de Catalogação na Publicação - CIP

O482 Oliveira, Alberto
       Socos na bailarina / Alberto Oliveira. - São Paulo: Desacato, 2024.
       356 p.

       ISBN 978-85-9571-202-7

       1. Literatura Brasileira. 2. Poesia. 3. Poemas. I. Título.

CDU 821.134.1(81)   CDD B869.1

Catalogação elaborada por Regina Simão Paulino - CRB 6/1154

Capa e ilustrações: **Alberto Camarero**
Diagramação: **Alberto Camarero**

Fotografia da capa:
Suzy King detida em campanha contra o trottoir, 1958
Arquivo Público do Estado de São Paulo

alberto1992oliveira@gmail.com

Para Alberto Camarero,
guardião da chave iniciática:
a palavra FAQUIREZA

Me gusta el sol y la mujer cuando llora,
las golondrinas y las malas señoras.
Me gusta el vino, tanto como las flores,
y los amantes, pero no los señores.
Me encanta ser amigo de los ladrones,
y las canciones en francés.

Facundo Cabral

*Aparecida,
a Bettie Page do Paissandú*

HÁ POESIA NA SOMBRA

Conheci Alberto de Oliveira em 2012 com seus recém completados vinte anos. Eu, vivendo em outra cidade, já sabia da sua existência como pesquisador, e o que era para ser um encontro de trocas de informações objetivas se mostrou algo bem mais amplo. Rompendo qualquer barreira pela nossa diferença etária, embarcávamos em papos intermináveis e, para mim, surpreendentes, pela extensão do seu precoce conhecimento, interesses em comum e um admirável imaginário poético. Nada era banal ou passava despercebido aos seus jovens olhos sempre brilhantes e inquisidores. Apaixonado especialmente pelo ambiente musical brasileiro das primeiras décadas do século XX, discorria sobre fatos, nomes e datas com rigorosa precisão e muito, muito mais. Nascido em tempos de Internet, circulava ali como no antigo quintal da sua casa, onde aos oito anos de idade, em cima de uma bicicletinha, cantarolava a boemia de Nelson Gonçalves. No ambiente televisivo em que a grade infantil propunha tantos personagens heroicos ou fofos, ele se impactou e, claro, devotou sua preferência à Cuca - uma bruxa feia e má, personagem vilã da reprise da vez do Sítio do Picapau Amarelo. Aos pais e professores sempre atônitos, só cabia observar e zelar pela integridade física, uma vez que a cabeça da criança só se interessava pelo avesso do que seria o adequado ao mundo infantil. Em uma obra, o antagonismo é o elemento que cria o drama, o conflito, a polaridade e embora seus representantes sempre percam no final, é ele que dá sustentação e tempero à trama. À sombra é dada a função de projetar a luz nos protagonistas e segurar até o final a atenção do espectador. Enquanto a luz, pela própria condição, brilha, aparece e encanta fácil, a sombra trabalha duro para sustentá-la e aguentar o peso da realidade por trás da fantasia.

Quando comecei a entender o terreno em que pisava, e que nossas conversas fluíam sem censura entre a realidade e o imaginário de cada um, como quem testa algo novo, fui aos poucos expondo minha cartela de dívidas e dúvidas históricas e pessoais. Após ele me contar da sua paixão por uma desconhecida através de uma foto craquelada em um túmulo abandonado, entendi que havia algo em comum em nosso olhar, um forte encantamento pelo dito "bizarro", elemento sempre presente em nossas lendas pessoais. Isso soou como um sinal verde para mim. Se encantar com as sobrancelhas desenhadas de uma morta e isso promover uma busca pela sua história real em documentos oficiais e testemunhos de parentes distantes... é algo a se pensar. Perseguir e levar a sério um desejo desse porte é entender que tudo vale a pena e atender a si pode ser tão inusitado quanto prazeroso. A cabeça de um poeta é um vasto mundo, como já disseram.

Na minha vez, apresentei a ele uma experiência de infância quando visitei uma faquireza em jejum, dentro de uma urna de vidro, deitada em pregos e cercada de serpentes. Momento de arrebatamento que não só nunca esqueci como persisti na busca daquela mulher por mais de cinquenta anos. No momento em que eu contei a ele, claramente algo se abriu e a partir daí fizemos carreira, não só encontrando a minha faquireza ainda viva, como aprofundando a busca e trazendo à luz através de um livro a história do faquirismo brasileiro, uma das inúmeras vítimas do apagamento histórico que o Brasil cultua com tanta competência.

Formalizamos uma dupla - Os Albertos, claro. Dois Albertos, aquarianos de signo solar e um mesmo ascendente.

O faquirismo se situa no panteão dos espetáculos populares, chamados por alguns de baixa cultura. São expressões que geram emoções sem pudores e vernizes - emoções baratas. Promovem repugnância, medo, riso nervoso, arrepio na espinha - o espanto. A fome e as condições cruéis do faquir fazem parte da performance. Seguindo por aí, temos uma listagem de atrações, como os ilusionistas dos parques de diversões com suas cabeças-falantes, as Mongas, os adivinhos, os enterrados-vivos, os gabinetes dos horrores. Essas manifestações povoaram o país por muitas décadas e, se percorrermos as regiões mais distantes, ainda podemos encontrar resquícios dessa arte em circos pobres que não sucumbiram às atrações da TV. Em tempos de IA, esses artistas ainda fascinam as multidões. Que mistério é esse?

O dia a dia numa cidade como São Paulo também tem suas peculiaridades. Morador do coração da metrópole, nosso autor assiste de sua janela o desfile frenético de uma cidade de extremos. O centro é pródigo em personagens e a cada dia a sua população de rua cresce mais. O que foi a Cinelândia de outrora parece ter deixado como herança seus personagens, saídos das telas cinematográficas.

Voltando aos princípios do século XX, nos cabarés e teatros, os espetáculos de variedades trouxeram cantores e dançarinos, que, mesclados com atrações de circo, criaram uma estética própria. E por isso acontecer em ambientes mais restritos, introduziram inevitavelmente o erotismo. Elemento central de muitas apresentações, criou um cabedal de astros e principalmente estrelas. Uma gama de beldades que fizeram fama e dinheiro. Da simples malícia inicial ao striptease mais avançado, foi só uma questão de tempo, atrevimento pessoal e liberação policial. Considerando a inerente instabilidade desse campo de trabalho, o palco quase sempre se mistura com a vida pessoal desses artistas. Fama, beleza, talento e juventude são efêmeros. A transgressão à moral conservadora sempre teve um alto custo. Os dramas de cada um, intensificados pela escassez, pela solidão e pela sordidez do meio, borram muitas vezes as fronteiras da lei, promovendo a sobrevivência a qualquer custo.

Um olhar poético sem tabus pressente a beleza incomensurável da existência humana, o mistério intrínseco nesse subsistir marginal, e admira as inúmeras possibilidades absurdas e criativas possíveis ao homem. O encantamento adormecido em cada um, mesmo na fragilidade do infortúnio, pode misturar o místico com o erótico, a dor com o êxtase, os estados profundos da alma com os alterados pela química das drogas. Aqui, o poeta fascinado por essa estética capta a magia existente nas várias camadas desse território minado e prova que existe vida pulsante, amor, beleza e muita poesia no mundo da sombra.

Alberto Camarero
março de 2024

LA TABOO

Aranhas
na indústria pornográfica burlesca
dos Estados Unidos da América.
Danças perigosas. Bailados venenosos.
Se a aranha morder a exotic dancer, o show acaba.
Quem vai convencer os homens
a continuarem bebendo depois disso?

JULIETA DORÉ

Danças exóticas me orientam.
Vielas de corpos envoltos em serpentes e outros panos orientais.
Nesse plano, o cálculo da rota certa ao que interessa,
não importa em que tempo esteja.
Somente a bailarina de cabaré aponta a trilha a seguir.
As sapatilhas deixaram marcas
que não quero apagar. Luto para preservar.

Ácido no decote.
Vitríolo.
Vitríolo.

Mulheres que fizeram comércio do próprio corpo em ruas escuras
de paralelepípedos,
nas casas velhas e decadentes
nas quais a polícia sabia que se vendiam corpos
e havia, nos dias de maior lucro,
o consumo de cocaína.
A decaída cheira cocaína.

Vitríolo na cara das inimigas!

Os endereços de Julieta Doré não existem mais.

ÚLTIMO FUNK DE SARA SEVILHA

As tatuagens de Sara Sevilha
reluzem menos que seus cabelos
batendo na bunda enquanto dança um funk
na Avenida São João de 2024.
Dos ombros para baixo, cabelos louros.
Quase quatro horas da manhã
e os bares clandestinos estão abertos
e não se importam em chamar atenção,
tocando música alta
e reunindo muita gente espalhada pelo calçadão.
A polícia não se importa
com quem mora nos três prédios residenciais
desse lado do quarteirão, inteiro tombado
patrimônio histórico,
e a festa alcança o dia claro,
quando os últimos boêmios dessa nova geração
vão sumindo aos poucos,
retornando aos bairros periféricos
e talvez a cidades do interior.
A Sara Sevilha que vi nessa noite
passou muito tempo fumando sentada no chão.
Vestia um top e uma saia longa
de um rosa roxo fantasista.
Da janela do meu terceiro andar,
eu não ouvia sua voz nem seus cantos,
mas pude vislumbrar seus requebrados,
sua desfaçatez, sua diversão.
Ela nem sonha que há mais de cem anos,
outra Sara Sevilha
se entregava aos homens em danças excêntricas
e outras perdições
nos teatros, cabarés, cassinos e pensões de artistas
do Largo do Paissandú, da Dom José de Barros, do Anhangabaú.
Aquela Sara Sevilha também não era feliz.
Nas festas de São João Batista em Tavarede,
lá para além do mar,
era a Salomé das crianças e dos cristãos,
bailando diante de todos com a cabeça do santo na bandeja,
ímpia e pagã.
Falta a cabeça de um santo
no funk da Salomé da Avenida São João.

O REI DO SAMBA (1952)

Tango "Estação da Luz", Nelson Gonçalves.
Cinira de cabelos vermelhos e rosto pintado de branco,
sobrancelhas desenhadas finas e altas,
avermelhadas.
Noite parecendo meia-noite.
Cruza com Valéria sem maquiagem, casaco enorme e peludo,
cabelos brancos presos num rabo de cavalo.
Os olhos se cruzam.
Detalhe nas bocas lascivas. Salivam. Se aproximam. Se tocam.
Esboçam um tango lento feito fosse um butô.
Closes nos rostos, nos gestos.
Na dança, com um lenço branco, Valéria limpa o rosto de Cinira.
As duas estão na Estação da Luz
e há transeuntes que param para olhar.
Cinira canta algo improvisado e sacro. Valéria parte
em direção ao Parque da Luz.
No Museu, Maura olha o corpo de Luz del Fuego
modelado por Flory Gama sobre as costas de um fauno.
Flashes de Felícitas no "Rei do Samba".
Tudo acontece dentro de uma lâmpada que Cinira observa da cama,
febril, num quarto de hotel em frente à Estação da Luz.
Cinira se masturba. Na lâmpada, Maura, Luz e o fauno. A luz se apaga.
Corta para Bruno, o partner de Felícitas, velho e desmemoriado.

AQUELA GAROTA DO CORO NO ABACAXI AZUL

Aquela garota do coro no Abacaxi Azul
morava num quarto na Rua do Núncio
e trabalhava pra Anita. Lá recebia gente importante:
oficiais, comandantes, marinheiros também,
homens do centro, homens do povo, homens da gaita,
homens de sax, trombone e pistão. Ela liderava a marcha alegre
e, de certo modo, ficou muito conhecida.

Aquela garota do coro no Abacaxi Azul,
se ganhava um vestido, ia exibir nos cassinos;
se ganhava cigarro importado, ia vender pelos bares.
Era preciso sobreviver
e esse negócio de canto e bailado não dava mais.
Era preciso comer.
E esse negócio de dar metade pra Anita já era demais.
De qualquer jeito, era preciso vencer.

Aquela garota do coro no Abacaxi Azul
não vendia sorrisos nem simpatias.
Aceitava oferendas e uísque, se fosse do bom.
Cantava desajeitada e meio fora do tom, mas era mulher honesta.
Fazia negócio com o que tinha e não prometia mais do que podia dar.
Apesar disso, na cidade, a gente sabia: sonhar com o que não teria
ainda era seu mal.

PRÍNCIPE LEK DE NAGLOWSKA

Não entendia os olhos de uma jiboia
nem podia vê-los através das fotografias.
Confundia algumas manchas com possíveis olhos,
que davam às jiboias ares de pajé pintado
ou bicha um pouco pérfida, sorrindo maliciosamente com o olhar.
Mesmo quando o contato direto com uma cobra
passou a ser diário, demorei muito para entender
seus olhos.
Esquecia de prestar atenção ou talvez não quisesse vê-los.
Nunca evitei olhar nos olhos de alguém,
mas raramente enxergo de fato outros olhos.
Só sei de memória quem tem os olhos verdes.
E sei que Carlos tem os olhos azuis.
Enxerguei os olhos de Carlos
desde a primeira vez que o vi, há dez anos.
Mas faz poucos dias que me ocorreu
que os mesmos olhos de Carlos que me olham já olharam ela.
Aí me deu vontade de vê-la retida nos olhos dele.
E também deu vontade que no passado, ela me visse no futuro
retido nos olhos dele.
Acho que Carlos nunca me enxergou de verdade,
pois pensa que tenho a idade dele.
Ou será que só ele me enxerga de verdade?

DEMÔNIO DA ALEGRIA

Sonhei que uma lira tocava plangente.
Tocando, ela bulia com a paixão da gente.
O coração mexia,
parece que sentia
que um pierrô risonho
brincava com meu sonho.
Amar não me doía
na febril fantasia
e eu que sou tristonho,
me fiz viril demônio;
e eu que sou bisonho,
me dei a um rir medonho.

Assim o pesadelo rouba o dia
de quem trocou o sono pela orgia
e neste Carnaval ensandecido,
eu quero despertar, mas não consigo.
O pierrô do sonho quer minha alma,
brincar de ser demônio me acalma,
a lira ainda toca ao sol alto,
no eclipse em que a lua é o arauto.
Agora faz-de-conta é madrugada,
o álcool faz despir-se a mascarada,
e a lira que ela toca é uma serpente,
que ata em minha vida esta corrente.

O fim do meu sonho se anuncia
no gargalhar divino do pierrô.
Ainda posso ver que à fantasia,
desbota aos poucos o seu tom bordô.
Despeço do demônio da alegria,
vestindo a tristeza que sou eu,
rindo num resto torpe de euforia,
como se desse adeus a Deus um ateu.
E feito fosse uma boa troca,
eu deixo o sono pelo despertar,
no qual a mesma lira que me toca
me acorda alucinado a delirar.

QUADROS DE BAS-FOND

Ainda não fiz amigas entre as companheiras de labuta
que reencontro de domingo a domingo
entre as mesas e cadeiras do bar, rindo alto
e esbanjando trejeitos escandalosos
para chamarem mais atenção umas do que as outras,
num competir constante e tão indiscreto
que pareceria incompreensível para quem chegasse lá de supetão
sem estar acostumado com esses quadros de bas-fond.
Eu me acostumei a tais quadros quando ainda trabalhava em teatro,
bem antes do dia em que me percebi
de corpo e alma presos num desses ambientes.
Foi aos poucos que troquei o meio exclusivamente teatral
pelas pocilgas da vida noturna.
Subi num palco pela primeira vez graças à intervenção
da colega Berlinda Thomas, sensacional escritora
que publicou uns poucos livros e assinou os textos
de meia dúzia de espetáculos de teatro ligeiro
sob o pseudônimo de B. Thomas,
na intenção óbvia de que pensassem se tratar de um homem.
Tempos difíceis para uma mulher que escrevia!
Thomas me viu caminhando sozinha pela Rua do Ouvidor,
quase adolescente ainda, cabelos soltos
e nenhum juízo na cabeça. Enlouqueceu comigo
e se apresentou como empresária teatral.
Recordo detalhes de nossa conversa.
"Eu não sabia que existiam mulheres nesse ramo...".
"E não há, minha pequena. Mas eu não sou bem uma mulher...".
Inocente, não desconfiei de nada.
Era o início de nossa estranha amizade,
tão esquisita para mim, que nunca sonhara
que "aquilo" também existia.
Nas peças de teatro ligeiro escritas por Thomas,
não faltavam quadros de bas-fond como esses reais
dos quais participo na minha vida atual.
Amiga de decaídas e assídua frequentadora de cabarés,
ela sabia teatralizar as cenas que presenciava nesses locais
como ninguém.
Primeiro como corista e logo em papéis maiores, com falas,
eu ia me habituando àquele meio representado ali quase sem notar.
Não vale a pena comentar agora como terminou

minha história com Thomas. O que importa é que
minha atuação como artista não teve fim
juntamente com a nossa "amizade".
Com o pouco que recebia nos teatros,
logo vi que precisaria de uns extras.
Partiu de um bailarino do Municipal,
de quem me tornei confidente inseparável,
a ideia de apresentarmos números de bailado e canto em dupla
em casas de diversões noturnas. Foi assim que comecei
a mergulhar de fato no mundo das infelizes.
De toda a degradação que eu ia testemunhando
ao redor de cada novo palco em que nos exibíamos,
nada me espantava nem causava temor. Ingênua,
julgava não haver novidade nem diferença entre aquilo
e os quadros teatrais das peças de Thomas.
Sempre sem perceber, eu ia chafurdando em ambientes
cada vez mais baixos.
Quanto mais baixo o ambiente, mais altos e intensos
eram os aplausos dos bêbados e das meretrizes.
Inebriada pelo que me parecia a glória, eu ia ficando,
certa de que me tornara uma célebre artista.
Atriz de bas-fond - riam de mim, sem que eu soubesse,
os mais espertos e maliciosos.
Entre essa época e os dias atuais, nem sei quantos anos se passaram.
Quarenta, talvez. Mas às vezes, observando distraidamente
as companheiras das mesas vizinhas,
não posso deixar de me lembrar dos textos de Thomas.
Tomada por um sentimento surreal, me pergunto então
se tudo isso não passa de mais uma daquelas encenações.
Será que fiquei detida para sempre numa peça escrita por Thomas?
E se eu contasse para uma das mulheres do bar
que penso que nós todas somos personagens presas
num quadro teatral, imóveis e tristes como um pássaro numa gaiola?
Ou talvez eu devesse dividir essas divagações
com o dono do bar, bebendo alguma coisa debruçada sobre o balcão,
com olhos de louca e entregue à sua incompreensão.
Melhor não. Estaria representando mal a farsa de todas nós,
essa farsa que Thomas criou para eu brilhar.
Para ela, não bastava que eu fosse bonita à luz do dia.
Thomas queria me ver bonita à luz artificial dos teatros.
"Para que todos te reconheçam.", ela dizia.
"Lá fora?".

"É.".
"Mas uso tanta maquiagem no palco
que ninguém vai me reconhecer na rua, ao natural…".
"Por isso mesmo é que vais passar
a usar maquiagem igual durante o dia.".
"Vão pensar que sou uma vagabunda…".
"És uma vagabunda.".
Sempre que me chamava de palavras como essa,
Thomas me espancava, nervosa e sem explicações.
Eu achava que era normal, pensava que gente de teatro
tivesse esse temperamento e ponto.
O jeito era ficar quietinha e esperar que minha tutora se acalmasse.
Mais tarde, se arrependia, me enchia de beijos
e prometia um papel mais importante na próxima peça.
"Tu ainda serás a maior estrela do nosso teatro ligeiro!", garantia.
Sentada à mesa do bar dos marítimos, bem que me sinto uma estrela.
Dessas bem exóticas, que andam com bicho a tiracolo
e namoram muitos homens. Faço isso
e mais uma porção de coisas de estrelas.
Outro dia, risquei uma estrela com meu nome dentro
na porta do quarto 14, no meu hotelzico na Rua da Gamboa,
para fazer de conta que é camarim.
O proprietário do hotel ralhou comigo,
que eu tinha estragado a porta, ia ter que pagar,
e uma porção de bobagens.
"Não se trata assim uma vedete!", protestei.
"Pois vá riscar estrela na porta do bar.", retrucou,
"Lá és vedete mesmo… Uma puta vedete!".
Ordinário! Nem respondi. Saí fula da vida,
cuspindo fogo pelas ventas e uma porção de palavrões
bem feios que chegavam a queimar as orelhas
de quem estava passando na rua.
Palavrões em vários idiomas, porque sou cosmopolita.
Quando botei um anúncio num jornal
oferecendo meus serviços em aulas particulares de línguas,
um conhecido viu e fez troça:
"Deixe-me adivinhar!
Vais ser professora só de palavras chulas,
que é o que conheces bem… Acertei?".
Mandei que fosse… Bem, não preciso dizer.
É que sou estrangeira, venho de terras frias,
e o calor tropical desse Rio de Janeiro

faz meu sangue esquentar, para o bem e para o mal.
Desde que cheguei no Brasil, esse calor me dominou.
Meu corpo quente fica mais lascivo - o que é proveitoso
para o meu trabalho - mas também mais irritado.
Calorenta, já atirei nuns homens que me aborreceram.
Sem arrependimentos.
Pena mesmo eu sinto é de que não tinha uma arma
no tempo em que convivi com Thomas. Aquele tiro,
se eu pudesse ter dado, tenho certeza que não ia errar
nem dar no lugar errado.
Seria certeiro, pontual, decidido.
Porque ela merecia e eu tinha motivos de sobra.

AGULHAS EM COLOSSAIS PALHEIROS

I

Procuro agulhas em colossais palheiros.
A busca apenas me distrai ou pretendo algo mais?
Nos rostos vulgares de inúmeras mulheres,
encontro seus traços singulares.
Mulheres fotografadas em milhões, bilhões, de imagens impressas.
Fragmentos... Pastiches de fragmentos... Pastiches dela.
E os palheiros me atraem com seus cantos de sereias.
E as horas se perdem entre a palha indistinta
e palhas que parecem agulhas.
Palhas disfarçadas de agulhas não servem para a minha costura.
Afinal, o que mais desejo costurar com tanta agulha?

II

Procurar pelos restos dela, que foi cremada e cujas cinzas se perderam
- tarefa insana ou heroica? O herói louco que atravessa madrugadas
buscando o que sobrou de sua própria heroína louca...
Que sentido deu à sua vida? À dele, à dela... Às suas.
Quase em segredo, obstinado, tal herói louco se veste de esperança
a cada dia. Se julga capaz de encontrar aquilo que decretou ser tesouro.
O coração vibra nervoso. Medo de não achar. Quase medo de achar.
E ainda a vida por viver e tanto trabalho por fazer...
Um desejo sincero deve ser atendido. Merece.

III

Como pedaços de uma lenda perdida, da qual só sobraram
pequenos trechos no inconsciente coletivo de uma nação,
ressurgem registros da tua vida inadequada,
tentando adequar-se a um tempo muito além do teu.
Se o teu filho não estivesse vivo neste ano de 2023,
você estaria ainda mais distante e perdida,
lenda oculta na escuridão dos anos que passam.
Mas o teu filho está vivo, a tua canção continua pairando no ar.
Eu sigo sempre teu devoto, apaixonado, movido por
um amor incondicional baseado em admiração, adoração, projeção.
O que hei de encontrar
em meio à imensidão dos teus raros fragmentos?

AS FOTOS PREGADAS NA VITRINE DA LOJA

Incenso.
Defumador de Umbanda para a faquireza,
e as cobras a incensá-la
num transe sem algazarra.

As fotos pregadas na vitrine da loja
servem de inspiração,
à madrugada,
para porras homéricas
de tarados boêmios
que nelas deixam suas marcas.

As fotos pregadas na vitrine da loja,
manchadas,
parecem páginas usadas
de livros pornográficos.

A faquireza, indiferente,
não sonha com sexo
quando adormece.
Seus sonhos encerram restos de gemidos
das canções sentimentais
que tocam dia e noite, noite e dia,
na galeria,
atraindo o público.

Seus sonhos encerram
o medo de ceder à fome
e quebrar a dieta.

BAILADO DE DOMINAÇÃO

Sugeri às serpentes que não me amassem,
pois eu era a sua domadora e a nossa dança no palco
devia ser um bailado de dominação.

Quando as cobras amam a mulher que as encanta,
denunciam tal amor em sua submissão.

Mas a dança com ofídios tem que ser mais como uma luta;
ou melhor: começa como um duelo e termina como o sexo.

Na parte final do meu número principal,
eu fazia sexo com as cobras.
Não de fato, é claro.
Simulava.

Não se tratava de fazer amor com as serpentes.
Eu, claramente, as usava,
como se fossem minhas escravas sexuais.

Nesse ato, se elas me amassem,
colocariam tudo a perder:
o que havia de artístico naquele número
que muitos consideravam vulgar e degenerado.

A mulher que trepa com as cobras tem que ser sua inimiga.

Inimiga das serpentes, dos homens e das outras mulheres,
eu mesma decidia ficar ainda mais sozinha e marginal.

Se, assim como os répteis,
as pessoas também não me amassem,
eu preservaria o que havia de mais artístico em mim,
igualmente considerada vulgar e degenerada.

POR NENHUM DESATINO

A loucura, essa velha dançarina das cobras,
pelo menos – e é certo que é ela – me deixou alguma esperança
para crer que ainda devo escrever e desenhar e pintar
e criar – se não flamingos – alguns cadernos com flamingos na capa.

Na bolha em que vivo – e nem me importo se vivo
enclausurado numa bolha -
há coplas e sobrancelhas desenhadas;
de madrugada, me lembro que cigarros me deixam enjoado
e marijuana não faz diferença nenhuma;
por incrível que pareça, de madrugada estou sóbrio e
tenho esperança:
de que possa viver assim, numa eterna madrugada;
desde que me deixem a madrugada, creio que posso sobreviver
por mais um tempo.

A loucura, essa velha dançarina das cobras,
tem dia que chega com uns jacarés;
pacotinho de amendoim salgado seguro numa das mãos,
entre unhas compridas – claro – vermelhas e dois dedos que tentam
segurar um cigarro; a loucura me canta antigas canções de ausência
e não se importa se estou deprimido; ela me diz:
"Eu também já estive nesse lugar; é confortável,
mas não vai te levar a lugar nenhum.",
e ela canta; nunca foi feliz, mas já não é mais triste.

Na bolha, eu converso com ela;
a loucura me conta que eu já fui ela...
Porém, não posso mais ser,
porque nessa vida, nasci esperança.

Eu sou a esperança de que dessa vez,
por nenhum desatino,
o Caminho não se desvie da Luz.

Em troca, eu posso continuar na bolha.

A VOLTA DO BOÊMIO

I

A onda me arrasta mar adentro e depois me cospe fora
para que eu vá beber no bar, marinheiro boêmio
- ela não me quer sóbrio!

II

Se um copo de algo me faz mais feliz
e o movimento da mão entre a mesa e a boca
me deixa contente, assim como encher o copo vazio
na pausa que há entre um riso e um suspiro;
se um copo ou dois copos entre eu e alguém
me faz ter vontade de falar ou ouvir
e é tão mais fácil olhar nos olhos
depois de encarar um fundo de copo;
se uns copos de algo me fazem dormir,
mas antes eu canto, discuto, me animo,
e basta mais dois ou três copos e eu fico bem
- passional como eu gosto, amigo e sincero;
se basta esse copo de algo, por que recusar e fingir que não gosto tanto
de um copo, dois copos, três copos bem cheios?
Muitos copos de algo, muitos copos de álcool...

III

Atravessei o domingo inteiro tendo a ressaca como companheira;
nenhum arrependimento nem abalo moral;
apenas a ressaca em todo seu esplendor.

No sábado, não bebi para superar alguma timidez
nem por qualquer insegurança - bebi porque gosto.

Aprendi a amar o vinho, a cachaça – o álcool, enfim -
como amo o corpo de um homem.

Se fico mais alegre, disponível e canto melhor alcoolizado,
isso apenas faz parte do pacote; a melhor versão de mim é bêbada.

Quem nunca me viu embriagado
não me conhece.

LUXÚRIA VELHA

Eis a luxúria velha,
porque somente nos velhos reside a luxúria.

Em mim velho, reside uma porção de coisas
que gosto em mim.

Não tenho inveja de nenhum broto.

Perder a velhice foi meu grande trauma
da reencarnação;
desta reencarnação.

Reencarnar e ter um corpo sem pelos brancos!

Eis, talvez, o que procuro:
meus pelos brancos perdidos;
estou sempre procurando
nas velhas canções
e no cheiro dos homens velhos,
em suas peles,
em seus cabelos,
e nas tipas velhas
com sobrancelhas marcadas/marcantes
e fora de época.

Essa busca é que me guia
e só ela me importa.

Vivo em busca do velho.

Aquele dançarino de tango
que não ouso sonhar ser,
se pudesse ter tido, bastaria,
numa vida passada,
dançando diante de mim
e depois nos meus braços,
isso depois do tango sentimental
e dos aplausos...
Aqueles aplausos que não ouso sonhar receber
depois de ter dançado um tango
diante da pequena plateia de um pobre cabaré.

Aquele dançarino de tango,
cuja imagem está gravada
onde em mim ouso sim pisar,
mas não posso... Ou não devo?

Sonhar com o dançarino de tango,
de rosto que a memória apagou,
mesmo visto tantas vezes,
é o que ouso, isso é tudo,
sobre um dançarino de tango possível:
sonhar... Mas numa vida passada!
Eu talvez mulher,
talvez homem,
talvez não sei... Nos braços do tal
dançarino de tango.

No caminho, eis a pedra
a me dizer talvez
e os moinhos, em movimento,
tudo aquilo que não para de correr.

Miro o reflexo;
ouço as vozes,
sempre a me dizer talvez.

Para tais vozes, não há às vezes
nem metades – mas há talvez.

Oração.

E os sistemas que nunca se completam,
mas se repetem.

Será mais fácil eu ficar louco
do que compreender as mensagens dos espíritos?

Na nossa casa, o muro alto esconde,
na certa,
nossos desatinos que explodem pelo quintal.

Já não necessito mais escrever?
A minha única necessidade real,
urgente e impossível de conter

ou adiar,
é buscar pelos restos dela,
buscá-la,
retê-la na Terra.

Mesmo escrever se tornou mera ferramenta
para tentar encontrá-la.

A quem quero enganar?
Eu só quero falar dela,
ouvir falar dela;
quero ela.

Fui traçando a minha sina
em cada vez que o meu caminho
deu na boemia.

O chamado da boemia,
quando é muito forte,
já se ouve desde a infância.

O menino ainda é pequeno
e já brinca que bebe, que fuma,
brinca de cantar seresta,
brinca de tocar violão;
faz poesia até sem saber…
Tem nostalgia, paixão.

É a boemia chamando, é a boemia traçando seu destino,
é a boemia lhe marcando.

Comigo, foi assim que se deu.

Numa madrugada quente, estavam todos acordados…
E descobri que a madrugada era melhor do que o dia;
quis estar sempre acordado
numa eterna madrugada de verão.

Virar muitas noites bebendo
é a sina que pretendo cumprir.

Amigo da noite e dos balcões para me debruçar, me espalhar,
infelizmente não confio no próximo.

Fumo esporadicamente.

Bebo diariamente.

Resolvi assumir o personagem alcoólatra;
melhor me tornar mito do que sobreviver.

Mais de dez anos se passaram
e sempre que não estou feliz, fico angustiado.

Mesmo feliz, fico angustiado.

Não sei que gosto a angústia tem
em ser minha companheira:
me parece mais uma questão de mau gosto!

Se uma tristeza esvazia meu copo, tanto faz;
com certeza é menor que essa outra que o enche mais!
O vazio do meu copo é pior
que o vazio da minha alma, que se apraz
em saber que vai se arrepender por beber demais...

Talvez esta seja a segunda encarnação
na qual não estou priorizando
trabalhar meu karma com a família em cujo seio nasci,
preferindo ganhar o mundo
e trabalhar meu karma com "estranhos".

Mas nesta vida atual, a família foi base importante
e continua sendo referência.

A família imbuiu em mim o cordeirinho cristão que ainda sou
e me ensinou o amor.

Sobre essa base de Amor,
vou construindo meu caminho e as minhas relações.

Acho que com a família desta vida,
o meu karma era mais de aprendizado
do que de viver coisas juntos.

Há uma distância natural entre nós,

uma ligação amorosa
e essa base, essa referência, esse aprendizado.

As contas a serem acertadas
não são com os membros da minha família.

Que bom existir essa relação familiar
sem grandes conflitos!

Com ela, tenho todas as questões
e todos os conflitos do mundo
em aberto...

RUA DA GAMBOA, 129

Tenho sido vista nos locais em que se reúnem
os vagabundos de toda espécie,
comendo pão em promiscuidade com pedintes e alcoólatras.
Carrego comigo uma gaiola na qual envelhece cansado e preso
um papagaio de penas molhadas pela umidez do meu quarto
num hotelzinho na Rua da Gamboa.
Lá no 14 é a minha residência atual.
Um único baú preserva o que restou daquelas dez malas ou mais
que necessitavam de carregadores para guardá-las
quando eu viajava pelo mar.
Num navio, certa vez, a bagagem era tanta
e havia apenas um homenzinho
fazendo o serviço, irritado comigo pelo peso e pela quantidade.
Acho que foi maldição dele a redução drástica das minhas posses.
Maruja é o nome do papagaio, que não sei se é macho ou fêmea
e para mim tanto faz. Maruja porque conheci num bar do porto
uma bicha tatuada que usava esse nome. Maruja Dallas.
Dallas porque sonhava com Dallas
sem nunca ter visto uma foto da cidade
e sem saber direito o que tinha por lá.
Quando batizei meu papagaio, me lembrei de Maruja Dallas,
mas não quis usar o Dallas para não passar para o bichinho
o peso todo daquele cara bexiguento que raspava as sobrancelhas
e pintava os olhos de preto.
Era feio Maruja Dallas, mas deixava a cara branca dum pó qualquer
e tinha modos de dama que, com doçura, compensavam sua feiúra.
Carregando a gaiola do meu papagaio,
cheguei nesse quarto quase por acaso.
Atraída por um bar da esquina onde bebem os marítimos
- gente essa que bebe a ponto de perder os sentidos e embaçar a visão,
de forma que me veem mais bela
e pagam melhor pela minha companhia -
decidi parar nessa rua após ter sido despejada de um outro quartico,
num outro hotelzico.
"Durmo por aqui mesmo e vou lá no bar trabalhar.", pensei.
O dono do estabelecimento, um português,
não demorou a perceber minhas intenções
mais econômicas do que libidinosas.
Eu não era a primeira mulher que resolvia bater ponto ali
e ele não cobrava taxa nem imposto de nenhuma delas.
Apenas pedia que comprassem algo, diariamente.

Um trago, um maço de cigarros, um doce.
Ele precisava delas - e agora de mim - para que os marítimos
tivessem estímulo para ficar mais tempo no bar,
gastando cada centavo que ganhavam no porto.
O papagaio Maruja, de início, aborreceu o português.
Sua gaiola cheira a mijo e fezes.
Mas Maruja é uma ave educada, apesar da sujeira de sua casica.
Não conta piadas nem canta nem fala muito.
Logo caiu no esquecimento do senhor,
que só lembra de sua existência
quando eu chego ou saio com a gaiola na mão.
Quanto aos meninos do mar, já estão acostumados com mau cheiro.
Não é a gaiolica de um papagaio que se tornaria motivo
para que se incomodassem
depois de passar dias entre homens suados,
muitos deles avessos ao banho e a qualquer tipo de higiene pessoal.
O papagaio Maruja me faz companhia sem parecer presente
e me protege dos homens sem nem poder sair de sua gaiola.
É o homem que jamais me abandona - ou a mulher, não importa.
Porque não é homem nem mulher, é bicho.
Exibindo sua gaiola por onde vou,
a solidão nem ousa se aproximar de mim.

PISTA DE POUSO

Não bebi ontem.
Não bebi porque não tinha companhia – e a porta estava fechada.
Embora exótico, carreguei pelas ruas embalagens de doces...
Como se pudessem satisfazer-me!
No máximo, aumentam os meus receios... E saciam
– por pouco tempo – urgências incômodas.
O álcool preenche; quando há companhia...
Álcool sem parceria, vida social sem álcool...
Coisas que nem deviam existir!
Finjo que estou equilibrado e ainda não me sento à mesa
com os bebuns e alguns eguns.
Volto para o apartamento e faço amor com os doces...
Doce orgia funesta!
Tudo está carregado de peso quando a alma pesa.
Os doces pesam... Na alma e no corpo!
O álcool elevaria a mente, faria voar...
E uma companhia serviria de pista de pouso, ao regressar!

O DESVIO DA ROTA

Meu filho escolheu a estrada.
Eu escolhi a noite.
Em seus dias viajando, a lembrança não é nada.
Em minhas noites de boemia, a saudade é um açoite.

Meu filho tem a filosofia, eu tenho o canto e a dança.
Ele faz de sua dor poesia, eu faço dele criança.
Meu movimento o arrepia.
Seu pensamento me cansa.

Meu filho foge de mim
pelos caminhos sem fim.
Eu sou a Esfinge que ele não derrota.
Eu sou a Jocasta que ele não suporta.
Meu corpo é o desvio da rota.
Deus o salva com sua linha torta.

Meu Deus, salve meu filho de mim.
Meu Deus, salve meu filho de si.
Meu Deus, me salve de mim.
Meu Deus, entrego meu filho a Ti.

Meu filho escolheu a vida.
Eu escolhi a morte.
Em suas noites dormindo, a lembrança é uma ferida.
Em meus dias de ressaca, a saudade é minha sorte.

Meu filho tem a calçada, eu tenho os quartos de hotel.
Ele renasce na revoada, eu me acabo ao léu.
Em seu silêncio, me sinto amada.
Minha distância o eleva ao Céu.

Meu filho foge de mim
pelos caminhos sem fim.
Eu sou a mãe que ele não escolheu.
Eu sou a deusa que o fez ateu.
Meu amor só pode ser seu.
Deus o salva me arrastando ao breu.

SUPLICAS PELO MEU SUPLÍCIO

Como um faquir, tu me mantinhas presa
em majestosa urna de cristal.
E sobre a urna, uma luz acesa
me iluminava engaiolada feito um animal,
tal qual fosse um banquete servido numa mesa
pra saciar a fome sádica de um público anormal.

Entretanto, logo eu, que alimentava a todos,
aprisionada, não comia nem bebia,
pois a fome e a dor eram os meus engodos
pra atrair aquela gente que ali ia,
a fim de despertar em si incômodos
diante da mulher que fraca e faminta na urna jazia.

Tu exploravas o espetáculo da minha tortura.
Eu aceitava o cárcere porque já era prisioneira
desde o instante em que te vi e previ a aventura
de te amar e te seguir de tal maneira
que tornasse santa e divina até tua loucura
e fizesse lei os menores caprichos da tua doideira.

Porém, tu esqueceste que me acompanhava
na urna, enclausurada, uma astuta serpente.
Também não recordaste que a cobra já estava
ao lado da mulher no Paraíso, mordaz e convincente.
Cantando ao meu ouvido a liberdade, ela me estimulava
a quebrar a tua urna, tomada por sua força incontinente.

E agora que estou livre e a liberdade canto,
suplicas pelo meu suplício,
disposto a conduzir-me novamente ao pranto,
por não poderes vencer esse vício
de amar somente a mim, que ontem te quis tanto,
mas consegui tornar em cacos o cristal
de uma paixão que foi o meu cilício.

NO DESERTO DA CALIFÓRNIA, EM 1970

A loucura, aquela velha dançarina das cobras,
terá conhecido Jim Morrison num posto de gasolina
no deserto da Califórnia, em 1970;
a cobra no pescoço daquela exotic lady
chamou a atenção de Jim;
um poema nasceu, a nossa amizade;
era a mesma jiboia
no deserto da Califórnia, em 1970.

Para a loucura, aquela velha dançarina das cobras,
Jim era um tipo cabeludo atraente
- mas Bill estava no banheiro do posto ou
pagando a gasolina;
a loucura sorriu para Jim; ela sabia que ele também
carregava uma serpente enrolada no pescoço;
a mesma jiboia, invisível,
no deserto da Califórnia, em 1970.

Não disseram nada interessante um ao outro;
não disseram nada um ao outro – o tipo cabeludo atraente
e a exotic lady;
fazia calor no deserto da Califórnia, em 1970.

Faz calor em Itupeva quando a loucura fala com Jim
em bom português, ao telefone;
Jim foi morrer em Paris para se criar em Osasco;
Osasco deu a Jim
intelectualidade.

A loucura, aquela velha dançarina das cobras,
é bem mais velha do que Jim e sorri;
Jonas morreu em Osasco em 1987.

Bill retorna ao carro; Jim bebe sua Coca-Cola;
o carro parte; tudo continua igual
no deserto da Califórnia, em 1970.

FALOU DE BRUXARIAS

Falou de bruxarias;
eram tantas e tais que precisei memorizar
o que dizia;
o ritmo da minha psicografia, como uma transcrição,
era lento demais.

Seu olho místico me traduzia – em tempo real;
e o outro olho, mundano, devasso, de olho entre
as minhas coxas, procurando sinal do
intumescido, sondando.

Seu olho místico se perdia
entre as superstições e as mentiras,
como se acreditasse mesmo no que dizia.

Um corredor estreito levava ao fundo da casa;
como numa romaria, as crianças
andavam em fila,
a caminho do oratório que havia lá atrás.

E no meio dos santos,
seu olho místico se envergonhava.

"Mas é tudo imagem de gesso!
Que que há?"

Não adianta;
seu olho místico resmungava,
sem ter decorado as canções.

Essa bomba, de luz,
explodia entre a íris
e a morte.

Sobre seu olho místico,
impossíveis sobrancelhas desenhadas a lápis.

Eu não queria ser volúvel assim.

FRESTA

E daí se a vida fez indizível
o que havia para se dizer
sobre os momentos poéticos,
lampejos de poesia,
sob o efeito do álcool
ou não,
e daí?

Não por ser obscura
- ou obscurecida -
a poesia é menos poesia
ou abandona os gestos,
um olhar,
uma conversa na mesa
- mesmo que as cartas estejam
na manga,
dentro da meia,
em um bolso mais disfarçado.

E daí se a poesia ficar guardada
num canto da memória,
sem saber se foi mesmo poético
o que se viveu em dias, noites,
meses,
do mais profundo medo,
de certa compaixão,
de observação,
e daí?

Não por estar escondida
- ou voluntariamente ignorada -
a poesia é menos poesia
ou abandona as confissões,
o silêncio,
as longas caminhadas
pelas estradas desertas
- o que cada um realmente pensava
cada vez que a poeira ou gente à vista
fazia subir o lenço, a máscara, o receio?

E daí se a poesia também costuma usar máscara
para que ninguém veja
seu sorriso irresistível de odalisca
ou de beduíno
ou sua cara de bicho,
e daí?

Não por jamais ser dita
- ou ser realmente indizível -
a poesia é menos poesia
ou não existe.

Houve poesia,
há poesia
- só isso importa.

SÃO JERÔNIMO

Isolado na casa de campo, peço notícias do filho pelo telefone.
Ele voltou para a rua poucas semanas antes do vírus
chegar ao Brasil, quando o anúncio do caos ainda era
tão discreto que mal se fazia notar,
e todos nós perambulávamos livremente,
brincando o Carnaval e festejando coisas com os amigos.

O filho entregou a chave do quarto alugado
após dois anos e meio no cortiço,
logo depois que mandei um telegrama
cumprimentando ele pelo meu aniversário – sim, pelo meu.

No início, achei que fosse por isso, pelo telegrama, por mim,
seu regresso às calçadas.

Mas agora penso que foi por intuição, talvez um comando espiritual,
e quero crer que ele está mais protegido na rua, isolado ao relento,
enquanto todas as pessoas estão trancadas em suas casas;
quiçá no cortiço, o risco fosse maior.

As notícias são controversas: há quem diga que ele está
todo sujo e esfarrapado,
solto pela cidade, e há quem diga – sem certeza -
que ele foi recolhido em um abrigo - du-vi-do! -

Carlos vai escapar dessa. Ele é um santo,
e os santos não costumam morrer por doença
nem naturalmente.

Carlos também não vai ser sacrificado
nem morto pela violência.

A morte de Carlos, quando rolar, será misteriosa e mágica,
como seus olhos quando estão vivos
- seus olhos transitam entre a vida e a morte.

Eu acho que Carlos, um dia, vai simplesmente desaparecer
em definitivo.

AS TAIS MEMÓRIAS

A loucura, esse anjo que dança com as cobras,
não quer dividir comigo suas memórias; me diz
que já não me pertencem e me concede apenas
o consolo de certas canções,
que ouço carregadas de memórias dela.

Por alguns dias, os tangos me davam vontade de chorar
e isso me deixou crente de que eram lembranças
prestes a despertar; eu me vesti inteiro para esperar
pelas memórias da minha vida passada.

Mas a loucura, o tal anjo bailarino das cobras,
estava apenas brincando comigo;
e no lugar das memórias, me veio essa forte depressão;
agora esse corpo suado pesa tanto
que eu flerto com a ideia de deixá-lo.

Por alguns dias, então, as canções podem ser perigosas
e o álcool também; brincar de boemia está ficando sério demais;
escrever um poema seria bom
se acontecesse naturalmente.

Então a loucura, meu anjo com as cobras,
parece que me deixou sozinho mais uma vez;
sua ausência – essa sim! - é a minha loucura;
cedo à tristeza tantas vezes num dia que até sinto culpa.

Por alguns dias, desejarei a morte;
não vieram as tais memórias de um passado cobiçado...
O presente é difícil e o futuro se insinua
horroroso!
O passado me atrai porque já passou.

E a loucura, anjo terno dos bailados com as cobras,
me inspira uma ternura
capaz de me salvar
- desde que venham suas memórias, reais
ou criadas em laboratório...

NÃO GOSTO DE NAVALHA
PORQUE SUJA A MÃO QUANDO A GENTE USA

Maruja Dallas tinha uma arma.
Por causa dessa arma, sofreu várias prisões.
Respondeu processo, ficou encarcerado numas vezes,
em outras conseguiu fugir antes da sentença condenatória.
Foi quem vendeu minha primeira arma e me ensinou a atirar.
Acho que não ensinou direito,
pois nunca consegui matar um homem;
só machucar. Se Maruja viu nos jornais, deve ter se zangado.
Uma de suas vítimas tinha sido um guri
que ele estava ensinando a afanar carteiras.
O menino foi pego já na primeira tentativa, se deu mal,
apanhou na cadeia. Ficou preso vinte e quatro horas.
Assim que liberaram o moleque, o burrico
correu contar para seu professor que falhara.
Furioso, Maruja meteu um tiro nele. O tiro pegou de raspão
e o garoto conseguiu escapar. Era assim
que o mestre tratava seus discípulos.
Fiquei sabendo desse caso porque cruzei com o rapazito
engraxando sapatos no centro da cidade.
"Como está meu amigo Maruja Dallas?", indaguei animadamente.
"A maricona enlouqueceu! Quis me matar!".
Surpresa com seu relato, a princípio, fiquei assustada.
Depois foi crescendo em mim a vontade
de também ter uma arma e poder atirar
em quem me provocasse desgostos. Na semana seguinte,
fui procurar Maruja no mesmo bar do porto
em que nos conhecemos.
Passou um tempo e ele chegou, maquiado e rebolando feito mulher,
mas com uma navalha à mostra no bolso da camisa,
sinalizando que não estava para brincadeiras.
"Maruja, meu velho, fiquei sabendo que atiraste no teu menino…".
"Quem te contou? Foi ele? Pois me diga onde está aquele incapaz
que eu vou até lá terminar o que comecei…".
"Ora, deixa disso, velhote… Que bobagem!
Esquece essa história e me diga quanto cobras
para me ensinar a atirar…".
"Tens um revólver?".
"Não. Também quero ajuda para arranjar um.".
"Já sabes em quem vais atirar?".
"Não faço ideia.".

"Se for só para se defender no dia a dia,
por que não compras uma navalha?
É muito mais prática, fácil de esconder, de portar...
E de meter na fuça dos malandros!".
"Não gosto de navalha porque suja a mão quando a gente usa...
Prefiro arma de fogo porque dá para usar à distância.".
Maruja ficou pensativo.
"Talvez eu tenha o que necessitas... Aí já te ensino a atirar
usando teu próprio revólver...".
"Perfeito!".
"Pretendes pagar à vista?".
"Depende do preço...".
Acabou que ele foi camarada no valor,
fazendo um pacote que já incluía suas aulas,
desde que em cada encontro eu também lhe pagasse
um prato de comida e uma garrafa de alguma bebida
- que fosse ordinária, não importava, desde que tivesse
o teor alcoólico bem alto.
Por precaução, exigi que só começasse a beber
ao fim de cada aula.
Foram uns três encontros. No último,
lhe ensinei uns movimentos de striptease.
Naquela época, quase ninguém aqui chamava por esse nome.
Maruja Dallas já chamava porque tinha mania de América.
Fiquei curiosa. Afinal, onde ele pretendia
colocar em prática meus ensinamentos?
"Por enquanto, nos quartos, com os bofes.", explicou,
"No futuro, quem sabe, nos cabarés,
se a Censura liberar o travesti.".

BILL GERA TODO O CALOR DO MEU CORPO

Meu corpo estava frio quando cheguei no México,
frio como uma serpente solitária.
Acho que eu era mesmo uma cobra sozinha,
que não sabia mais sorrir
e pintava os traços de um sorriso com batom
em cada canto da boca.
Meus olhos estavam opacos
como os de uma jiboia prestes a trocar de pele,
mas eu não tinha nenhuma esperança
de mudar o ritmo da vida.

Então chegou Bill, que trouxe o calor do sol.
E aí chegou Bill, carregado de fogo e álcool,
com a pele branca queimada
como se tivesse atravessado um deserto
e todos aqueles tiques de ator de faroeste.
Então veio Bill, terno como um iê-iê-iê romântico.
E aí veio Bill, doce como uma fruta que ficou em Jequié,
com as mãos pesadas de masculinidade e afeto
e todas aquelas mumunhas
que trazem os homens que vêm de longe.

Desde então, Bill gera todo o calor do meu corpo.
De manhã, quando acordo ao seu lado.
De noite, quando afago seus cabelos.
E pelo dia todo, mesmo quando está ausente,
Bill gera todo o calor do meu corpo.

Bill é o meu sangue esquentando nas veias.
Bill é o bronze da minha pele que ferve.
Bill é a paixão que engatilha o revólver da loucura.
Bill escorre entre as pedras do vulcão.
Bill explode ao longo do caminho.
Bill é o mormaço, a sede, a insolação.

Bill é o mormaço, a sede, a insolação.

EXU LA VISTA

Um corvo ronda o parque de trailers.
Seu canto ecoa por todo o pedaço.
Os corredores do parque me lembram
os corredores de um cemitério moderno
com seus túmulos retangulares.
O parque tem trailers retangulares
e no lugar das corujas,
um corvo ronda o parque de trailers.

Será que o corvo traz de volta a alma
daquela que busco?
Ou será que a alma dela vai longe
e nem se lembra daquele trailer e de mim?
Será que o corvo é um sinal,
uma forma de comunicação?
Ou será que ela deixou de existir
ali mesmo, dentro do trailer?

Chula Vista, seu paradeiro final.
Exu La Vista,
a esperança da ressurreição,
a esperança da comunicação,
a esperança da transmigração.

Um corvo ronda o parque de trailers,
toma o lugar da rosa pisada,
retoma o território para ela.
Há vida outra vez na Broadway.
Há vida outra vez naquele parque de trailers.
Ela voa no voo do corvo. Ela canta no canto do corvo.
Ela se agita porque há vida outra vez em Chula Vista.

Um arco-íris sela a aliança.

Um corvo ronda o parque de trailers
porque há vida outra vez em Chula Vista.

A NOITE TEM MAIS LUZES

Noite azul,
jazz,
desenho animado melancólico,
Jundiaí,
pode ser na Agapeama,
na rua do Bar do Silas
- o Silas morreu -
nove ou dez horas da noite,
se não for noite de culto
na Congregação Cristã.
Ali a noite tem
detalhes negros e alaranjados,
mais luzes,
há um jazz,
qualquer coisa de Snoopy no ar.

Noite blue,
jazz,
desenho animado blue,
Jundiaí,
pode ser qualquer bairro
não muito pobre
e meio deserto à noite,
mas não perigoso,
nove ou dez horas da noite.
Pode ter um gato na rua, em um muro,
ou um trompetista solitário
caminhando e tocando jazz.
O trompetista pode ser um ladrão.
A noite tem mais luzes
perto da marginalidade.

Noite iluminada,
rock,
desenho animado barra-pesada,
São Paulo,
pode ser na porta de algum cinemão,
a travesti obesa animada na rodinha de amigos,
os michês sujos espreitando os veados,
Maruja Dallas a passeio fingindo que é Los Angeles
ou New York,

Nádia, do Cine Santana, que é a cara da Tia Leão,
Marquesa ChandraKant no tempo em que era Amapola
e bebia e recebia no Cabaret da Cecília.
Tudo isso parte do meu sonho.
Gotham City.
Luz.

Aquele prédio perto da Estação da Luz,
em cujos corredores se espalha
o cheiro de feijão que vem do apartamento de Kate Kentinha
e se ouve o barulho da panela de pressão,
enquanto uma travesti grita do chuveiro
pedindo uma marmita de feijão
e outra geme no apartamento vizinho,
metendo enjoada com mais um cliente.

Marquesa devolveu a Amapola às ciganas da Espanha
em um ritual xamânico.

A noite tem mais luzes na Luz,
com a benção de Nancy Ney
e todas as mulheres-aranha.

EU NUNCA VOU PODER VER NANCY NEY CANTANDO EM UMA BOATE

Faltou o cigarro na boca.
Eu nunca vou poder ver Nancy Ney cantando em uma boate,
abrindo a boca e soltando fumaça e um tango,
tremendo a boca de frio numa noite gelada,
fechando a boca e os cabelos balançando com o vento,
cabeleira dourada, vestido verde brilhando
mais do que uma estrela da noite,
estrela perdida na noite sem fim.
Eu nunca vou saber que voz Nancy Ney tinha,
que voz morava em seu corpo,
que sereia frequentava seu corpo,
não vou poder ver os movimentos de seu corpo,
sua tristeza infinita. Porque Nancy Ney acabou
e eu cheguei tarde demais.
Posso passar na frente de seu prédio,
procurar seu fantasma no Parque da Luz.
Nancy Ney conheceu prostitutas e mulheres da noite.
Nancy Ney conheceu muitos homens também.
Homens perigosos, de cigarro na boca,
de boca fechada de desconfiança.
Eu nunca vou ser um homem na cama de Nancy Ney.
Eu nunca vou poder ver Nancy Ney cantando em uma boate,
no centro de São Paulo,
no coração marginal da Rua Augusta,
em nenhum subúrbio,
nenhum cabaré, nenhum circo.
Nancy Ney apagou para sempre.
Posso perguntar a todo mundo
e ninguém vai saber dizer nada sobre ela.
Posso publicar sua fotografia.
Posso contar que ela era Nancy Ney, a Internacional.
O quarto vai continuar escuro.
O silêncio vai permanecer.
Nancy Ney não vai mais iluminar outra noite de fossa
e perdição.
Mas ainda posso ir a um bar nos confins do México
e encontrar Alfredo Cubedo cantando boleros.

ESTADOS UNIDOS DA AMÉRICA

Maruja Dallas não sabe que nos Estados Unidos,
pessoas como ele moram nos parques de trailers
e são chamadas de trailer trash
pelos que têm melhores condições.
Maruja Dallas não sabe que na América,
pessoas como ele não são consideradas brancas.
No primeiro porto norte-americano em que desembarcasse,
ele seria considerado latino, talvez,
mas jamais branco, como declara nas delegacias de Santos
sempre que é preso.
Maruja Dallas não sabe que nos Estados Unidos,
a prisão perpétua é mais severa e há pena de morte.
Maruja Dallas viu aqueles filmes coloridos de Marilyn Monroe
nos cinemas poeirentos
da sua infância e, mais tarde, de Santos.
Ele pensa que a América é aquilo,
ele pensa que se oxigenar seus ralos cabelos grisalhos,
ficará idêntico a Marilyn Monroe naqueles filmes.
Marilyn é seu herói.
E talvez nos Estados Unidos, ele pensa,
se tornará Marilyn Dallas.
Maruja Dallas pensa em fazer a vida nas ruas de New York,
ele não acha que está velho demais para isso.
Maruja Dallas foi torturado pela polícia no porto de Santos
e acredita que nos Estados Unidos, será diferente.
Ele realmente acredita que o Texas
é menos selvagem do que o sertão do Nordeste.
Ele realmente acredita que nos Estados Unidos,
não vai ter que morar num barraco ou num barco.
Maruja Dallas não conhece ninguém que lhe diga
que nos Estados Unidos, não é assim.
Maruja Dallas não conhece ninguém
que já tenha ido até os Estados Unidos
de verdade.
Maruja Dallas só conhece Marilyn Monroe
e acha que já é o bastante
para saber tudo
sobre os Estados Unidos da América.

OS RAPAZES QUE VÊM A MIM

Os rapazes que vêm a mim não são aqueles
que param seus carros nas portas das boates de bichas
depois de deixarem suas namoradas – recatadas – em casa.
Esses têm medo de vir ao porto.
Não conhecem navalhas, giletes, e se arriscam pouco.
Esses rapazes que têm namoradas virgens não se metem comigo.

Os rapazes que vêm a mim não são aqueles
casados com a esposa e os filhos,
embora sufocados pela vontade profana
- profanação à família -
de dar o cu.
Esses têm medo de vir ao porto
e se contentam com os veados discretos dos seus próprios bairros.

Os rapazes que vêm a mim não são aqueles
que pagam as putas que dançam pelos bares
e fazem boquete por dez paus, dão a boceta por quinze
e o cu por vinte e cinco.
Esses têm medo de vir ao porto
e encarar um marujo que, embora afeminado,
já sangrou muito marmanjo com o pau.

Os rapazes que vêm a mim são aqueles
corajosos poetas que dispensam as musas para celebrar os marinheiros,
desvairados românticos que dão partes do corpo em troca de seus sonhos,
meninos atraídos pelas tatuagens, pelos músculos,
por velhos lobos do mar,
jovens incautos que atendem ao meu canto tal qual fosse de sereia,
candidatos ao suicídio passional – mas só depois de muita foda.
Esses são loucos o bastante para vir até mim.

Eu deixo a luz do barco acesa à espera desses rapazes
que não têm medo de vir ao porto e sabem que os monstros que carrego
são todos tatuados, ocultando a minha pele de prazeres masculinos.
Esses sabem que o êxtase está no viril.
Batem à porta do meu barco, me chamam com um assobio,
me espreitam à distância, aguardando o meu sinal.

Os rapazes que vêm a mim são aqueles
que vagam pelo porto à procura de um homem.

COM AMOR, BETTY BOOP

Eu nunca quis ter conhecido um marujo que tivesse medo do mar,
pois quando algo faz parte do nome daquilo que você é,
esse algo deve fazer parte de ti tanto quanto o teu próprio nome.
Mas há pessoas que não são o nome que têm
nem mesmo aquilo que são, ou deveriam ser.
E há marujos, sim!, há marujos que têm medo do mar.

Conheci um desses homens, de âncora tatuada no braço,
marinheiro de porte e de olhar;
porém, que fugia do mar, embora gostasse dele,
e fugia pelas cidades sem porto,
pelas quais ele sabia que ela nunca andaria:
aquela mulher que andava sempre pelas terras
por onde passam navios,
nelas ficando, dormindo, morrendo.

As cidades perto do mar são mais baixas,
mais claras, mais quentes, mais frias à noite,
como os desertos.
E se nos desertos, te cobrem e te matam
as tempestades de areia, que te afogam,
nessas cidades marinhas, te perseguem navalhas
e te sangram a pele com desenhos.
Com amor, Betty Boop.

EU TENHO MEDO DO TEU TOQUE NO PIANO

Eu tenho medo do toque do teu piano.
Teus dedos nas teclas, deslizando – tenho medo.

Eu tenho medo quando tocas
e as melodias surgem no ar, sujas – tenho medo.

Eu tenho medo se, ao piano, sorris,
movimentando a boca, fazendo sons – tenho medo.

Eu tenho medo da tua gargalhada,
discreta, melódica, quebradiça – tenho medo.

Eu tenho medo do quebranto da tua música.
Sei que lês partituras de feitiçaria,
cantos de amaldiçoamento – tenho medo.

Eu tenho medo das palavras
que não dizes, mas – ao piano – despontam,
feito flechas me procurando – tenho medo.

Eu tenho medo das histórias em quadrinhos
disfarçadas nas tuas notas musicais,
patos e ratos sonoros – tenho medo.

Eu tenho medo do teu toque no piano,
as luvas brincando com as teclas,
parece desenho animado – tenho medo.

Eu tenho medo do maestro que de dentro de ti,
rege a orquestra delicada: um piano – tenho medo.

Eu tenho medo do piano,
do pianista, do picadeiro – tenho medo.

Eu tenho medo de ti
- tenho medo.

Tu – ao piano -
Eu – tenho medo
em outro plano -

OUR LADY OF THE TRAILER PARK

I

Flamingo Cafe, 396 Broadway.
De madrugada, a garantia de boa comida
a poucos metros de casa,
um ponto de luz na escuridão da Broadway,
refeições baratas, barulho de gente,
música para esquecer ou lembrar.
Foi numa madrugada que descobri aquele lugar,
a poucos metros de casa.
De madrugada, as notícias não chegam
e eu posso ter paz.

II

Our Lady of the Trailer Park,
no Brasil, te conheci como Dona Estrada,
Miss Road prometendo me ajudar a caminho de um velho bar.
Te cercavam pássaros sinistros
numa noite de exus e pombagira.
Depois te encontrei no altar de Elvis,
acompanhada por flamingos,
ainda mais sagrada do que qualquer vela vermelha,
acompanhada por pink flamingos sagrados,
calças justas, top colorido,
pink flamingos ocultistas,
integrados na paisagem.
Pink flamingo esculpido
pousado na antiga placa de um parque de trailers.
Pink flamingos guardando as folhas em branco de um novo caderno.
Os flamingos anunciam boas novas no nome de um velho bar
ou nas recomendações de uma entidade de Umbanda.
Pink flamingos umbandistas rondando a porta de um trailer
estacionado num grande parque de trailers.
Our Lady of the Trailer Park,
Dona Estrada,
Our Lady of Jack Kerouac,
me ajuda.

CASTELO SEM AREIA

Certas paixões me aproximam dos mortos.
Algumas aflições me afastam dos vivos.
Eu tenho vergonha e ânsia
por promover meu próprio culto.
Morando com uma jiboia
no centro velho de São Paulo,
está claro que desejo
admirações, espantos
e a atenção de muitos,
a distância dos normais,
a reverência dos loucos,
o amor dos que encaro
olhos nos olhos.

Morando com uma jiboia
no centro velho de São Paulo,
aguardo pela glória
da posteridade,
com dor e medo pelas saudades em vida.
Antecipo tudo
e acho que construo pouco.

Dentro de mim, desmorono o castelo
antes mesmo que a maré fique baixa
para que eu possa erguê-lo.

PROMESSA DE POSTERIDADE

As luzes de São Paulo, esses copos de vinho,
e a promessa de posteridade.
O jogo perigoso das mulheres sagradas,
templo de putas,
e o cheiro de incenso.
Estou mergulhando no que vai sobrar de mim,
promovendo o que vai sobrar de nós.
Meu coração apaixonado vai mesmo ser queimado
ou enterrado;
de toda forma, devorado,
pelas chamas, pelos bichos,
não importa.
Essa paixão não vai se exaurir,
ninguém vai destruir.
Essa paixão vai sobrar de nós,
sagrada feito essas mulheres,
embriagada feito eu depois do vinho,
iluminada feito essa cidade que escolhi,
das noites de trompete
e explosões de saudade
até do que não vivi.

A busca incessante
- para onde nos levará?

A estrada à nossa frente
- terminará?

Duas lutadoras de circo
contam histórias de um passado remoto,
mas seus olhos faíscam de esperança,
desejam o futuro,
têm sede agora
e esperam saciá-la.
Não sabem quanto tempo ainda resta,
mas a ânsia é imensa.

A dançarina burlesca conta histórias de um passado recente.
A promessa do futuro é bem maior do que aquilo que já foi.
Ela encarna a esperança,
parece ter todas as possibilidades do mundo,

todas as portas abertas
esperando suas escolhas.
Ela já sabe que a vida é agora,
não quer mais perder tempo.

E eu caminho tomado pela endorfina,
pela paixão,
pela expectativa,
pela promessa de posteridade.

Uma fotografia me mostra aos quinze anos,
sem sonho nenhum,
sem esperança.
Aquele eu levaria um susto se me visse hoje,
prometendo a mim mesmo
a posteridade,
e a ele, e a todas elas.

VIDA REAL

Eu disse que a pintura da Godiva de Copacabana
é vida real.
Minha irmã disse que a vida de Suzy King
não era vida real.
Minha irmã disse que a vida dela
é vida real.
Minha irmã disse que a minha vida
não é vida real.

Da minha cama, avisto,
no ponto mais alto do apartamento,
à minha frente,
a pintura da Godiva de Copacabana,
cena da vida real.
Eu também estou lá;
isso não é vida real.
Cena da via-crúcis de Suzy King.
Estou cercado por pinturas e fotografias.
Não se trata de passado,
faz parte da minha vida,
mesmo que não seja vida real.

Estou aberto à sincronicidade.
Gil Veloso disse que é melhor ser Alberto
do que fechado.

Carlos de gorro na cabeça,
longa barba branca
e chinelos,
sentado no banco,
parece moderno,
parece um velho hippie.
A vida dele é vida real?

Marquesa Amapola de rosto pintado,
roupas extravagantes,
meiga e sensual,
bebendo no Cabaret da Cecília,
parece moderna,
parece uma alegoria.
A vida dela é vida real?

A Godiva de Copacabana parece uma santa
na pintura pregada na parede.
A cena é a ascensão de uma santa.
Ela está tendo um orgasmo,
em êxtase,
pairando acima da multidão.
Não pode ser vida real.

Eu sento no banheiro
e viajo na garupa
de outra amazona à minha frente:
Sônia, a Godiva alemã de Bangu.
Será que ela podia se sentir livre cavalgando,
apesar de sua tragédia passional?
Aquilo era vida real?

Estou cercado pelo caos,
vida irreal,
mergulhado em um mundo
difícil de acreditar.

De madrugada, os hippies da São João,
vistos através da janela,
quando puxo de leve a cortina,
também parecem irreais.

No sonho, Carlos canta para mim
uma marchinha sobre uma madrugada quente
na qual alguém com calor
costura sua fantasia
para um baile de Carnaval
e algo mais das mil e uma noites.
Será odalisca?
Será vida real?

TIO PERDIDO

Quando você quiser saber quem fui,
procure nas fotografias.
Ainda estarei na minha poesia.
Vasculhe meu passado.
Talvez no meu prédio,
na Avenida São João,
você encontre algo de mim.
Nos bastidores das pesquisas.
Dos livros de História, histórias.
Nas mulheres de minha adoração.
Nos quatro reis
do baralho da vida.
No destino traçado pelo deslizar da serpente
no corpo de uma diva louca.

Quando você quiser saber quem fui,
lembre de mim na tua infância.
Veja se a outra ainda mora lá,
dentro do espelho.
Talvez na memória,
nas tuas próprias recordações,
eu.
Talvez lá no fundo,
nos teus próprios medos,
eu.

Quando você quiser saber quem fui,
se for tarde demais,
se ninguém mais restar,
no amor que te dei, ainda estarei.
No pouco que deixei, ainda restarei.
Você vai ter saudade
do teu tio perdido
na estrada,
atrás,
do teu tio perdido
na cidade,
além.

LEMBRO MAIS DAS TARDES

Lembro mais das tardes.
Aquela antiga que passamos metade construindo um barco
e na outra metade, você teve que ir para a escola.
Numa outra, você chegou tão feliz que fiquei assustado.

De manhã, sempre navegávamos à deriva,
avô e neta perdidos na imensidão do mar que ainda não conhecíamos.
E o macaco ruivo embaixo da cama - Uh!

Teu silêncio sagrado, nas noites trancada no quarto.

Tardes de biblioteca.
Anúbis e outros ensaios desfolhados
sobre o assoalho da sala de pesquisa.

Gibis dissecados em longos monólogos. Mais tarde, Carmen Miranda.
Você orgulhosa do teu irmão esquisito.

As tardes mais intensas que jamais esquecerei:
caminhadas felizes perto da ferrovia.

Os teus diários se abriram para mim.

Então houve uma noite, quase madrugada. Como sempre,
eu te esperava na sala. Na cozinha, ouvi tua palavra:
pescadora de ilusões.

Eu aguardava ansioso pelos teus segredos de pesca.

Corta para aquelas manhãs de angústias divididas
sobre a mesa do café; profundos, clarices, pessoas.
Perdidos nas dunas descomunais.

Panquecas verdes nos domingos.

Bem depois, um dia em São Paulo,
guiando quem por tantas ruas me guiou.

Quando o céu está azul sem nuvem nenhuma,
eu me lembro da minha irmã.

SEUS OLHOS AZUIS

O azul de seus olhos se transforma,
nitidamente,
conforme se movimenta sua alma,
prisioneira de um corpo adoentado.
Ele tinha os olhos bem claros e brilhantes
nos primeiros dias,
quando não podia conter as emoções
e os pensamentos.
Foi quando seus olhos estavam mais bonitos.
Quando voltei, menos de uma semana depois,
os encontrei opacos,
escurecendo a cada minuto.
Ele mal conseguia mantê-los abertos.
Eu vi aqueles olhos que há poucos dias brilhavam
tomados pela tristeza.
Fiquei triste também.
Mas no último dia,
seus olhos azularam outra vez.
Não tão claros e brilhantes,
mas azuis.
Há momentos em que ele não é nada.
Há momentos em que ele é escandalosamente belo
e sua beleza paira acima de tudo.
Ele se transforma como o azul de seus olhos.
Eu vou ter que aprender como se fosse nada
a viver longe desse azul que se transforma.

UNS OSSOS DE PAI E MÃE

O que podem contar uns ossos de pai e mãe
sob algumas toneladas de terra?
O que podem contar prédios que não existem mais,
se eu já sei que mesmo velhas paredes
não podem contar o que viram?
Alguém no museu de Jequié não entende
por que agora as pessoas só querem saber
dos que foram desprezados em seu tempo.
Em uma cidade como essa, eles se importam apenas
com a história oficial,
com as pessoas oficiais.
Jequié continua desprezando a dor da menina.
Não posso querer mais de Jequié.
Georgina também não podia
e partiu para sempre.
Georgina esqueceu Jequié.
Jequié mal conheceu Georgina.

Os ossos de Josino e Etelvina se perderam para sempre
sob algumas toneladas de terra,
em lugar ignorado.
Seus rostos se perderam para sempre,
não restam em nenhum coração
- será que isso me liberta
para criá-los à minha maneira
ou apenas me frustra?

O fantasma de Georgina não voltou para Jequié,
eu tenho certeza.

Ao fim desse poema, quase às seis da tarde,
conforme escurecia,
a voz de Suzy King ressoou do alto da Praça Ruy Barbosa
em duas marchinhas carnavalescas.

Evoé, Jequié!

ÂNGELA MARIA ESTÁ MORTA

Noites boêmias
e outras de apreensão, ansiedade,
angústia pela ilusão da vida artística de alguns,
medo tremendo de ver tudo dando certo
sem saber até quando,
até onde.
Para onde vai essa estrada que sigo?
Para onde vai esse caminho
através do qual encontro cantoras, transformistas, vedetes,
gente de circo, de boate, de teatro de revista?
Gente que às vezes não tem o que comer
nem a quem recorrer
e tenta de tudo
- Para sobreviver?
Não raramente, muito mais para brilhar -
Alguns sonham com a fama,
outros com qualquer glória,
dinheiro, sucesso,
posteridade.

Noites de incerteza e ciúme
e outras de esperança, euforia.
Certa alegria andando a pé por São Paulo.
Feliz só por estar em São Paulo, por morar em São Paulo,
por me dar conta de que São Paulo é a verdadeira capital do Brasil.
Voltar a Jundiaí sempre me espanta,
evoca um tempo em que eu ainda sonhava pequeno,
em que eu quase não sonhava realmente,
sonhava como se sonhasse de brincadeira,
sem levar a sério o sonho;
evoca o tempo em que eu comecei a sonhar de verdade,
a esperar algo além da vida.
Depois tudo foi acontecendo,
mas ainda é só o começo.
Eu sei e tenho medo.

Na Frei Caneca, penso em Olinda.
Tenho saudade dos Estados Unidos.
Desejo frequentar o mundo inteiro
pelo resto da minha vida.

Eu queria que a senhora que morreu no trailer me guiasse.
Eu queria acreditar profundamente em uma rede maior,
uma espécie de deus.
Me vejo em muitos velhos na rua,
fico imaginando se vou chegar lá
e como estarei por dentro.
Às vezes, creio que ficarei sereno;
mas só depois de muita dor
e não tenho pressa nenhuma de passar por tudo.
Não tenho mais pressa de ficar velho.
Temo pelas perdas.
Temo e não tenho pressa.
Tenho pressa apenas de ganhar meu próprio dinheiro,
mas ainda não sei como.
Tenho pressa de esquecer tudo o que me causa dor e ficar leve.
Algo no programa de Glorya Ryos me angustia no fundo da alma.
Algo em Tijuana, em Chula Vista.
Já fez uma semana que chegamos no Brasil.

Ângela Maria está morta.

O PRAZER DA SOLIDÃO

Voltar sereia na próxima encarnação.
Emprestar a minha voz à emoção
de alguma cantora de tango, de alguma tipa argentina,
sofrendo na lama de um cabaré, no século passado.
Invertendo os papéis e fazendo diferente do que já fiz
em uma vida anterior, alguma das muitas
que vivi simultaneamente no mesmo tempo e lugar,
quando eu não podia cruzar comigo mesmo em outro corpo
e esperava a sereia, espiava pela janela do camarim
aguardando a sereia cumprindo sua missão em seu voo místico,
chegando de longe com a voz para encantar a plateia
e eu plena de emoção, argentina e louca,
apaixonada, tremendo, abrindo os braços no palco
quando a sereia abria as asas escondida no meu camarim,
atrás de algum vidro grande de perfume,
pousada na penteadeira, para que ninguém a visse.
Seus movimentos ligados aos meus
como em uma estranha dança, sagrada coreografia,
segredo absoluto de cantoras e sereias.
Tudo o que ela queria era ser capaz
de amar como eu, de sofrer como eu,
com a mesma emoção.
E enquanto eu cantava com sua voz,
e enquanto eu encantava com sua voz,
a sereia, sozinha, presa no camarim,
sentia a emoção, podia sentir a emoção.
Abria as asas, arrebatada.
No salão principal, com os braços abertos,
era eu que voava sobre a plateia.

Voltar sereia na próxima encarnação.
No camarim, aprender
o prazer da solidão.

THE SIN OF EXOTICA MAURA

O Elvis de jaqueta de cobra da Rua do Triunfo
não vai ser galã em nenhuma pornochanchada.
Preferia ser a vedete de alguma chanchada,
mas é difícil sair do caixão depois que conheceu o Mojica;
sair do caixão e viver.

O Elvis de camisa aberta,
não mais do que dois botões fechados,
camisa estampada de cobra,
pediu uma urna para ser encerrado,
quer ser El Salvaje Mauro exposto entre serpentes
num barracão no Playcenter.

Seus olhos doces e tristes revelam o que precisa ocultar.
O exótico Mauro vaga entre o Trianon e a Mário de Andrade
para desafogar. No deserto da Boca do Cinema,
nada contra sua própria corrente.
Nas piscinas da vida, Esther Williams comanda, marina, Marina.

Eis aqui o fado da sina da aventureira,
the sin of Exotica Maura,
seu pecado é não poder esquecer.

No salão amplo do cabaré de Marília,
teto coberto de bandeirinhas de festa junina,
Rosária sucumbe ao pecado.
Na quitanda na Luz,
a jaguatirica de Rosária devora outro homem.
Entre as paredes pretas do quarto do amante,
Rosária ama deitada dentro do caixão,
necrófila, necromante.
Da cigana espanhola, sua mãe,
Rosária herdou a vidência.
Do mambembe português, seu pai,
Rosária herdou a troça.
Vocação para a diversão e o prazer,
nos tempos da vida airada.
Num bar do porto de Santos,
seus fados invocam os fantasmas de seus antepassados.
Num dancing de São Paulo,

seus tangos expressam a ninfomania
e outros vícios letais.

Eis aqui o fado da sina da aventureira,
the sin of Exotica Maura,
seu pecado é não poder resistir
ao canto da sereia mais perigosa,
sua mãe.

Sua mãe Ruth, filha de Rosária,
estrela virgem das noitadas lusitanas da Taverna, na mesma Boca do Lixo,
estrela obscura das películas nacionais,
e dos números de plateia no Natal, e da canção indiana no Alumínio,
e dos shows vendidos por Michele Navarro,
assaltante a mão armada argentino.

Ruth, só e abandonada.

Ruth nina Maura cantando boleros com voz de Toña la Negra.
Ruth conta histórias para Maura dormir:
casos do teatro de revista, dos ofídios de Silki e Luz del Fuego,
a morte trágica e precoce de Tônia Eletra,
romances antigos que o vento levou.

Em seu novo quarto na Sé,
a exótica Maura vive com dois gatos e uma jiboia.
Na Rua do Triunfo, sua vasta cabeleira negra chama atenção.
Que baita mulherão na porta do Soberano!
Que baita sensação dançando com sua cobra
no palco sagrado de um teatro burlesco!

The sin of Samira del Fuego is dead.
The sin of Ruddy Pinho is dead.
The sin of Cláudia Wonder is dead.

Quando Maura entra num táxi
depois de uma noite de festa ou espetáculo,
menina, frágil, blue,
eu sempre tenho medo que não chegue em casa
e peço a Deus que sua sorte
possa ser mais feliz
do que a letra de um underground blues...

A TRAVESTI MAL-AJAMBRADA DO VALE DO ANHANGABAÚ

Oito da manhã e a travesti no Vale do Anhangabaú,
na frente da delegacia,
falando com a polícia como se fala a uma criança desobediente,
porque eles não querem atender a sua reivindicação:
"Posso fazer o que eu quero então?
Posso fazer o que tenho vontade?".
Os tiras não se abalam:
"Vai em frente.".
A travesti ameaça,
continua agindo como se ameaçasse uma criança,
seu tom não soa sequer ameaçador:
"Olha, moço...
Se eu der uma facada...
Olha...".
E eles não estão nem aí,
feito criança malandra que já tem a malícia das coisas da vida,
dá com os ombros e não se importa,
sem mesmo desacatar:
"E daí?".
São oito da manhã e a travesti não deve ter dormido ainda,
arrumando confusão tão cedo.
Pele morena,
cabelos tingidos de laranja,
uma mistura qualquer que não deu certo.
Roupas simples.
Se usava maquiagem, não chamava atenção.
De qualquer forma, a polícia não lhe deu atenção
e ela sabe que se der uma facada,
vai ser bem pior para ela
do que para quem for esfaqueado
e os tiras vão continuar indiferentes
ou talvez até lhe espanquem;
tudo vai depender da importância de seu inimigo.
Se for marginal que nem ela, a sociedade vai cagar e esquecer.
A travesti sabe disso e é impotente.
Pode gritar, xingar, matar,
pode até chorar.
Ninguém vai se impressionar.
Em qualquer delegacia, vai ser igual.
Os tiras debocham,
não estão nem aí.

Levaram o meu celular
e eles cagaram.
Não sei o que fizeram para a travesti,
mas eles cagaram também.
Quando precisei da polícia, a polícia não agiu.
Continuei caminhando, oito da manhã.
Passei pela delegacia dez minutos depois
e a travesti não estava mais lá.
No fundo, isso não me preocupou.
Acho que ela, se esfaquear alguém,
não vai esfaquear alguém que eu amo.
Mas e se fosse?
Mas e se ela esfaquear
e a polícia pudesse ter evitado?
Ela ficou lá,
maternal,
falando com eles como se fossem crianças.
Ela própria parecia uma criança que não cresceu,
a travesti mal-ajambrada do Vale do Anhangabaú.
Eu não sei se alguém tão ingênuo
é capaz de esfaquear outro alguém.

ELES VÃO TENTAR ESQUECER A BETTIE PAGE DO PAISSANDÚ

"até a Bettie Page
esqueceu de si mesma

eles vão tentar esquecer
a Bettie Page do Paissandú"

Escrevi esses versos em um quadro,
dias atrás,
colei fotos da Bettie Page do Paissandú
e abandonei no Largo do Paissandú,
instalação artística,
embaixo da árvore na qual ela costuma ficar.
Alguém levou o quadro.

Ontem, finalmente, abordamos a própria
Bettie Page do Paissandú,
muito viva, lúcida,
misteriosa.
Seu nome de rua é Aparecida,
mas o que está em sua identidade, ela não diz.
Mentiu que veio de Sorocaba.
Faz a vida há cinquenta anos;
tem setenta.
Se acha velha e feia.
Gosta de manter o cabelo bem cuidado,
sua franja de Bettie Page.
Às vezes, cai e se machuca.
Dorme em albergue e nos pediu um quartinho.
Não quer ser fotografada por nós.

Mais tarde, no palco do Sesc Belenzinho,
Edy Star cantou
"O que será de nós?".
Sagrado Edy Star do Tabaris de Salvador:
navalha, gilete, versões
e rock fodaço.
E eu ouvindo e pensando
na Bettie Page do Paissandú.

Nessa semana que passou,
Dani Mattos no All of Jazz,

Delirious Fenix no Cabaret da Cecília,
Rua Fortunato, 35, Santa Cecília,
Marquesa Amapola apresentando Dorothy Boom.

E Aparecida Page,
desconfiada e escorregadia,
divertida.

"Tira e vira"

O que será de Marquesa Amapola?
O que será de Delirious Fenix?
Aurora D'Vine? Miss G?
O que foi feito de Laurita Martins?
Mascotte Anib? Theda Diamant?
Carmen Brown?

No Cabaret da Cecília,
Elsie Diamond com sua cara de desenho animado antigo.

Eu bambeio, mas não caio,
e balanço.
Balancemos.
Balancê.

Elsie Diamond despida,
balançando os peitos.

Seguimos dançando,
carregados pela multidão.

EU, MULHER, DANÇAVA COM AS COBRAS

A cobra procura a bailarina na escuridão de seu terrário,
mas quem a observa, da cama, sou eu,
que não posso ser sua domadora,
pois me faltam os seios fartos,
as sobrancelhas de tipa,
o batom vermelho,
a cabeleira desgrenhada;
é isso, tudo: me falta ser mulher
para ser a dançarina que a cobra espera,
impaciente,
no terrário que a cada dia vai ficando menor para ela.

Uns sonham ser mulher para transar com os homens.
Outros porque ser mulher é sua verdade.
Mas eu queria ser mulher apenas por isso:
para dançar com as cobras,
e porque vivo com uma cobra que anseia
- desesperada -
por uma mulher que a convide ao baile.

Eu assim, homem,
não tenho um corpo que responde,
minucioso,
às investidas da cobra.

Eu assim, homem,
sirvo apenas para ser faquir com uma cobra.

Ah! Quem me dera a vida
em que eu, mulher,
dançava com as cobras...

CARMEN MIRANDA ME RONDA DESDE UMA FEBRE QUE TIVE

Carmen Miranda me ronda desde uma febre que tive
antes dos quatro anos de idade. Sei que foi antes dos quatro
porque eu tinha pouco mais de três anos e meio
quando nos mudamos de casa
– e essa febre foi na nossa primeira casa.
Minhas lembranças daquele dia, daquela febre,
têm mais a ver com sensações e impressões oníricas
do que com a realidade.
O meu pai estava trabalhando. A minha irmã estava na escola.
Eu estava sozinho com a minha mãe.
Acordei com febre. Possivelmente choroso, enjoado.
Eu poderia dizer que vomitei naquela manhã,
mas não tenho certeza.
Então a minha mãe ligou a televisão e me deixou assistindo
deitado na sala.
É tudo vago demais para eu contar com certeza.
Não sei se eu estava sonhando ou se era um delírio da febre.
Também não sei dizer se algo na televisão
se misturou com meus sonhos
ou delírios. Talvez tenha sido um estímulo televisivo
o condutor da visão que tive.
Eu vi Carmen Miranda e sua irmã Aurora – ambas
de cartola e roupas masculinas.
Também vi o papagaio Zé Carioca dançando entre as duas.
Os três personagens se moviam sobre um fundo negro e infinito.
Acho que o ano era 1995. A partir daquele dia,
Carmen Miranda passou a fazer parte do meu imaginário.
Eu simplesmente sabia que uma das mulheres de cartola era ela.
Já conhecia o Zé Carioca dos gibis e não sabia
quem era a outra mulher,
mas reconhecer Carmen Miranda no meu delírio
foi instantâneo.
A figura de Carmen Miranda esteve presente
ao longo de toda a minha infância
como a referência de alguém que eu gostava.
Sem conhecer suas músicas, eu sabia que ela era
a minha cantora preferida. Sem conhecer nenhuma fotografia sua,
eu sabia que ela era a mulher ideal – ou idealizada.
Cada vez que ouvia seu nome, um sobressalto interior me tomava.
Carmen Miranda era importante para mim,
embora eu não soubesse nem me perguntasse a razão.

A verdade é que ela parecia tão integrada à minha essência
que nem me ocorria questionar aquela fixação.
A Internet chegou na minha vida somente na adolescência.
A primeira fotografia de Carmen Miranda chegou às minhas mãos
quando eu tinha dez anos, através de um volume de enciclopédia.
A segunda fotografia estava em outro volume da mesma coleção,
no verbete sobre cinema: Carmen e Aurora
de cartola e roupas masculinas, tal como na minha febre.
Por essa época, comprei uma fita cassete e pedi à minha mãe,
que ouvia programas de rádio todas as manhãs:
se algum programa tocasse uma música de Carmen Miranda,
ela deveria colocar a fita no rádio e gravar para mim.
Finalmente, isso aconteceu e pude ouvir
a voz até então nunca ouvida - chorei.
Além das enciclopédias e das estações de rádio,
me restava perguntar a todo mundo sobre Carmen Miranda.
Chegou a vez da minha avó paterna.
Eu tinha algo entre oito e dez anos
- a idade dela quando Carmen Miranda morreu.
O fato é que a minha avó não sabia nada sobre Carmen Miranda.
Então me disse a primeira coisa que lhe veio à memória:
"Quando eu era criança,
havia uma artista chamada Luz del Fuego.
Em certo Carnaval, Luz del Fuego saiu nua
enrolada em várias cobras
cantando músicas de Carmen Miranda
e foi presa.".
A descoberta inesperada de Luz del Fuego
mexeu profundamente comigo.
O tipo da mulher nua carregando serpentes
passou a fazer parte do meu imaginário instantaneamente.
Alguma parte minha respondia fervorosamente
ao nome Luz del Fuego
e à imagem da mulher com cobras
– possivelmente na mesma região interior
já habitada por Carmen Miranda.
Pouco tempo depois, folheando
um dicionário de filmes brasileiros,
encontrei um verbete sobre o filme "Luz del Fuego",
no qual a atriz Lucélia Santos encarna a vedete das cobras.
Chocado, li em voz alta para a minha mãe:
a colônia nudista e a tragédia de seu assassinato

somaram-se às minhas fantasias sobre Luz del Fuego.
Os territórios do meu universo infantil eram vastos e abrigavam,
além de Carmen Miranda e Luz del Fuego,
a bruxa jacaré Cuca – a minha primeira paixão,
Monteiro Lobato, Câmara Cascudo, Madame Min,
figuras do folclore brasileiro e de diversas mitologias,
as prostitutas trágicas do naipe da Dama das Camélias,
o cancioneiro boêmio de Nelson Gonçalves,
cantores de rádio, religiões afro-brasileiras
e elementos da cultura pop de várias épocas.
Guiado pela minha sensibilidade,
eu devorava tudo aquilo avidamente
e – antropofágico e tropicalista sem saber –
criava o meu próprio mundo
a partir da mistura daquelas fontes primárias
no meu caldeirão ao mesmo tempo mental e emocional.
Foi assim que nasceu Gilda Chavez.
No auge da adolescência, aos quinze anos,
eu curtia a fossa de uma paixão não correspondida,
estava extremamente descontente com a vida escolar
e dava os primeiros passos profissionais
trabalhando no chaveiro do meu pai.
Eu estava no chaveiro quando Gilda Chavez
surgiu no meu caderno:
nua e acompanhada por duas serpentes.

DESERTOS

Foi na Califórnia, em uma cidade muito próxima
à fronteira com o México, Tijuana,
todo aquele centro de diversões e prazeres
para onde os americanos escapavam para viver.
Ela morava em um parque de trailers desde 1970.
Chula Vista, a cidade na qual morreu,
é cheia de parques de trailers.
Eu estive lá em 2018 e procurei resquícios dela pelas ruas,
que são muito largas, ensolaradas e desertas.
Chula Vista é uma cidade construída no deserto.
Ela morreu sozinha num trailer.
Talvez tenha sido em julho. Quando encontraram o corpo dela,
em agosto, já estava em decomposição.
Ninguém sabe ao certo o dia em que ela morreu
- nada mal para quem também manteve
sua verdadeira data de nascimento
oculta durante toda a vida.
Ela era filha de Jequié, no sertão da Bahia.
Acho que foi por isso que ela escolheu Chula Vista para morrer:
já estava acostumada com o deserto.
Eu pensei nisso pela primeira vez em 2019,
quando viajei de ônibus de São Paulo até Jequié
em busca das origens dela.
No caminho, muitos cactos.
A paisagem era realmente a de um deserto em muitos pontos.
Então eu entendi: ela foi morrer no deserto
porque nasceu no deserto.
Acho que o primeiro ponto em comum que tenho com ela,
um possível ponto de empatia e encontro,
é a origem protestante, evangélica.
Ela era filha de um casal da Igreja Batista.
Eu sou filho de um casal da Congregação Cristã no Brasil.
O fato de não sermos católicos de nascimento nos aproxima.
Passo bastante tempo imaginando ela criança
em um culto da Igreja Batista realizado num barraco de madeira
no meio do mato nos arredores de Jequié.
Ou então em templos um pouco mais suntuosos.
O órgão tocando os hinos batistas. Os crentes todos em comunhão.
E ela lá no meio. Ela já devia ser estranha desde menina.
Assim como eu, que também era estranho desde menino.

Sentado no banco dos homens ao lado do meu pai músico
que tocava clarinete na orquestra da igreja,
sempre me dava um certo aperto no peito.
Eu tinha três, quatro, cinco anos, e os instrumentos todos juntos
tocando os hinos, as pessoas cantando, a comunhão dos crentes,
se refletiam dentro de mim numa emoção ao mesmo tempo
melancólica, medrosa e estrangeira.
Essas sensações e lembranças voltam à tona
quando tento imaginar a infância dela na Igreja Batista.
Nossas origens protestantes nos colocam, de certa forma,
em um mesmo ponto de partida
- principalmente considerando que tanto eu quanto ela
nos desgarramos de nossos rebanhos evangélicos
no início da adolescência.
Creio que o meu mito não poderia ter uma origem religiosa
distinta da minha. Isso nos afastaria sobremodo.
Me parece que a família dela era muito mais pobre do que a minha.
Nascemos e crescemos separados por décadas.
Ela nordestina e eu paulista, nascido em Jundiaí - no interior de São Paulo,
mas cidade urbana, tão mais urbana do que sua Jequié.
O filho dela me disse que ela foi criada em uma fazenda
e trabalhava no campo desde manhãzinha até o escurecer do dia.
Apanhava muito.
Fantasio pouco sobre esse período da vida dela.
Com exceção dos cultos batistas, passo rapidamente
pela sua convivência com a família, seu trabalho no campo
e seu cotidiano sertanejo
em meus devaneios.
Imagino que Josino e Etelvina, seus pais,
quase não se importavam com ela.
Estavam muito preocupados criando os outros filhos,
que não paravam de nascer – teriam tido cerca de uma dezena,
fora os filhos do primeiro casamento de Josino.
Meu pai foi meu amigo desde que posso me lembrar.
Amoroso, presente, companheiro.
Minha mãe, dedicada e carinhosa.
Sempre fui amado pelos meus pais e sempre soube disso.
Curiosamente, quando crio esse mesmo momento da vida dela,
não consigo dar a ela bons pais, amorosos e dedicados.
Acho que assim dói menos saber que ela foi embora para sempre
e nunca mais soube deles.
Ter maus pais a liberta para ser Suzy King.

TODO SONHO É UMA DOR

Meu pai toca piano
no sonho da minha irmã,
na lembrança da minha irmã,
no sonho da minha irmã.
Os meus amigos têm sonhos
que não sabem se são
fragmentos de outra vida,
vida real
ou alucinação.
Os meus amigos têm sonhos surreais,
encontram gente morta,
fingem que não é com eles,
mas, no fundo, não conseguem sair da frente do espelho,
nem quando falam comigo.
E em todas as músicas,
eu fico tentando me sentir ela ouvindo.
Sou tão louco quanto eles.
Sonhei que o meu pai estava perdido.
Metade dos meus sonhos são as minhas preocupações,
os meus medos,
grande parte são os meus desejos.
Mas eu queria sonhar toda noite
com revelações,
receber nomes e descobrir que existiram,
ganhar do Astral as pistas que procuro.
Mas os sonhos mais fortes costumam ser assustadores.
A Mestra encerrada atrás da porta,
que quando se abria,
eram só gritos de desespero,
insuportáveis.
Carlos transformado em homem com corpo de pássaro,
em cachorro,
em bebê,
falando de Jesus Cristo,
falando o que eu queria ouvir.
Ouço os sonhos da amiga,
seu andar desaparecido de seu prédio,
com seu apartamento e tudo que é dela,
seus romances com homens desconhecidos,
seu surrealismo,

seus peixes coloridos,
com os quais também sonhei.
Sonho com gente famosa.
Sonho com as tipas.
Sonhei com o túmulo de uma mulher,
Amélia, Amália.
Sonho com gente que não conheço e deixa saudade,
saudade de sonho,
um gosto de perda e mistério na boca,
ao acordar com o coração sofrendo.
Todo sonho é uma dor.
Eu queria entender os meus sonhos
e os de todo mundo,
ter as chaves que abrem as portas dos sonhos.
Estarão escondidas na morte?
Estarão guardadas com Deus?
Onde deixei as chaves
que decifram os meus sonhos
e me contam quem sou eu?

OBSESSÃO

I

Havia uma sepultura perto de uma árvore,
alguém enterrado sob a terra, sem lápide,
sem nada além de uma bengala rústica, de madeira,
de tronco, fincada na terra em que alguém jazia enterrado.
Eu e Carlos agachados ali. Eu chorava segurando a bengala,
apertando com força a bengala. Carlos também emocionado.
Falamos de algum acordo feito no passado, algo combinado.
Eu chorava segurando a bengala, tomado por uma grande dor.
Acordei.

II

Tristeza profunda
pelos anos que se perderam
na imensidão do passado
e dos dias que vieram antes do meu nascimento.
Saudade de mim,
que não me encontro por menos de cem anos para trás
e ainda me habito,
mirando daqui paisagens noturnas,
noites silenciosas na beira do mar,
orquestras apaixonadas,
eu correndo pelas ruas de lá para chegar mais cedo,
entre os sobrados e os comércios fechados.
A música dói
e eu me perdi antes de nascer.
Nasci apartado de mim,
sem ter o direito da minha saudade,
dos meus suspiros,
sem ter o direito de chorar
- choro por nada, diriam -
e, no entanto, o pranto vem e eu preciso justificar
na vida feliz que tenho agora.

Eu sinto falta daquele cenário,
dos olhos arregalados, olhares maliciosos, maldosos,
parar na porta só para desacatar.
Eu sinto falta daquele espelho
escondido entre os panos e os perfumes.

Sentar sabendo que lá fora
não passa de 1930, 1940.

Será fantasia o mais verdadeiro em mim?
Será do ego isso que me parece essencial?
Será paixão ou teimosia a minha insistência?
Será que devo esquecer?

Não posso deixar de sentir o que sinto.
Não posso deixar de ser eu.
Mesmo que eu esteja perdido para sempre
e seja o momento de um novo eu.

O que há de novo em mim além do medo
de jamais me encontrar outra vez?

III

O cigano de Umbanda percebeu que eu estava ansioso
e expliquei que queria uma orientação
para encontrar algumas coisas que ela deixou,
uma mulher desencarnada sobre quem estou escrevendo um livro.
Ele perguntou casualmente se preciso desse material
para fazer o meu trabalho e eu disse que sim.
Então o cigano segurou nas minhas mãos
para ver se eu ia encontrar, antes de dar um caminho,
mas falou que eu devia parar de procurar,
que fui muito ligado a ela e que encontrar essas coisas,
fotografias, papéis, documentos, vai atrasar minha evolução,
que não é porque fui ligado a ela que essas coisas são minhas
- muito pelo contrário - e que é pouca coisa, afinal.
Ela não queria que ninguém encontrasse.
O cigano insinuou que ela foi ligada à prostituição,
insinuou que as coisas que ela deixou são pesadas,
vão ser pesadas para mim. Sugeriu que eu esqueça.
Porém, sacou que eu quero muito e disse que se eu insistir,
um dia, vou lembrar desse cigano.
Ele disse que se eu insistir, vou encontrar, se eu insistir muito,
mesmo não sendo o que os Mestres querem.
O cigano me disse que os Mestres preferem
que o que passou fique lá atrás, em prol da evolução.
Eu continuo querendo
as coisas que ela deixou.

ENTRE PLUMAS E CACOS

I

Hits melancólicos atravessam a quarta parede
e vêm perturbar-me à bolha; não batem – perturbam.
Mas não chegam, jamais, a estourá-la.
Quem sempre acaba quebrando – a marteladas – o vidro da redoma...
Adivinhe... Sou eu!
Depois me encerro novamente dentro,
e fico convivendo com uns cacos,
restos cortantes das minhas tentativas de fuga.
Não cacos feitos em cama...
Cacos acidentais!

II

Estou cansado de olhar a curva.
Não calculo sua distância, mas prefiro que nunca chegue.
Vocês, que desprezam o conforto, mentem.
Ninguém – mesmo sem sã consciência, como eu –
deseja deixar, por livre e espontânea vontade,
seu colchão de plumas e água.
E os que são obrigados também são despeitados.
Entre plumas e água, sou rei.

III

A lutadora era a mesma mulher tatuada presa na caixa de vidro
esperando que as pessoas viessem ver seu corpo
exposto, tatuado, incomum, marginal,
para sentir que havia algo além em seu mamilo pintado,
colorido, inteiro desenhado.
Silêncio no circo quando ela saía da caixa e subia no ringue,
serpente oferecendo a maçã à mulher, grito de medo.
Ninguém queria enfrentar a mulher tatuada, voar de seus braços ao chão,
pétala caindo da flor,
tigre rejeitado pela mãe, violentado.
Susto.
Fluir é entregar-se
à lutadora tatuada,
à mãe que rejeita,
ao que violenta.

CORES DE LA BOCA

Calle Caminito,
Barrio de La Boca.
Cores fortes,
devoção.
Você posou para um retrato
perto da ferrovia,
que ia além, a se perder de vista.
Meninos pobres brincavam nas ruazinhas,
nas vielas, nos becos.
Um resto de tango ecoava,
caía,
pela boca de uma cantora decadente em um bar.

Calle Caminito,
Barrio de La Boca.
Tudo pronto para receber os turistas:
souvenirs duvidosos,
estátuas de putas penduradas nas sacadas.
Atrás da cortina, porém,
certa miséria escondida,
varrida para baixo do tapete.
Mais adiante, água, a se perder de vista,
muros pintados,
nervo exposto,
dadá.

Calle Caminito,
Barrio de La Boca.
Não era tão diferente
da imensa favela de escadinhas
na entrada da cidade.
O mesmo sentimento. A mesma evocação.
No fundo, a mesma paixão.
Você posou para um retrato
perto das casas coloridas,
perto da devoção.
Caminito agora, um dia,
também nos viu passar.

O TAROT DE XUL SOLAR

Há indícios de que chegamos
pouco depois de uma grande festa.
Há pistas espalhadas pela cidade inteira,
nem todo mundo pode vê-las.
Há sombras antigas camufladas
nos prédios, nas ruas estreitas,
nas ruas largas.
Há ecos de tangos
perdidos no silêncio das pessoas.
Há restos de traços
nas sobrancelhas que cresceram outra vez.
Parece que nos espreitam,
nos esperam,
em alguma lojinha velha e meio secreta,
sobras daquelas
que vieram antes de nós.
Faz mais sentido a chuva do que o sol.
Faz sentido esta tarde gris.
Agasalhados,
seguimos a música,
guiados por estrelas invisíveis
que marcam no céu
o caminho até elas.
Estou pensando em espanhol,
uma voz estrangeira assumiu o comando
da minha mente.
Invento uma voz
- interior -
que nos revele um lugar,
que sussurre uma lembrança,
de outra vida.
Invento e intuo
novos mistérios.
Ressignifico
o tarot de Xul Solar.

ANJO DE TEATRO DE REVISTA

Anjo de teatro de revista,
bibelô de antiquário,
asa pendurada,
querendo cair,
quebrar,
desprender.
O anjo continua voando
preso pelas cordas
que o lançam
para lá e para cá
sobre o cenário,
bem acima do palco,
diante da plateia atônita.
Não precisa das asas,
não precisa de esforço;
basta alguém que manipule
para lá e para cá,
feito marionete,
e que as cordas sejam fortes
para não despencar lá do alto.
Não há rede no palco
e mesmo sem uma asa,
quase se sente um anjo,
um anjo, realmente;
mas se, pelo menos, a companhia não fosse tão mambembe,
sentiria segurança, de fato,
e seu voo seria mais bonito,
mais preciso,
e sua expressão mais suave,
no céu do teatro
cheio de falsas estrelas
pintado com um azul infantil
de quarto de criança.
Se, pelo menos, tivesse a segurança
ou a repressão
de seus pais no quarto ao lado...
Mas a temporada vai chegando ao fim,
o anjo sabe que nada vai mudar,
noite após noite será
voar,

correr o risco da queda, correr o risco da morte,
sentir alívio depois.
Mesmo sabendo que só vale em sua vida
a cena do voo,
a cena insegura,
a cena do risco.

A tranquilidade do depois
não significa nada.

Se a segurança é estar fora de cena,
a segurança é vazia.
O depois é vazio. A tranquilidade é vazia.

Anjo de teatro de revista
precisa do perigo da cena para brilhar
e ser feliz.

Sereno, salta e voa esperando
que as cordas sejam fortes
e a cena bonita.

Lá embaixo, os diabos
de teatro de revista
atuam na segurança do chão,
mas não voam.
Aguardam, suados, sob o palco, morrendo de calor,
a deixa para que subam.
Eles brilham na segurança do chão,
entre as fogueiras do Inferno
pintadas ao redor,
mas não voam.

Soberano, o anjo voa,
já não teme o risco nem o perigo nem a queda.

Não faz diferença
voar ou cair.

Anjo de teatro de revista,
noite após noite,
continua voando.

ENSINA-ME A VIVER

Todos os sinos tocaram no Egito.
Todos os sinos tocaram na Alexandria.
Todos os sinos muçulmanos da cidade portuária.
Quando ela nasceu.
Quando ela chorou.
Quando ela berrou.
Sob a sombra das asas de uma harpia brasileira,
ela seguiu.
Sob a sombra das asas de uma sereia,
seguiu o canto da sereia.
Sonhou com suas próprias asas.
Voou com suas próprias asas.
Sonhou com o sol,
sonhou com o amor.
O sol queimou suas asas,
o amor queimou.
Os sinos tocaram em seu coração
quando viu a beleza pela primeira vez.
Morreu em Veneza.
Viveu.
Quis ser fantasma,
não pôde.
O sangue ainda corre.
A alma ainda vibra.
Os sinos ainda tocam.

CEMITÉRIO NOSSA SENHORA DO MONTENEGRO

Desde a adolescência, eu visitava com certa frequência
os túmulos de três desconhecidos
no Cemitério Nossa Senhora do Montenegro,
atrás do qual eu morava em Jundiaí.
Acompanhando minha avó paterna e outros parentes
em visitas aos túmulos da família,
tinha me envolvido com esses mortos:
Mena, Chumbinho e Tereza Rosa Daniek.

Mena, contava minha avó, foi a primeira pessoa
sepultada no Montenegro, em 1973.
Ela tinha apenas vinte anos
quando morreu em um acidente de moto.
Em uma fotografia bastante apagada,
Mena aparecia com sua farta cabeleira lisa,
talvez uma peruca.
Eu imaginava que Mena tinha sido poeta
e que sua família ainda guardava seus diários,
nos quais ela escrevia suas poesias e confessava seus anseios,
seus amores e seus planos.
"Saudades de sua mãe, irmãos e...".
E...?

Chumbinho tinha chamado a minha atenção num dia
em que uma argola de ferro em seu túmulo
balançava com o vento.
Revestido de mármore, poderoso,
o túmulo parecia meio abandonado
e nunca tinha flores sobre ele.
Na fotografia, Chumbinho usava bigode e aparentava tranquilidade.
Me intrigava o fato de que Chumbinho
morrera em 1968, por volta dos trinta anos,
e seu corpo fora transferido para o Montenegro bem mais tarde.
Ele estava sozinho no túmulo.
A placa com seu nome dizia: "Arnaldo Joaquim (Chumbinho)".
E eu queria saber por que ele tinha aquele apelido.
Qual seria sua profissão? Por que morrera tão jovem?
Eu imaginava que Chumbinho tinha sido vítima da Ditadura Militar
e que seu corpo só fora encontrado anos depois.

Tereza Rosa Daniek era a mais fascinante.
Quando descobri seu túmulo, ele estava condenado.
Não era revestido.
O concreto estava preto, sujo, coberto de musgo.
Um grande X preto alertava que em breve,
se sua família ou alguém
não tomasse alguma providência para reformá-lo,
ele seria demolido,
seus ossos seriam transferidos para o ossário geral
e construiriam outro túmulo no local.
Aquela perspectiva me angustiava.
O abandono de Tereza Rosa me angustiava.
No retrato, ela tinha sobrancelhas desenhadas bem finas,
aquelas mesmas das artistas e das prostitutas antigas.
A fotografia devia ser dos anos 1940
e seu penteado também não era de mulher comum.
Eu tinha certeza que o passado de Tereza Rosa
não tinha sido nada fraco.
E me dividia imaginando Tereza Rosa cantando no rádio
ou vivendo em uma casinha na zona do meretrício,
que eu tinha lido em algum lugar que era
na Rua Zacarias de Góes, no centro de Jundiaí,
no passado.

Eu acalentava o desejo de desvendar
os mistérios de meus mortos.

CARAS ERRADAS

Mulheres de cara errada buscam homens incautos
no Parque da Luz, às onze da manhã,
mulheres mais velhas do que a minha mãe.
Enquanto corro e caminho,
uma puta convence um senhor a segui-la
até algum hotelzinho barato perto da estação.
Ele vai ser feliz por alguns instantes.
Ela vai ter o que comer mais tarde.
Eu fico pensando que quando uma dessas putas das ruas do centro
morre ou vai embora para longe,
procurando novas aventuras,
ou simplesmente volta para o lugar de onde veio,
quando uma dessas putas parte, enfim,
quase ninguém fica sabendo.
Eu pensei nisso porque fazia muito tempo que eu não via
a Bettie Page do Paissandú,
que não sei bem se foi puta,
se é puta, se é artista.
No mesmo dia, à tarde,
encontrei a Bettie Page sentada no Paissandú.
Ela estava cheia de hematomas,
com a cara toda roxa.
A Bettie Page apanhou ou caiu.
Homens de cara errada também transitam
pelo Parque da Luz, pelos bares ao redor da estação
e por todo o centro da cidade.
Um deles pergunta se falo inglês,
sempre pergunta.
Eu quero dizer que sim para saber qual é a dele.
Sempre digo que não.
Nas portas dos cinemas de putaria, homens de cara errada
querem diversão ou dinheiro.
Na frente do meu prédio, um cigano,
gordo, grande,
usando panos coloridos na cabeça,
idêntico a João Bafo-de-Onça,
chegou ontem.
Na frente do meu prédio, vendendo seu artesanato,
cabelos meio longos, barbas meio brancas,
um outro,

meio herói marginal, meio conquistador.
Ele me abordou em um restaurante,
queria me vender alguma coisa,
me pediu para abrir o Astral para o hippie.
A cara dele também é errada.
Ele deve viver uma marginalidade que nem imagino.
Certa tipa de cara errada
parece ter acabado de chegar
dos anos 1980.
Ela sai daqui e vai ao Parque da Luz.
Ela também quer ganhar uns trocados.
Ela também precisa se alimentar, embora seja tão magra,
ou por isso mesmo.
Quando vim para cá, uma Marciana, uma cigana,
gorda, grande,
vendia artesanato aqui.
Ela chegava e desenhava com giz ou com uma pedra
uma estrela de cinco pontas dentro de um círculo
no calçadão.
Ela sumiu.
Cartazes espalhados em volta do Largo do Paissandú
alertam contra o Don Juan gay
com uma fotografia de sua cara errada.
O centro de São Paulo mudou pouco
desde Ísis Clarice Leite Diniz.
Quando eu passo pela Praça Princesa Isabel,
procuro as caras erradas do Dancing Danúbio Azul.
Quando eu passo pelo Largo do Paissandú,
procuro as caras erradas do Grill Room Tabú.
Aqui mesmo no terceiro andar,
mora uma bicha magrela de cara errada,
que recebe moços de cara errada
em seu apartamento.
Ninguém tem nada com isso.
Às vezes, eu também queria
que a minha cara fosse errada.

DO TEMPO EM QUE OS PRESIDIÁRIOS ERAM HERÓIS

Cara de ex-presidiário,
do tempo em que os presidiários eram heróis
e valia a pena ter ao lado um homem desses,
de sobrancelhas grossas e escuras sobre os olhos,
sobrancelhas italianas, mãos grandes e fortes,
do tipo que qualquer meretriz
gostaria de sentir em seu corpo.
Um Domingos Montagner mais velho e mais bandido,
vestido de preto. Procuro anéis em seus dedos grossos;
encontro apenas marcas em seu rosto,
emoldurando o olhar carregado
de quem conhece o lado punk da vida,
a barra pesada.
Ele deve ser um bom amante.
Ele deve ter a voz grossa e quente, meio rouca.
Às vezes, muitas vezes, ele deve acender um cigarro.
Depois do amor, talvez, ele sai para caminhar sozinho,
corre sozinho pela estrada.
Seu olhar triste revela que ele já viu alguém morrer.
Alguém morreu em suas mãos.
Ele já matou alguém.
E quando ele beija,
beija com língua de assassino.
E quando ele trepa,
trepa com corpo de assassino.
Mas isso não diminui o prazer
que sua língua e seu corpo podem dar.
Ele espia o celular,
ele espia ao redor,
inquieto.
Ele parece mesmo do tempo
em que os presidiários eram heróis
e eu poderia escrever muitos livros
sobre sua vida marginal
sem que ele dissesse uma palavra sequer.
Apenas olhos nos olhos,
cara a cara,
com esse cara do trem.

PAGE

Ela precisa se proteger
da sujeira do mundo
com seus jornais.
Ela não pode encostar no muro
sem seus jornais.
O muro é sujo.
O mundo é sujo.
Ela retoca a maquiagem
e espera na esquina
algum sinal
- será que ela já saiu no jornal? -

Ela se esquiva.
Ela não sabe nada.
Sorri, meiga,
estranhando a aproximação.
Deve ser um engano, pensa.
Deve ser uma armadilha, pensa.
Ela nem imagina
que em Buenos Aires, bem longe do Paissandú,
eu pensava nela;
mas isso não tem importância
- será que um dia vou saber seu nome? -

Ela me faz pensar nas outras.
Ela me faz pensar em mim.
Musa, obscura,
olhar forte demais
para não ser nada além.
Espreito à distância.
Não tenho coragem.
Eu só queria saber quem é.
O coração dispara,
arrisco qualquer bobagem
- será que ela entendeu alguma coisa? -

NENHUM NOME

Fotos antigas de Tijuana me fazem pensar
naqueles dias em que você andou por lá,
com teu nome falso
e algumas cobras na bagagem,
procurando trabalho,
procurando um contato,
o contato certo,
mandando cartas,
esperando notícias,
que você sabia que não iam te achar,
esperando que a vida desse um jeito
de levá-lo até lá.

Pensei em você ontem cedo,
quando passei pela Luz
e vi algumas putas trabalhando,
anônimas,
algumas personagens locais desse tempo.
Fiquei pensando que se daqui a cinquenta anos,
alguém sair perguntando de qualquer uma delas
pelo nome
ou pelo nome de guerra,
ninguém vai saber dizer nada.
Seus rostos são suas identidades;
isso quando alguém enxerga seus rostos.

Já em Jundiaí,
topei no ônibus com certa nóia,
figura conhecida desde a minha infância,
morena,
com os cabelos crespos presos em dois pequenos birotes.
Posso dizer um punhado de coisas sobre ela,
contar algumas histórias,
nada sei sobre seu nome
e ela deve ter um.

O próprio Magrão,
que eu tanto temia,
tem um nome – Hélio -
e uma família,

pai, mãe, irmãos, uma prima
que buscou ele de carro quando saiu da cadeia,
com seu cobertorzinho nas costas.

Figurantes da vida da maior parte das pessoas, enfim,
gente sem nome.

Aquela bicha meio índia
que andava com uma bolsa
e pedia dinheiro.

O próprio Carlos,
até eu chegar e espalhar para todos
seu nome e sua história.

Acho que você também caminhava anônima,
em Copacabana,
em Chula Vista,
as pessoas te viam passando nervosa, agitada,
xingando,
todos conheciam o teu rosto,
ninguém sabia o teu nome.

Afinal, você tinha tantos nomes.
Afinal, você não tinha nenhum nome.

A GAROTA QUE MORREU NO TRAILER

Ninguém sabe se ela era feliz,
a garota que morreu no trailer
em um dia quente de agosto no verão.

Quando a polícia arrombou a porta,
eles a encontraram morta no chão,
seu corpo estava se decompondo.

Ninguém quis suas perucas depois,
ninguém quis suas roupas depois,
suas calças justas, suas blusas decotadas.

Ninguém quis seus papéis velhos depois,
ninguém quis suas fotos depois,
as peles soltas das cobras dela.

Em um retrato, ela era uma jovem bailarina,
e no álbum de fotos, ela era uma encantadora de serpentes,
e para os vizinhos, ela era apenas uma perdedora.

E para os vizinhos, ela era apenas uma não-americana.
E para os vizinhos, ela era apenas uma velha.
E para os vizinhos, ela era apenas uma prostituta.

Eu choro porque eles nunca souberam:
ela era a garota mais legal da cidade,
mas ela foi forçada a viver down.

Em Chula Vista, ninguém queria ser amigo dela.
Em Chula Vista, ela parecia muito exótica.
Ela era humana, a vizinhança era robótica.

Ninguém sabe se ela sentiu falta do Brasil,
a garota que morreu sozinha e estrangeira no trailer,
mas tinha sido famosa como faquir, cantora e dançarina.

Ela cavalgou nua no Rio de Janeiro como Lady Godiva.
Ela foi trancada em um caixão de vidro como Branca de Neve.
Para sobreviver, ela foi morar na cova das serpentes.

Depois que a polícia levou seu corpo embora,
outra pessoa foi morar no trailer
e ela foi totalmente esquecida.

Mas para mim, a fogueira dela ainda queima.
Mas para mim, a estrela dela ainda brilha.
Mas para mim, a voz dela ainda ecoa.

Eu sei que ela era pura alma,
a garota que morreu no trailer
em um dia quente de agosto no verão.

ESTOU TENTANDO FALAR COM ELA

Estou tentando falar com ela.
Lembranças de um dia feliz
visitando um parque histórico em San Diego
com uma porção de mulheres
nos aproximam.
Eu estou diante dela, finalmente.
Pouco mais de sessenta anos de idade,
perucas e grandes chapéus, boás,
tops brilhantes, calças justas,
maquiagem pesada.
Eu estou diante dela, finalmente.
Exilada, solitária, extravagante.
É impossível não olhar para ela
entre aquelas mulheres tão comuns.
É impossível continuar tão longe,
quando tudo em mim chama seu nome, seus nomes,
e ela não responde.
E eu estou tentando falar com ela
através de estranhos,
através das memórias frágeis,
através de sua figura, esquecida durante tantos anos
para vir à tona somente agora.
Acho que ela não chegou no seu destino.
Acho que ela parou no meio do caminho.
Acho que ela não tinha mais forças para prosseguir,
não tinha motivo para voltar nem ficar nem partir.
Estou tentando falar com ela, continuo tentando,
esperando ouvir sua voz. Eu posso entender sua língua.
Eu conheço fragmentos de sua história.
Podemos falar de Carlos.
Ela não vem quando chamo seu nome. Sou seu órfão.
O tempo passa,
não ouço sua voz.
O tempo passa,
o passado se afasta de mim.
Ninguém pode entender,
and I love her.

MEU PRÓPRIO CURARE

A noite me pede calma
para enfrentar a tempestade
e o chamado,
quando canto meu próprio curare,
quando invoco uma energia a se perder,
uma fogueira a se apagar,
que reacende,
se acha,
e volta à tona,
comendo através da minha boca,
fazendo amor através do meu corpo.
Não ouso confessar
a impressão de paranoia,
de alguém no comando;
o prazer de dar vazão
ao ser de alguém.
Não estou só na rua
nem na casa quando todo mundo sai
e ninguém me visita.
Aquela mesma sombra que vejo acompanhando alguns
me atravessa
e se deixa atravessar por mim.
Eu não estou perdendo tempo com as sombras.
Os fantasmas existem tanto quanto qualquer um de nós.
As estrelas giram,
a roda da sorte gira,
e eu não giro sozinho,
quando acredito em alguém que me orienta.
Parceria.
Cumplicidade.
Somos comparsas.
Empresto as minhas sensações
em troca das suas emoções.
Quero acreditar que estou
cantando meu próprio curare.

ANTI-HEROÍNAS

Injeto anti-heroínas
na alma torta e feminina,
masculina, hermafrodita.
Injeto anti-heroínas
procurando delírios
que me ajudem a encontrar
a sombra que perdi em um porto
e ainda vaga por lá,
seguindo algum marinheiro,
algum marujo bêbado,
que pensa que ela é um cachorro
e manda esperar
do lado de fora do bar.
A sombra espera,
passiva,
abandonada,
enquanto na alma,
as anti-heroínas estimulam
o corpo na busca
pela sombra eternamente perdida,
misteriosamente perdida,
subversivamente invertida
para não ser encontrada,
fugitiva,
obscura,
sentada na porta do bar,
esperando.
Talvez se aparecesse
alguém sem sombra,
ela deixava o marinheiro
e ia ser a sombra de algum distraído
que não se percebesse
acompanhado por uma sombra
que não fosse a sua.
É fácil encontrar caras assim
no porto
e no centro da cidade,
gente que não repara na própria sombra,
gente que nem se dá conta
que tem uma sombra,
nem desconfia.

Eu injeto anti-heroínas na alma
e anuncio no jornal
e conto para os amigos
e sonho com isso,
comigo encontrando
a sombra perdida em um porto,
sem saber se uma sombra,
depois que se perde,
volta a seguir o seu dono.
Trago a alma saturada
de anti-heroínas,
de mulheres clandestinas
e outras drogas que conduzem
ao encontro de si,
ao encontro de Cy,
ao encontro da Mãe,
de quem todos somos sombras,
múltiplas sombras,
perdidas em um porto,
perdidas na vida.

DIDIO VIEGAS

Andarilhos chamam a minha atenção por todo o centro da cidade,
e em outras cidades,
possíveis andarilhos, prováveis andarilhos,
andarilhos de longas barbas brancas
e gente dormindo na rua.
Quando avisto um corpo deitado na calçada ao longe,
fico atento e corro para perto, ávido,
procurando seus traços.
É óbvio que estou buscando Carlos neles,
é óbvio que estou buscando Carlos,
e só não é tão claro
o que de mim
estou buscando em Carlos.
Romantizo a vida que levam os andarilhos,
romantizo Carlos,
romantizo a decadência do centro da cidade,
romantizo a Bettie Page do Paissandú,
com sua franjinha descolorida
e sua calça selvagem.
Certa noite, quando chegava de Jundiaí,
vi a Bettie Page bem louca,
jogando longe um par de tênis,
com suas trancinhas descoloridas.
Eu queria chegar nela
e saber sua história.
Eu queria chegar nesses hippies da São João,
que acampam na frente do meu prédio,
e saber suas histórias.
Eu queria saber a história do meu prédio
e a história do meu quarto,
quantos falsários passaram por aqui,
quantos traficantes de haxixe,
quantas putas,
quantos artistas.
Eu tenho orgasmos com memórias.
De Carlos, presumo, espero que me devolva
um pedaço importante
da minha própria memória.
Para Carlos, peço tudo,
e ele me dá tão pouco.

Procuro Didio Viegas,
andarilho também.
Acho uma pena não poder ser
a reencarnação de ninguém que morreu
depois que nasci nessa vida.
Acho uma pena porque tenho ânsia por um passado,
embora muitas vezes me angustie
não saber bem o que faço
com o meu próprio passado,
agora que já tenho vinte e cinco anos para trás,
vinte e cinco anos,
alguns amores,
um grande amor,
e os meus avós,
o meu avô,
que deixei partir falando e escrevendo em alemão
na estação do meu sonho,
sempre em alemão,
e Marlene Dietrich,
e o padre,
para cujo retrato cantei
como se fosse uma cantora de cabaré.
Tenho vontade de sentar nos bares
e ouvir as histórias
de quem beba comigo.
Tenho vontade de conhecer os significados
de cada tatuagem
dessa gente marcada pela vida.
Talvez eu também queira contar
alguma coisa de mim.
Talvez eu queira saber
alguma coisa de mim.

TESTEMUNHA DE UM CRIME

Testemunha de um crime
pela janela aberta.
A luz acesa me denuncia,
espiando a vida do terceiro andar.
Sonho com um crime
protagonizado por personagens desconhecidos.
Surge um pacto entre nós.
O criminoso, a vítima,
a testemunha: eu.
De madrugada, os hippies celebram qualquer coisa,
sentados à beira do fogo.
São Paulo não para.
No puteiro, música alta.
Pessoas passando apressadas,
ou loucas,
pelo meu calçadão.
E eu sou testemunha de um crime
que imagino.
Ouço gritos, corro à varanda,
espio assustado,
entusiasmado.
Quando me chamaram para descer
no Carnaval,
recusei.
Prefiro estar morto
do que qualquer outro beijo.
Corpos quase sem rosto,
barbas.
Perder Genet para viver Genet.
Prefiro estar morto
do que qualquer outro corpo.
Embora questione às vezes
- mas se eu mesmo nunca posso deixar de sentir ciúme...?
E já que deixei a navalha,
possivelmente em outra vida
(devo ter perdido muito mesmo
para nunca esquecer),
e já que não conto mais com uma navalha,
acho que vou ser no máximo
testemunha de um crime,
se der sorte ou azar.

Sonho com tramas policiais,
emoções mirabolantes.
Já fui testemunha de um suicídio
depois que vim para cá.
Um cara se jogou do Martinelli,
eu vi o corpo todo estourado,
uma coisa laranja saindo.
Já fui testemunha de uma travesti moradora de rua
vestida de rosa
com um cobertor cor-de-rosa
se preparando para dormir com seu jovem parceiro na calçada.
Uma travesti negra de cabelos crespos cor-de-caju.
Eles iam dormir mesmo,
não era só sexo.
Existe amor em São Paulo.
Existem galãs no bas-fond.
Bandidos formidáveis,
verdadeiros heróis
de cabelos longos.
Espio caminhando pelas ruas.
Espio no metrô.
Espio de dentro de mim
e procuro parecer sombrio e misterioso,
quase como se fosse perigoso.
A minha alma fuma muito,
ginga o meu corpo,
torce a minha boca,
enruga a testa,
arqueia a sobrancelha.
Será que isso é o que eu queria ser
ou o que sou de verdade?

UMA BRUXA

Sou uma bruxa,
não vês?
O meu olhar me identifica
quando ando pelas ruas,
suspeita e sombria.
Não é possível que alguém não repare,
apesar da distração geral
no centro da cidade.
Não é possível que,
mesmo por distração,
alguém não esbarre na minha asa,
na minha enorme asa de bruxa,
ainda mais invisível.
Alguém que esbarra na minha asa,
decerto, percebe, vê:
sou uma bruxa.
Ninguém pode evitar que eu seja.
Ninguém pode evitar que eu exista.
Ninguém pode evitar que eu more na vizinhança
e crie bichos de estimação de bruxa,
e voe como uma bruxa,
e olhe como uma bruxa.
Ninguém pode evitar que eu adivinhe,
pressinta, intua.
Sou uma mulher,
sou uma bruxa.
Ninguém pode evitar
que eu ande acompanhada de bestas,
que as minhas amigas sejam
os monstros que se escondem na escuridão.
Ninguém pode evitar que eu cavalgue de madrugada,
quando todos dormem.
Ninguém pode deixar de me encontrar em um sonho
quando estou passando por perto,
com a minha capa preta de bruxa,
ou nua.
Branca e nua.
Negra e nua.
Amarela e nua.
Vermelha como os diabos
e nua.

Azul como Mãe Kali
e nua.
Esquelética e nua.
Farta e nua.
Ruiva, índia, gigolette.
Ninguém pode evitar:
continuo sendo uma bruxa,
continuo vendo o que vocês não veem,
continuo sabendo o que vocês não sabem,
continuo morrendo e renascendo
todos os dias,
enquanto vocês só vivem
o tédio de não ser uma bruxa.

VELHAS RAINHAS DA RUMBA

Velhas rainhas da rumba,
cujos biquínis não existem mais.
Perderam-se com o tempo, rasgados, desfiados,
lançados ao lixo comum de um cortiço qualquer
no centro da cidade.
Velhas rainhas da rumba,
coroadas sem coroas nem grandes honrarias
pelas vozes potentes e animadas
dos homenzinhos que anunciavam as atrações
dos pequenos circos em seus alto-falantes.
Velhas rainhas da rumba
frequentando o meu quarto de madrugada... Não têm medo de mim?
Não têm medo que eu lhes prenda para sempre
e não lhes deixe partir?
Sou um caçador disso mesmo:
de velhas rainhas da rumba.

Velhas rainhas da rumba
aguardando atentamente na coxia o chamado do apresentador...
No que pensam antes da dança?
Velhas rainhas da rumba
distraídas pintando seus rostos, cada uma trancada em seu camarim.
No coração de cada uma, quantos segredos trancados?
Velhas rainhas da rumba,
escravas de minha senhora, a cafetina-mãe dessa casa, eu,
sou a casa disso mesmo:
de velhas rainhas da rumba.

Fui uma rumbeira em outra encarnação.
Dançando rumba, eu ganhava a vida.
E quanto mais eu dançava na vida, mais a rumba me ganhava.
Fui uma rainha em outra encarnação.
Rainha da rumba de um circo mambembe.
Velha rainha da rumba! Pobre rainha da rumba!
Dançando pobres rumbas para ganhar a pobre vida...

Velhas rainhas da rumba,
por que não deixaram meus espelhos
quando eu mesmo deixei de ser
uma velha rainha da rumba?

SUZY KING NA GIRA DA URUCUBACA

I

Socos na bailarina na zona portuária.
Suzy estava bem louca procurando um navio
para visitar com seu amigo português,
malandrão da Lapa, mercenário, gigolô, sessenta e poucos anos,
Eduardo Alves Monteiro, solteiro,
a fim de alguma diversão no centro da cidade
depois de ter desembarcado no Brasil.
Então eles procuravam o navio no qual muita loucura,
drogas, quem sabe cobras contrabandeadas,
aguardavam Suzy.
E aí veio um policial de outros tempos,
antigo desafeto, antigo afeto,
que já conhecia Suzy desde seus tempos de Diva Rios
ou de algum cabaré. Ele não gostou de ver Suzy
circulando pela zona portuária. Ele sabia
que aquela garota era encrenca e que,
se ela andava por ali, boa coisa não era.
Ele foi logo advertindo: "Ei! O que você faz aqui?
Aqui é a minha área. Não vem querendo aprontar
porque você vai se dar mal!". Suzy ficou furiosa.
"Não te compete esta indagação!".
O soco que Suzy levou assustou Eduardo.
Ele não sabia como agir, era meio covarde.
Mas Suzy sabia, já estava acostumada.
Suzy se levantou e ergueu a cabeça,
sem perder a compostura, embora ela fosse
a própria descompostura. Suzy encarou o policial
e disse: "Muito bem! Muito bem! Você está fodido!
Você não pode falar assim comigo!".
Mas o policial conhecia Suzy de outros tempos,
de seus tempos de Diva Rios,
e ele sabia que por trás da grande diva indígena,
deusa de cocar, misteriosa,
havia uma mulher perigosa.
"Não, Georgina. O negócio está só começando!".
E atingiu Suzy novamente.
E dessa vez, quebrou um dente da tipa.
Foi quando Eduardo tentou reagir

e também foi agredido, por um colega do policial.
Eles estavam na zona portuária do Rio de Janeiro,
perto do Touring Club.
Eduardo não sabia como agir. Ele estava confuso. Doía.
E ele não tinha o que fazer.
Na verdade, não passava de um velho mole.
Suzy se recompôs
e desistiu de continuar procurando aquele navio pirata.
Ela perguntou: "Você vem comigo?". E Eduardo foi.
Não tinha outra solução e ele próprio não sabia o que fazer
além de seguir Suzy para onde quer que ela fosse.
E talvez o que ele queria mesmo era comê-la,
mas Suzy não estava ali para isso. Ela tinha planos mais sérios.
Então foram até a delegacia mais próxima.
Chegaram lá e Suzy foi destratada pelo policial que atendeu
e também zombou dela. Zombou de Eduardo.
Zombou, cruelmente.
Suzy perguntou: "O senhor está maluco, seu delegado?
Como é que trata assim uma cidadã
que vem aqui denunciar o que um dos teus homens fez
da forma mais vil possível?".
O delegado ria e ria.
E então chegaram o agressor e seu colega.
Quando viram Suzy e Eduardo ali,
sabendo o que estava acontecendo, não hesitaram.
E na frente do delegado,
Suzy e Eduardo foram agredidos novamente.
Era muita loucura para uma tarde só.
Uma tarde que devia ser alegre e bandida. Havia sol.
Suzy saiu da delegacia, xingando, esbaforida.
"Vem, Eduardo! Vamos mostrar a eles!".
Foram a outra delegacia, essa mais distante,
onde ninguém conhecia os dois.
Esse outro delegado prometeu averiguar o caso.
Ele não sabia se devia confiar naquela mulher
com um dente quebrado e cabelos desgrenhados,
uma enorme cabeleira desgrenhada,
e decote, e calças compridas.
Mas ela parecia tão sofrida, ela precisava de ajuda.
Então o delegado prometeu averiguar.
E Eduardo, aquele velhote, não fez nada de útil.
Suzy estava frenética e se mandou da delegacia.
Se despediu de Eduardo e não voltou mais

à zona portuária naquele dia.
Ela não queria correr o risco de apanhar de novo.
Precisava se recompor e disfarçar o dente quebrado
para o show daquela noite,
num inferninho em Copacabana.
"Eu nunca mais vou voltar para a Lapa.",
prometeu Suzy King a si mesma,
sabendo que era algo que não cumpriria.

II

A vida noturna é difícil
para quem não sabe o que fazer de si.
E em casa, Suzy tinha algumas cobras,
em seu apartamento em Copacabana,
para fazer seus shows e dar pinta.
Suzy nunca se olhava no espelho
para não saber que estava ficando velha, mas naquele dia,
pegou um táxi e se viu sem querer pelo espelho do retrovisor.
Então ela deu um grito. Mas o que fazer?
Era tarde e precisava se maquiar
e disfarçar aquele dente quebrado.
Criatura infeliz, desprovida de bom senso,
mas corajosa e destemida,
a enfrentar os infortúnios do bas-fond
com sua navalha colorida e seu senso de humor
implacável, mordaz e cruel. Ela era uma mulher cruel.
Suzy estava pronta para aquela noite. Em seu apartamento,
fez uma última reza e saiu para o inferninho.
Mas antes ofereceu um pouco de bebida ao santo.
Como ensinou ao filho. E sorriu.
Como tinha aprendido com uma velha bruxa da Bahia.
Suzy foi saindo. Estava sozinha. Ganhou a rua. Anoitecia.
Era quase madrugada e ninguém decente andava pela rua,
muito menos se fosse mulher.
Mas Suzy não era paga para ser decente.
Não morava muito longe da zona principal dos inferninhos.
A deusa índia chegou na boate. Não tinha levado as cobras.
Esqueceu em casa. "Meu Deus! Outra vez, Suzy?",
esbravejou o dono da boate, furioso.
Estava na hora do show e não dava tempo de buscá-las.
O dono da boate mandou improvisar uma rumba qualquer.

Ou um mambo. "Mas, senhor, a plateia pagou
para me ver dançando com as cobras.
Eles vão querer as cobras.".
"Te garanto que ninguém aqui gosta mais de cobra
do que de um corpo seminu de mulher. Anda logo!
Tira a roupa e vai para o palco!".
Palco! Ora, se aquilo fosse palco... Mas nem era.
Não passava de um tablado improvisado
no centro daquela espelunca,
cercado por todas as mesas.
E os homens uivavam e gritavam e bramiam.
Eles queriam logo a dançarina prometida,
com cobra ou sem cobra.
Mas tinha que ter boceta! E Suzy tinha.
Foi logo se atirando no palco
ao som de uma rumba boa, tocada apenas por um saxofone.
Orquestra miserável composta por apenas um músico.
Mas ele mandava bem no sax e Suzy mandava bem na dança.
Corpo vai, corpo vem, um corpo tão bom, ora essa, quem tem?
E Suzy se desfazia em rimas e deixava faíscas de fogo
por onde seu corpo passava
e se atirava e se jogava na plateia e voltava ao palco.
Parecia que ia dar, parecia que ia dar,
mas não dava para ninguém.
Não precisava de cobra. Ninguém queria saber se tinha cobra ou não.
Ninguém se lembrou que alguém prometera uma cobra.
E ninguém queria saber se ela era mesmo uma bailarina
ou a idade que tinha.
Eles estavam lá para ver uma mulher dançar
e ela ainda era uma baita mulher,
Suzy para lá, para cá, no compasso da rumba, ou era um mambo.
Balançava o rabo, ouriçada. Tinha um imenso rabo de jacaré.
E demônios no corpo. Diabinhos guardados
em cada curva de sua silhueta, de seu fantasma.
Suzy era um fantasma pronto para viver outra vez.
Alçando voo dentro do ventre de sua nova mãe.
Suzy paria a si mesma enquanto dançava.
Era quando a vida não importava.
Era Copacabana em seu esplendor.
Era Lilith e seu exército de demônios maléficos
prontos para um grande plano, desarmar o Deus e tomar tudo.
Depois do show, Suzy King ia embora e, nem sabia como,
acordava nos braços de alguém; pelo menos,

ganhava algum dinheiro.
Ah, se tivesse sapatilhas mais novas...
Foi numa noite dessas que chegou um contrabandista.
Queria saber quanto Suzy pagava por uma nova cobra,
recém-adquirida, de tamanho grande, dantesca,
boa samaritana e até muito simpática,
com sua linguinha bífida de embrulhar o estômago
dos mais sensíveis.
Por favor, não me toque. Era essa a mensagem da cobra,
assustada, recém-caçada.
O homem queria uma certa quantia para se livrar dela.
Não podia ficar muito tempo com a cobra.
"Vamos até o meu navio?".
Não demorou muito e estavam transando no porão de um navio
do qual ele não era o dono, muito menos empregado,
mas um mero clandestino contrabandista.
Nem a cobra era dele; por isso, a pressa.
Não é que precisava se livrar logo dela.
Precisava vender antes que perdesse a oportunidade de vender.
Suzy percebeu tudo e deu só metade do valor
e ele se contentou e a ajudou a tirar a cobra do porão.
Lá fora, ele tomou o cuidado de chamar um táxi
para levá-la até sua casa e, dessa vez, ela tomou o cuidado
de não olhar para espelho nenhum nem gritar
e levou a imensa caixa de madeira com a cobra enorme dentro
no banco de trás, cantando uma canção de ninar
para acalmar a cobra e acostumá-la à sua voz.
É preciso dizer. Sua voz nada angelical.
Ao chegar, Suzy pegou uma garrafa de uísque e tomou uns goles.
Seus olhos se acenderam.
"Vamos lá, cobrinha! Beba comigo!",
e jogou aquela bebida toda na boquinha semiaberta
da coitada da cobrinha ainda assustada, que tremeu.
Ia morrer poucos dias depois,
envenenada pela loucura da bailarina.
Suzy apagou. E quando acordou, já era hora de sair
e procurar na rua algo mais que o trottoir,
que outra vez deu errado,
pois ela era uma loser.

PERAMBULO, AI!

Perambulo, ai!
Se abro a boca e nenhuma voz sai, espero à janela
e do céu não vem voando sereia
para me emprestar sua voz.
Mergulho, procuro, a cabeça submersa, preciso de ar.
E não encontro sereia para me emprestar sua voz.
Convido a entrar os vampiros, arranco dos espelhos os lençóis...
Onde estão os meus mortos?
Ninguém vem à festa. Convido e acordo,
sem libertar a mulher
presa no porão do meu navio.
A morte é uma travesti.
Caveira colorida, mexicana, de boca vermelha,
inteira dourada.
Jamais fiz nada para ser diferente.
Se fiz o que fiz, é porque sou diferente.
Se sou o que sou e caminho sozinho
pensando canções, ciúmes, medos,
obstinado andarilho,
desejando sumir no mundo, ir para além da poeira da estrada:
sonhar com Carlos.
Os dois sentados na calçada
numa noite bem suja, bem quente.
Esse filho me abandonaria quando o cansaço chegasse
e o meu corpo já não fosse capaz de segurar esse sonho.
Ela ainda vive dentro de mim.
Uma vez, perambulei pela noite de Tijuana vasculhando nos bares.
Ela estava lá, and I love her. Yacui Yapura.
On the road.
Mãe Cigana,
Phedra de Córdoba, Lecuona Cuban Boys,
Babalu.
Até o fim.
Piaf trêmula, distante, no altar do Teatro Oficina.
Nunca mais vou me perder do meu filho.
Por ela,
por ele,
por mim.

QUANDO A MADRUGADA CHEGA NO SILÊNCIO DO MEU QUARTO

Quando a madrugada chega no silêncio do meu quarto,
estou dentro de um carro que corre numa estrada plana
nos Estados Unidos da América.
O carro corre numa estrada cercada por desertos e postos.
De madrugada, são postos-fantasmas.
Transam putas e caminhoneiros.
Lá dentro, jukeboxes tocam
canções americanas de beira de estrada.
Outra estrada,
mas afinal a mesma estrada que Silki percorria
Rio Grande do Sul afora
depois da morte de seu velho mestre.
A estrada é uma só em qualquer lugar.
Quando a madrugada chega no silêncio do meu quarto,
ouço tangos que me dão a certeza
de uma vida recente nas madrugadas portenhas,
ou talvez em alguma cidade nordestina,
em um cabaré cujos tangos noite adentro remetiam a Buenos Aires,
um cabaré baiano, um cabaré pernambucano,
quem sabe um cabaré no Norte,
cabaré amazonense,
ao som desses mesmos tangos.
Quando a madrugada chega no silêncio do meu quarto,
personagens que conheci viajando desfilam
em meio aos meus pensamentos.
Fidélia, de lenço na cabeça, inteira vestida de branco,
em uma reunião de fãs em volta do túmulo de Carmen Miranda,
no Rio de Janeiro.
Segui Fidélia pelo cemitério
até o túmulo de Odetinha, a menina-santa.
Santa como Jandira, de Campinas.
Santa como Tereza Rosa Daniek,
que ninguém além de mim percebeu que era santa
e teve seu túmulo demolido;
e se não é uma santa,
deve pelo menos ter sido uma das maiores tipas
que Jundiaí já teve.
Segue a procissão de personagens de viagens.
Cândida, que também cobria a cabeça
e nos ensinou um pouco de sua sabedoria mística.
São personagens que conheci por acaso,

viajando pelo Brasil.
Maria Molambo da Lixeira do Inferno.
Noto em todas a semelhança do misticismo, da religião.
Quando a madrugada chega no silêncio do meu quarto,
vem também essa gente misteriosa das ruas de Jundiaí:
o homem cheio de anéis, colares e contas
que vaga entre a Agapeama e a Vila Arens
e em certa noite, parecia um Exu,
vestindo um terno preto,
a expressão de maldito no rosto.
Vem aquele que tem barba e veste roupas femininas
e anda puxando um carrinho com papelão e latinhas.
Vem o ator de teatro que vi no terminal rodoviário
interpretando José Régio
e pensei que fosse "Morte em Veneza";
foi no dia 23 de março de 2012.
Quando a madrugada chega no silêncio do meu quarto,
encontro as canções perdidas de Marina Regina.
Quando a madrugada chega no silêncio do meu quarto,
analiso as fotografias de Yacui Yapura
com sua cara de chefona de algo bem ilícito,
de Tudinha, de roqueira velha, de cuca.
"This is my house", The Moody Blues.
Para depois morrer nua sozinha no trailer,
de tranças grisalhas;
sem cobras?
Quando a madrugada chega no silêncio do meu quarto,
encaro a Esfinge de Copacabana
e me vejo refletido num espelho que revela
o que se quer ser.
Quando a madrugada chega no silêncio do meu quarto,
estranho o fato de que habito o meu corpo
dia após dia,
desde que posso me lembrar.
Quando a madrugada chega no silêncio do meu quarto,
eu me encaro de frente, eu me encaro de fora,
eu me encaro de dentro,
e sei que até o fim da minha vida,
haverão madrugadas e silêncios
em algum quarto que seja o meu.

MANIFESTAÇÕES DO OCULTO

Uma de suas colegas da noite quis que Suzy a acompanhasse
até o interior de São Paulo, onde poderia conseguir colocação
num cabaré, como artista, ou talvez
uma boa remuneração como prostituta.
Era uma cidade de muitos cabarés,
muitos pontos de luz vermelha na beira das estradas
que ligavam as fazendas e o centro da cidade.
E partiram e tentaram a sorte no interior durante algum tempo.
Nessa época, Suzy King conheceu a Cigana,
que quase ninguém chamava de Pombagira naquela época.
Foi em um desses cabarés. Suzy viu a Cigana
chegando entre as moças e olhando para ela.
Pensou que era mesmo uma mulher de carne e osso,
uma prostituta ou cafetina, embora estranhasse o vestido vermelho
e os trajes à moda cigana e o pandeiro e as joias.
Suzy perguntou para sua amiga quem era aquela mulher.
A amiga estranhou: "Não tem mulher nenhuma.
Não tem nenhuma cigana aqui.".
Suzy mostrou e apontou e a amiga continuou negando.
Suzy caminhou na direção da Cigana para tirar a dúvida
e ela fez sinal para que a acompanhasse em silêncio
e a seguisse até a mata nos fundos do cabaré.
A Cigana foi caminhando pela mata escura, mas Suzy não se perdia
e se deixava guiar por suas joias, que iluminavam tudo ao redor.
Chegaram a uma clareira. Havia uma roda traçada no chão
e uma estrela no centro. A Cigana finalmente falou.
"Essa é a Roda da sua Fortuna e há magia nela, mas também há dor.
Eu não posso mudar nada, mas estou com você
desde aquele dia na tua infância
em que você viu Guge Kloze num circo em Jequié.
Eu estava com ela também e agora estou com você.
Você vai ter que arranjar umas cobras
para te acompanharem em todo canto, se quiser continuar vivendo.
Enquanto as cobras estiverem contigo, você viverá.
As cobras vão te revelar o futuro das pessoas.".
"Mas o Diabo me disse que não há futuro
nem passado nem nada além do agora!", replicou Suzy.
"E quem acredita no Diabo?", gargalhou a entidade,
"Eu sou a Cigana e sei bem mais do que ele.".
"Qual é o teu nome?", quis saber Suzy.
"Você só vai descobrir se merecer.

Eu vim do mar, eu era gigante, eu vim caminhando pelo mar
desde a Espanha. Eu era negra e hoje tenho olhos verdes.
Eu me transformo e vou ser você. Eu vou morar em você.".
Suzy acolheu a Cigana e nunca mais ficou sozinha,
mas só ela via a Cigana e quando a chamava,
ela vinha e ajudava, nunca deixou Suzy na mão.
Suzy passou a ver fantasmas e gente morta,
mas jamais viu seus pais. Seus avós. Sua bisavó índia.
Jamais viu nada nem ninguém que fosse parente ou antepassado.
Suzy não estava ligada a nenhum deles.
Seu caminho era solitário. Estava traçado.
E as almas com quem lidava eram de gente como ela.
Tudo gente só. Gente sem eira nem beira. Gente da escuridão.
Gente que morre sozinho e ninguém se dá conta.
A solidão de Suzy era enorme.
Nem o Diabo nem a Cigana nem os fantasmas
poderiam compreender tal solidão.
Nem o Cristo Alado
nem qualquer objeto de culto ou adoração.
Nem o Deus dos homens.
Porque Suzy era a Solidão.
Caminhando por uma estrada, avistou um acampamento ao longe.
Era um circo. Suzy quis saber se alguém ali
já tinha ouvido falar de Guge Kloze
e ninguém lembrou de nada; exceto, talvez, um velho que dizia
ser de circo há muito tempo e que não tinha certeza, mas achava,
que há muitos e muitos anos, ouvira sim falar de uma polaca
que domava cobras e viajava pelo Brasil e pela Argentina
com suas terríveis serpentes. Uma mulher diabólica.
Suzy insistiu e ele lembrou de mais alguma coisa,
mas talvez nem fosse real.
Suzy estava obcecada por encontrar alguma pista
de quem tinha sido aquela Guge Kloze de sua infância,
que domava cobras e de quem a Cigana sabia.
Mas quando chamava a Cigana para lhe falar sobre Guge Kloze,
ela se negava. E todos os espíritos eram reticentes e misteriosos
quando o assunto era Guge Kloze.
E o próprio Diabo se calou diante de sua insistência.
Para que querer saber de Guge Kloze?
Era uma sombra de seu passado que convinha mais esquecer
do que insistir em lembrar e descobrir
e fazer renascer das cinzas!

Mas Suzy estava obcecada e jamais deu o braço a torcer.
Intimamente, ela sabia que não convinha continuar indo mais fundo.
Procurava se agarrar a algo que parecesse longínquo
e distante da magia mais negra.
Mas se esse algo era justamente Guge Kloze,
ela estava enganada, pois fazia parte de seu mistério
e estava crucificada no centro de sua alma,
com braços abertos e pregados na cruz
que acompanhavam seus movimentos
e enormes asas que nunca podiam voar
enquanto permanecesse presa.
Guge Kloze era também seu Cristo Alado.
Guge Kloze era sua visão, seu arrebatamento, sua rebentação.
Guge Kloze era todas as manifestações do oculto em sua vida.
Suzy King hoje é a manifestação do oculto
e o meu Cristo Alado
e a minha cicatriz aberta esperando ser curada
depois de uma grande loucura.

O INCÊNDIO DA AVÓ VELHA

Saia riscada com fogo.
No preto da saia, como em um carvão,
o fogo risca um desenho colorido.
Eu olho para a saia e viajo nas figuras riscadas no preto,
nas figuras queimadas.
Remete à minha infância.
Pedras, flores, pássaros.
Os traços vão mudando de cor conforme o fogo risca a saia.
É como um palito de fósforo desenhando.
Pelo vão da saia, escorre sangue.
O que fica endurece e o preto do sangue endurecido
se mistura com o preto da saia.
Negrume da noite,
negrume da saia.
Minha avó não me censura por estar suja.
Minha avó também está suja.
Ela gosta da sujeira.
Ela não conhece o que não é sujeira.
E eu louca para estar sozinha,
para arrancar a saia e não sentir mais o fogo queimando,
a saia quente queimada,
riscada pelo fogo que nela desenhou a minha infância,
a minha infância com a avó suja.
Eu tinha medo quando ela me mandava lavar a louça.
Eu tinha medo porque a água me molhava
e a água podia apagar o fogo que riscava a minha saia,
a água podia amolecer o sangue endurecido no meio das minhas pernas,
a água arrancaria de mim as memórias físicas, duras,
da primeira menstruação,
e eu ainda não sabia que menstruaria para sempre.
Mas e se a sujeira endurecesse e adoecesse o meu corpo de tal forma
que bactérias impedissem futuras menstruações?
E se eu nunca mais menstruasse?
Deixaria de ser mulher?
Deixaria de ser a neta de minha avó?
Ah! Minha pobre avó suja!
Minha pobre avó louca!
E eu suja, sangrando, sangrada, seca de tanto sangue,
doente do sangue seco!
Eu precisava urgentemente arrancar aquela saia,

metê-la na água,
me meter na água até amolecer o sangue,
até partir de mim a primeira menstruação.
E se eu tivesse mãe, ela viria do fundo das águas,
viria pela banheira, viria do esgoto.
Minha mãe, que seria uma sereia do esgoto,
uma sereia fedendo,
uma sereia coberta de sujeira e restos de ratos
e água sanitária,
água suja.
Minha avó deve ter tomado banho um dia
e dela nasceu minha mãe,
já afogada na água suja de seu corpo,
e minha mãe virou uma entidade,
essa entidade da água,
essa entidade que viria me salvar,
me salvar de minha avó, como se dissesse:
"Filha minha, eu sei o que passei com essa mulher
e o mesmo com ela não passarás!
Minha filha, eu vim te salvar.".
Minha mãe não veio jamais.
Veio uma outra sereia, um dia, do fundo da banheira,
submergiu e pensou que eu queria afogá-la,
e eu pedi apenas que me lambesse inteira,
mas com a cabeça submersa.
Me lambesse, me lambesse, até eu me perder,
até eu enlouquecer,
e na verdade era minha mãe nascendo de dentro de mim
aquela língua me lambendo.
Era minha mãe nascendo de mim na água,
como nascera e morrera simultaneamente,
afogada ao nascer, morta ao nascer
de dentro de minha avó naquela mesma banheira antiga.
Não sei de uma geração que não tenha vivido nessa banheira,
nascido, morrido, sofrido,
todas se afogaram nessa mesma banheira.
Por isso, dizem que tenho uma maldição de família.
No entanto, nem na água se apagou o fogo riscado na saia.
A saia desenhada agora tinha as chamas altas, tinha o fogo alto.
Um incêndio e minha avó, minha pobre avó,
estaria para sempre queimada e esquecida entre as cinzas da casa
em que tanta gente nascera e morrera na água da mesma banheira.
A casa pegou fogo,

a casa inteira,
e eu sorria, e escapava, e fugia,
e a avó incendiada, só ela não sabia,
não sabia o que se passava.
E com todo seu passado, com seus antepassados,
com a falta de um futuro,
com a falta de sua filha, que morrera,
consigo mesma, minha avó queimava.
E eu via feliz o fogo tomar aquilo tudo que, outrora,
a água dominara.
Não sou fria. Sou quente como aquele fogo,
aquele fogo que tornou minha avó só cinzas,
mas antes queimava e queimava.
E minha avó, que ia ficando vermelha conforme o fogo avançava,
minha avó que ia morrendo queimada,
só sabia rodar, não ria nem chorava; eu ria.
Ria feliz porque com a casa ia embora qualquer chance
de voltar pela banheira, pela água, a mãe suja, suja sereia,
e aquelas línguas sujas das amigas que, adolescente,
eu mandava que me lambessem
e tentava matar afogadas.
Vocês não veem que a água e o fogo é tudo parte
da mesma sina que me condenava?
Não foi a água que apagou o fogo da saia.
Foi antes o fogo que devorou a banheira de onde viria a água.
E eu, com a minha saia em chamas,
com a minha saia riscada com fogo,
saí pela rua, ganhei as ruas todas, até chegar bem longe,
lá onde a fumaça não alcançava.
E quando perguntaram o meu nome, não respondi o nome certo;
não havia mais meu nome certo.
Se queimara com aqueles documentos, os documentos velhos perdidos
no incêndio da casa velha e da avó velha.
Foi assim que me livrei de mim e pude ser, finalmente,
qualquer outra coisa, embora ainda vissem, na minha saia,
os riscos de fogo, o escuro, e os desenhos de flores,
um sol colorido que desenhei no carvão.
Ninguém compreende que a entidade que me pariu
era a mesma que desandara a mente de minha avó
quando minha mãe nasceu na água.
Nasceu na água e no mesmo instante,
morreu afogada.

SER MÃE

Ser mãe é atravessar o deserto sozinha eternamente
sem nenhuma perspectiva de terminar
ou de matar a sede ou mesmo de morrer,
é estar afundada na areia do deserto
e seguir em frente descalça com os pés queimando
e saber que o suplício não terminará nunca.
Ser mãe é estar para sempre marcada, condenada,
destinada a padecer sem fim nem qualquer chance de ser resgatada,
ser salva, ser extinta, reencarnar e renascer
sem continuar sendo mãe. Mãe jamais deixa de ser mãe.
Ser mãe é sofrer com a ferida aberta sangrando,
derramando o lixo por onde passa,
sôfrega, penando, errante.
Ser mãe é ter uma faca atravessada no peito
doendo até o fim dos tempos. E os tempos não terminam nunca!

Ser mãe é uivar na noite fria selvagem sem jamais dormir,
é não poder pregar os olhos, é não ter sossego jamais,
é penetrar o Inferno e viver com o Diabo em si,
conviver com a dor, ser a dor. Ser mãe é ser a dor.

Eu não suspeitava de nada disso conforme minha barriga crescia
e os meses passavam e um filho se formava dentro de mim.
Um filho que era fruto de nenhum amor.
Um filho que devia ser amado.
Mas eu ainda não sabia que ser mãe é estar presa
e não poder voltar jamais.
Caminho sem volta por todas as encarnações infindamente.
Caminho sem volta, sem Deus, sem esperança.

Eu apenas suspeitei disso quando acordei
assustada e sozinha numa noite, os pés frios,
a boca gelada, os lençóis aquecendo mal meu corpo adolescente.
Tive um pressentimento. Nunca mais estaria livre daquela barriga.
Aquela barriga me perseguiria vida adentro e para sempre
e também na morte.
Todo filho é a cruz de sua mãe.
Ser mãe é carregar a cruz eternamente.
É viver crucificada.
Ser mãe é ser o Cristo, mas sem fim nem ressurreição.

Bem que tentei dormir depois disso,
mas sabia que não poderia mais, nunca mais tranquilamente.
Mães não dormem. Mães são avessas. A vida é avessa às mães.

Como uma bala varando meu peito,
senti o filho mexendo dentro de mim.
A criança que ainda não tinha sexo,
mas eu tinha certeza que seria um menino.
Um filho.
Uma cruz de pênis ereto roçando minhas costas.

Não há Juízo Final para quem foi mãe.
Não há redenção para quem foi mãe.
Quem foi mãe é mãe. Continua sendo mãe.
Olhei a barriga naquela noite e pensei:
"Eu estou condenada a ser mãe para sempre.
Mesmo que eu volte a nascer como um animal,
um animal macho, um bicho macho e despreocupado,
terei para sempre essa dor.".

E eu soube ali que nunca tinha sido mãe antes,
não em muitas vidas, em muitas existências,
mas agora tinha chegado a minha vez
e minha existência no mundo seria marcada, castigada,
coberta pelo estigma doloroso de ter um filho.
Mais do que ter um filho: ser mãe!

Porque ser pai não é tudo isso.
Ser pai não tem essa dor.
Um pai continua para sempre livre.
Mas a mulher, que gerou o filho dentro de si,
que foi suja por dentro pela existência daquele filho,
a mulher jamais será livre outra vez.

Ainda que o filho morra. Ainda que nem chegue a nascer.
Que deixe seu corpo já morto. Ainda que seja nos primeiros dias.
Não adianta mais. Depois que o grito da vida, o berro da vida,
foi dado dentro de si. Se é mãe desde o primeiro dia,
desde o primeiro instante. Se é mãe irremediavelmente.

Ser mãe é irremediável.

Levantei e caminhei aflita.
Não sabia o que fazer com aquele sentimento que brotava
e do qual já sabia que nunca mais poderia me libertar.
Não sabia o que fazer com aquele filho
agora que ele já era inevitável e nada mais adiantaria.

Como deixar nascer uma criança
depois de saber que ela é o terror,
o triste fado, o destino cruel, a perdição?
Mas como se libertar de uma criança depois que ela já existe?

Não basta evitar seu nascimento!

Naquela noite, naquela madrugada fria, rejeitei meu filho
e não adiantava nada. Nada que eu fizesse
serviria para arrancar de mim aquele sentimento, aquela certeza.

Eu estava para sempre condenada a ser mãe.

"Você não pode me matar. Nem que me mate.",
parecia dizer a criança dentro de mim. Mas eu sabia que não dizia.
Que a criança não tinha culpa nenhuma.
Um filho nasce livre de culpa, inocente,
quase uma vítima por nascer. Um filho não tem culpa
por tornar alguém sua mãe.

Caminhando pelo quarto, pensei em minha própria mãe, Etelvina.
Como é que podia viver depois de todos os filhos?
Como é que sobrevivia? Como é que aceitava
o que não poderia consertar jamais?
Será que tinha alguma consciência disso?

Será que doía assim, será que tinha doído, para Etelvina,
ser minha mãe, ser mãe de meus irmãos, ser mãe?

Ser mãe é ser devorada eternamente por um leão.
Estar viva na boca do leão. Estar viva sendo mastigada pelo leão.
Ou por algum bicho maior e mais feroz.
E ficar sendo devorada. Os dias passam. Os anos passam.
Os séculos passam. Os milênios passam.
O tempo passa e o leão continua devorando uma mãe.

Dar o leite, cuidar de um filho, criá-lo, até perdê-lo,
tudo isso era nada perto da certeza
que se manifestava pela primeira vez em mim:
ser mãe é estar perdida e nunca mais se achar.

Mas como é que alguém se perde?

E alguém que está para sempre perdido
continua mesmo sempre perdido
ou chega um momento em que já não se está perdido
apenas por se estar sempre perdido?

A roda despencou sobre mim. Feriu minhas pernas.
Os halos pretos bem domados
através das patas dos cavalos que puxavam a carruagem.
Ser mãe é evitar a si mesma.

Adormeci. Acordei ainda medrosa. Passei o dia medrosa.
Os dias todos seguintes medrosa.
Até que fui me acostumando, sabendo que já era mãe,
e ainda faltava algum tempo para meu filho nascer.
Mas eu já era mãe.

Sorte canina afiando seus dentes absurdos para a mordida fatal.
Encerrada em uma pirâmide, como se fosse um ritual,
antigo e sagrado, morta esperando a ressurreição.
Sonhei com isso todas as noites
desde o dia em que me descobri mãe
até o nascimento de Carlos.

Ratazana correndo, subindo as ladeiras na noite de São Salvador.
Nenhuma luz lá fora. Carlos berrando no berço.
E me lembrei que continuava sendo mãe.
Olhei para o futuro e não enxerguei nada.
Fui até o berço e encarei Carlos profundamente.
Será que ele sentia a rejeição? E o amor?
Será que ele sentia alguma coisa?
Parecia tão egoísta, sempre preocupado em se alimentar
e tomar seu leite, sempre concentrado em si mesmo,
como toda criança.

Por que é que os bebês são tão egoístas?

Por que é que os filhos transbordam seu egoísmo sem culpa?
Por que é que um filho está sempre jogando na sua cara
que você errou quando colocou ele no mundo?
Por que é que um filho é o castigo final e depois de um filho,
depois de lançar para fora de si uma criança, depois de cuspir um rebento,
depois não há mais nada, por quê?

Os maus selam seu destino. As mães também.
As mães selam seu destino. Criam seu próprio Inferno.
E algumas ainda se esforçam para crer que é o Céu. Que é o Paraíso.
Algumas acreditam realmente que um filho é uma dádiva,
uma benção, um presente.

Mas eu já sabia a verdade.
Carlos acabara de nascer e eu resistia, tentava não sentir amor,
embora sentisse que o amor já transbordava de mim,
quando ele tentava abrir os olhos e fechava de novo,
enquanto ele chorava ou dormia, ao sentir seu cheiro,
o amor transbordava de mim e não tinha como conter.

Ser mãe também é isso.
É não poder conter o amor por mais que se tente evitá-lo.
Ser mãe é a gota que transborda o copo.

Ser mãe é ser Pandora abrindo a caixa.
Um filho sai da caixa. Um filho é todo o mal do mundo.

Eu carregava Carlos para lá e para cá, tentando acalmá-lo.
Será que ele estava sentindo a minha rejeição?
Será que ele ia morrer daquilo?
Não adiantava! Eu sabia que ia continuar sendo mãe.

Mesmo que o sufocasse. Ser mãe continuaria me sufocando.
Mesmo que o afogasse. Ser mãe continuaria me afogando.

E eu andava pelo quarto. E achava Carlos bonito. E evitava.
E não tinha vontade de sorrir nem de chorar.
Porque carregava a vida e a morte em meus braços.
Carregava minha cruz. Carregava meu filho. Meu único filho.
Não seria mãe outra vez, mas isso não fazia diferença.
Ser mãe uma vez é a mesma coisa que ser mãe dez ou vinte ou trinta vezes:
é ser mãe.

OS MONSTROS QUE FLORIAM NOS MAMBOS

I

Bicha selvagem, louros, oxigenados cabelos, crespos,
pele escura, bronzeada, Cine Curitiba, 1954,
bailava num maracatu, mirins na plateia, arrebatada,
estrebuchava, tridente invisível na mão, joias, ouros falsos,
brilhava mais do que Lúcifer a luzir em meio ao fogo do Inferno,
estonteava, inebriante, dançando macumbas, folclores, Bahias
e mares de Alemanha, taças de bebida, empoeirado cabaré,
Tons e Jerrys caíam, gibis rolavam, sumiam,
a bicha baiana engolia as crianças,
com seus gemidos, uivos, diabólica loba,
devoradora de meninos,
Esfinge faminta de homens e mulheres,
mãe desfalecida.
Rumbas lançadas contra as poltronas nas quais se espremiam
as gentes assustadas, medrosas do monstro que floria nos mambos,
nos sambas, voz de pântano, cigarro aceso na garganta,
fumaça, faunos povoavam o palco pequeno, escuro, sombrio,
faunos rodeavam, caravanas de faunos acompanhavam
a diva marginal, bicha solitária, mujer.
Eis que chovia serpentes, se enrolavam nela, Suzy de olhos fechados,
macambúzia, hermética, fugia de si com as cobras envolvidas,
escravas, amantes, benditas.
De madrugada, devoto, cheguei a Juiz de Fora, sujo, alvoroçado,
pelas estradas, segui
em busca dos trapos de seu biquíni pintado, tiki, selvagem,
bicha,
1956,
em busca dos restos de maquiagem, restos de feitiçaria,
as sobras de um pacto
que Satã não esqueceu.

II

Todos os diabos cercavam Suzy King seminua
dançando freneticamente com suas cobras
no palco do Cine Curitiba
diante da plateia formada por homens
e moleques que tinham entrado escondidos

e quase nenhuma mulher, exceto as que fumavam.
Suzy chacoalhava, cantava, uivava, e o público tremia,
de medo e fascinação,
quando ela parecia lançar uma das cobras sobre a plateia
e depois a tomava de volta para si
e encarava o público aliviado com um olhar de maldição.

Suzy jamais sorria enquanto dançava.
Não gostava de mostrar os dentes.
Mais do que isso, não achava que uma artista de verdade
devia sorrir para qualquer um e, principalmente,
que uma artista devesse sorrir no palco, durante uma apresentação.
Uma dançarina séria, uma domadora de cobras, não podia sorrir.
Suzy dançava concentrada e a plateia tinha medo.
Mais medo dela do que das cobras.

E os diabos eram invisíveis, mas a plateia sentia calafrios
e suspeitava da presença dos seres infernais cercando Suzy,
ocupando todo o seu redor, acompanhando seus movimentos
nos mambos, nas rumbas, nos maracatus.
Suzy sambava e o teatro vinha abaixo.
Vestida de índia, mais despida do que vestida,
ela chacoalhava os peitos pintados nos números sem as serpentes
e os homens ficavam desconfortáveis em suas poltronas.
Como podia uma mulher ser tão atrevida
a ponto de se oferecer assim para eles,
como em um banquete, mas no qual não se pudesse comer
o prato principal?
Os paus duros saltavam por dentro das calças,
queriam escapar, pular, atingir Suzy certeiros no palco;
os homens olhavam em volta e sentiam vergonha.
No fundo, todos eles sabiam uns dos paus duros dos outros
e compartilhavam daquele segredo. No fundo, era a mesma ereção.

Suzy também sabia e se orgulhava dos paus duros. Sentia asco.
Sentia desejo. Mas entendia o fascínio dos homens por si
quando dançava no palco e a artista engolia a mulher.
Mas os homens desejavam a artista ou a mulher?
Suzy sabia que a artista era mais desejada do que a mulher.
A artista era cobiçada. A artista era amada.
A mulher era apenas uma dama solitária
empoleirada em um canto da gaiola

esperando o dia de brilhar mais do que a artista
e esse dia não chegaria nunca.

Os moleques eram os mais entusiasmados.
Nunca tinham visto mulher seminua.
Nunca tinham visto mulher nua.
Nunca tinham visto uma cobra de perto.
Nunca tinham visto mulher com cobra.
Mulher amando as cobras e sendo amada por elas.
Nunca tinham visto uma mulher sendo possuída por serpentes.

A música pouco importava. Ou a voz que ela tivesse.
Ou as fantasias típicas, as roupas indígenas.
A maquiagem de deusa amazonense, peruana, exótica.
Nem as cobras importavam mais.
Importava apenas quando ela rebolava e meio que dava para ver,
apesar da escuridão, e talvez fosse impressão,
mas parecia que dava para ver
um pouco da boceta dela através da fantasia.
Os garotos tentavam ver e ficavam loucos.
Alguns espiavam os homens sentados nas poltronas
para ver se também estavam reagindo.
Tentavam medir a dureza dos paus pelo volume nas calças.
E até se esqueciam da bailarina.
Mas de repente, cantando no palco, ela gemia
e chamava a atenção de volta para si.
Os olhos muito maquiados, maquiagem escura, negra,
olhos de gato. A boca vermelha, enorme.
Pulseiras caindo pelos braços enquanto Suzy dançava.
E as pernas expostas. A cabeleira voando.

O pavilhão de madeira estremecia ao som dos discos de Suzy.
Estremecia ao som de sua voz.
Sua voz ancestral, evocando velhas índias, mulheres pajés,
feiticeiras antigas do coração do Brasil,
das florestas profundas, dos fundos dos rios.

Suzy era uma feiticeira índia vinda do fundo de um rio.
Ainda estava molhada das águas do rio.
Seu corpo ainda vertia água.
Não era suor. Era a água do rio.

Silêncio absoluto na plateia.
Os homens pararam de gritar. Os moleques pararam de assobiar.
O palco ficou escuro.
E quando as luzes se acenderam, Suzy estava inteiramente nua,
apenas com as cobras protegendo a intimidade de seu corpo.
O contato direto dos ofídios com seu sexo era percebido de longe
e causava tensão na plateia. Nela não.
Suzy estava acostumada e sabia
que as cobras eram bem mais inofensivas do que um homem.
Ou do que a língua ávida de uma mulher.
As cobras não tinham maldade. As cobras apenas estavam ali,
procurando um caminho em seu corpo,
procurando um caminho no mundo.
Era por isso que Suzy gostava das cobras. Identificação.
Ela também estava procurando um caminho.
Filosofava isso e dançava e ninguém suspeitava
que Suzy pensasse qualquer coisa enquanto executava seu número,
tão perfeito, parecendo improvisado,
mas seguindo à risca cada uma das marcações determinadas por ela;
se a plateia soubesse, se visse o mapa
que Suzy traçara minuciosamente no quarto do hotel
para aquele espetáculo! Mas ninguém sabia de nada disso
e pensavam que a dança
apenas acompanhava os movimentos das cobras,
fossem eles quais fossem no decorrer do espetáculo.

Suzy acordou fumando um charuto. Despertou incorporada.
Estava dançando e continuou dançando.
A entidade dançava, matando a saudade do tempo
em que tinha um corpo e podia dançar.
A plateia percebeu a mudança em sua expressão.
Suzy, de olhos fechados, ainda mais concentrada,
ainda mais séria, parecendo louca,
obstinada, obcecada pela dança,
girava no palco. Era o maracatu. Não cantava mais.
Não emitia nenhum som. A boca fechada.
Os cabelos escondendo o rosto conforme o corpo pulava
e chacoalhava e se espalhava no palco.

Suzy estava inconsciente.
Isso sempre acontecia naquele momento do show.
Na hora do maracatu.

Por causa disso, ela até pensara
em deixar de apresentar o maracatu.
Mas era sempre um sucesso tão grande aquela dança incorporada,
aquela mediunidade discreta e avassaladora,
que ela não podia simplesmente cortar o maracatu de seus shows.

Quem pegava o corpo de Suzy não era nenhum daqueles diabos
nem Terpsícore nem qualquer entidade conhecida da Umbanda
ou algum deus do Candomblé. Não era da Bahia,
não era do Amazonas, não era do mundo.
Não vinha de outro planeta...
Quem pegava o corpo de Suzy e dançava o maracatu.

E quando ela voltava a si, a plateia já estava aplaudindo,
de pé, atônita, e Suzy ouvia apenas
os últimos compassos da música
e sabia que tinha acontecido de novo. Foi assim no Cine Curitiba.

Mas na primeira vez, alguns anos antes,
Suzy não entendeu e achou que ainda teria que dançar o maracatu,
colocou o disco de novo e o transe aconteceu outra vez,
e outra vez, e outra vez.
O público, mesmo sem entender o que estava acontecendo,
permaneceu hipnotizado e aplaudiu uma, duas,
três, quatro vezes a mesma dança, o mesmo maracatu.
E sempre, nos últimos compassos, Suzy voltava a si.
Mas na quinta vez, estava tão exausta que desmaiou no palco
e o show teve que ser encerrado.

Suzy teve medo da loucura,
mas depois compreendeu que se tratava de uma incorporação.
Então, sempre que dançava o maracatu,
ao terminar o número e despertar e ouvir seus últimos compassos,
agradecia a quem quer que tivesse tomado seu corpo
e seguia com seu espetáculo.

A certeza da incorporação já era tão grande
que Suzy nem ensaiava aquele número.

No dia seguinte ao show,
os guris que comparecessem às sessões de cinema
não poderiam suspeitar que na noite anterior,

naquele mesmo palco,
uma mulher tinha dançado um maracatu em transe
e domado terríveis jiboias.
Os guris não poderiam imaginar que as emoções do show de Suzy
eram bem maiores do que as de qualquer gibi que trocassem
ou qualquer filme ou seriado que vissem naquele cinema.

Cada show de Suzy era a vida e a morte para ela.
Nascia. Morria. Enquanto dançava,
enxergava todos os diabos que a cercavam no palco.
E via anjos também. E criaturas elementais. Monstros.
Os monstros que floriam nos mambos!

A apoteose do espetáculo era quando
Suzy forçava uma de suas jiboias a picá-la,
bem perto da boca, e depois fingia domá-la,
submetendo-a a si como uma guerreira indígena
realmente em perigo.
Então, com o sangue escorrendo pelo queixo
e a cobra presa entre seus braços,
se lançava com um joelho dobrado bem no centro do palco
e erguia a serpente para o alto, como se a oferecesse a um deus.
Seu deus era o público e os aplausos que vinham em seguida.

Tudo isso tinha que acontecer no segundo exato
do compasso certo
do disco tocando ao fundo.

O show de Suzy não tinha bis.
Ela ficava atrás da cortina,
ouvindo o público pedindo sua volta,
mas não retornava.
Não tinha sido o bastante tudo o que fizera
para entreter a plateia durante uma hora de espetáculo,
saltitando pelo palco, cantando,
incorporando espírito
e bailando entre cobras e demônios?

Suzy King deixou o palco do Cine Curitiba
e não esperou que a plateia pedisse bis.
Foi para o camarim, abriu uma garrafa de uísque
e bebeu chorando sozinha,
com a porta fechada a chave.

TERPSÍCORE

Terpsícore dança entre as onças,
perigo aliado ao prazer
nas matas brasileiras.
Beirando as estradas, Terpsícore.
Pés nos rios, corpo afundando, Terpsícore.
Longe, como em outro país,
dança distante da metrópole,
dança sem nenhum olho sobre si.
Liberta, Terpsícore.
Mãos que acompanham o corpo, pernas felizes.
Terpsícore é mais bonita quando dança nua,
enrolada em panos, em véus,
em serpentes.
Atenta ao sagrado que envolve a dança, Terpsícore.
Conectada aos deuses que ensinam a dança, Terpsícore.
Provoca a menina, instiga,
encoraja a enfrentar o medo de machucar os pés.
Os aplausos valem mais do que a dor.
Os aplausos que caem sobre Terpsícore,
os gritos animados que aquecem seu coração.
Terpsícore vai ser crucificada no mastro de um navio.
Terpsícore vai ser enjaulada no subsolo de uma galeria.
Nada retém os movimentos de Terpsícore.
Nada detém Terpsícore.
Ela cruza o mundo dançando,
aliada aos animais.
Nos corações selvagens e delicados de poetas,
sorridente em alguma fotografia, Terpsícore.
As expressões desenhadas no rosto
acompanham as marcações da dança.
A surpresa, a curiosidade,
a mímica.
Terpsícore dança filmes, livros inteiros.
O ritmo está em sua alma.
Seus pensamentos são fragmentos de danças,
restos de danças primordiais em seu sangue bárbaro,
a nobreza, a elegância.
Terpsícore dança como se recebesse o santo.

ELVIRA PAGÃ PASSOU TRÊS DIAS MORTA

I

Elvira Pagã passou três dias morta e foi arrebatada.
Viajou para outra dimensão, recebeu algumas instruções,
foi iniciada em uma experiência fora do corpo,
depois voltou para pregar a Doutrina da Verdade,
virou uma sacerdotisa seminua,
sacerdotisa de biquíni.
Afinal, por que é que uma sacerdotisa teria que usar balandrau?
Desde menina, Yarandasã brincava com as cobras, com os jacarés,
passeava pelo cemitério com Seu João,
ficava submersa no fundo do rio com Seu João,
o mesmo Seu João que salvou Joaquim,
quando ele caiu muitos metros de altura
de uma antena de televisão.
Seu João incorporou para salvar Joaquim
e nunca mais eles se separaram.
Joaquim virou médium-mirim.
Joaquim cresceu e ainda é médium.
Um preto-velho do Vale do Amanhecer me disse
que Suzy King também era médium,
que ela evoluiu muito espiritualmente,
mas por um desatino,
deixou algo para trás,
e antes de desencarnar, passou sua missão para mim.
Um preto-velho do Vale do Amanhecer
me disse que vou cuidar de Carlos.
Tia Neiva fazia viagens astrais
e em uma delas conheceu o Jangadeiro Solitário.
Acho que ele era um poeta como eu
e então dizia que ela era sua musa.
Tia Neiva chegou a ser considerada louca
e tantos anos depois de sua morte,
o Vale do Amanhecer continua esplendoroso,
com suas tipas e cavaleiros.
A Rainha de Sabá, uma travesti, uma vedete,
uma Elvira Pagã.
Mestre Lázaro, o nosso Seu João,
João Flecheiro no Sul,
o centurião da "Bíblia".

Seu João nos levou até o anel perdido de Yarandasã
enterrado em um barranco.
Cavamos a terra com ossos de vaca,
o anel estava lá,
idêntico ao da fotografia,
que ela usava embaixo da aliança.
Agora carrego comigo,
trago no dedo,
o anel mágico de Yarandasã,
e talvez como se eu tivesse em minha companhia
um espírito sem corpo chamado Hazrat,
talvez esse anel realize alguns dos meus desejos,
alguns dos meus desejos bons,
que não podem fazer mal a ninguém.
Yarandasã ainda estava presa à sua vida como Yarandasã,
ainda estava muito ligada a esse anel.
Seu João nos usou para liberar Yarandasã.
Seu João nos usou para libertar Yarandasã.
E depois de passar um dia inteiro
se despedindo de pessoas queridas e da Terra,
Yarandasã foi embora
e nos deixou de presente esse anel,
um agrado que vai desaparecer
quando não estivermos mais aqui.
Acendemos duas velas no túmulo abandonado de Yarandasã.
Não basta Alberto ter sido convidado para ir a Brasília
pela própria Yarandasã
e ter passado uma noite dormindo no templo em São Cristóvão,
no Rio de Janeiro,
quando era hippie e acampava na praia,
não basta isso e o meu interesse por Yarandasã,
fico sonhando que além de tudo,
ela conheceu Suzy King.
Seu João disse que sim.
Isso poderia explicar
o tabuleiro de xadrez
em uma viagem astral,
pouco tempo antes do meu encontro físico com Carlos,
quando eu ainda nem sabia que ele está vivo.
Carlos foi embora de Juiz de Fora.
Ele falava em espíritos na última vez em que estive com ele.
Ele rezava muito

e jogava um pouco de bebida na rua,
acho que era para o santo.
Por causa de Hilda Roxo, encontramos
Maria Molambo da Lixeira do Inferno
e bebemos com ela.
Depois de quase vinte e cinco anos
sem jamais ter visto um espírito incorporado,
falei com quatro em poucas semanas.
Maria Molambo da Lixeira do Inferno.
Seu João.
Pai Joaquim de Enoque.
Doutor Fritz.
O preto-velho do Vale do Amanhecer me disse
que Suzy King está me conduzindo
para a espiritualidade.
Meu ceticismo grita o tempo todo,
mas eu quero acreditar,
eu quero ser convencido,
eu quero ver
espíritos,
discos voadores.
Até uma carta psicografada recebi,
sem ter procurado.
Desde que me envolvi com a Agla-Avid,
coisas têm acontecido.

II

Tive um sonho em algum momento da manhã ou da tarde de ontem.
Sonhei que percebia que Suzy King estava o tempo todo acessível
e não me conformava porque ainda não tinha falado com ela,
se era tão fácil, se estava tão perto.
Mas a partir do momento dessa descoberta,
eu já não conseguia,
assim, tão facilmente,
falar com ela.
Então eu apelava para um homem
que estivera com ela algumas vezes
em reuniões
de magia negra,
de sociedade secreta.
Um homem meio falastrão.

Ele conhecia Suzy King,
mas eu percebia que não tinha grande intimidade com ela.
Então ele me disse que para chegar até Suzy King,
o único caminho seria
a ordem, a seita,
o grupo
do Cristo Alado.
Na dúvida se falávamos da mesma pessoa,
eu disse:
"Mas essa Suzy King de quem falo
teria noventa e oito anos hoje."
(na verdade, noventa e nove)
E ele me respondeu:
"Noventa e oito não!
Cento e trinta e oito."
(seria então cento e trinta e nove?)
Acordei.
Tal sonho me remeteu a outro sonho recente,
um sonho da madrugada ou da manhã
seguintes às minhas pesquisas sobre Omar Cherenzi Lind,
Príncipe OM Lind Schernrezig.
Eu o via em um quadro antigo,
abraçado a um enorme cisne branco,
e uma voz ao fundo dizia
que ele se sentia tão só
que qualquer companhia valia,
nem que fosse a de um cisne.
No dia seguinte, pesquisando mais,
encontrei
Rosa Mystica,
La Real Orden del Cisne,
Royal Order of the Swan.
Então fui procurar o Cristo Alado.
Encontrei,
na visão de São Francisco de Assis,
que depois ficou marcado
com estigmas,
Winged Christ,
o Cristo Seráfico
de seis asas,
na poesia de William Blake,
em uma canção de Natal,

um sol alado
ladeado por duas cobras,
o alquímico Cristo Alado.
E embora King ao contrário seja GNIK
e Suzy ao contrário seja YZUS
e Jacuí Japurá tenha nascido no dia 25 de dezembro,
em 1934, com os dezessete anos gnósticos de diferença
em relação a 1917
(1917 sendo na verdade 1934),
filha de José e Maria,
apesar de tudo isso,
ainda não sei
como o Cristo Alado
vai me conduzir até Suzy King
e como Suzy King
vai me conduzir até a mim.

SÃO SEBASTIÃO

Libertad de la Rosa Mystica teve uma visão.
Ela viu São Sebastião amarrado a uma árvore em Belém do Pará
quando estava em cartaz num cabaré.
Foi um pouco antes do início da noitada
e ela estava atrapalhada passeando pela cidade,
procurando algum lugar para beber.
Não sabia cantar sem beber
e o cabaré se negara a dar qualquer coisa para ela,
com medo que ficasse bêbada e não desse conta do show.
Beberia sim, prometeram, mas só depois de cantar a noite inteira.
Mas aí não teria mais motivo, então Rosa Mystica saiu pela cidade
procurando um bar aberto,
mas não queria correr o risco de ser vista
por alguém do cabaré ou por um dos olheiros da proprietária,
então se afastou do centro da cidade
em direção a um bairro afastado.
Acabou numa longa estrada de terra
em que só havia mato a perder de vista.
Por fim, se perdeu e já não sabia para que lado era a cidade,
para que lado era a mata. Uma cobra enorme cortou seu caminho.
"Rogai por mim, Oxóssi! Saravá!", pediu.
A cobra foi embora como se nada fosse e no mesmo instante,
apareceu amarrado a uma árvore logo à sua frente
São Sebastião, cheio de flechas cravadas no corpo,
sangrando, seminu, envolvido em sedas vermelhas,
branco e moço, de cabelos encaracolados e pele delicada.
Rosa Mystica chegou perto, se ajoelhou e pediu sua benção.
"Você precisa ampliar sua caminhada, estender sua estrada
para além de onde a vista alcança. Você está equivocada.
O bas-fond é fino, mas há mais finesse no espartilho
do que nos seios esculturais.".
Rosa Mystica alisou as pernas do santo enquanto ele falava.
Pele lisa, sem pelos. Pele de mulher.
Foi subindo a mão e pegou no pau dele. Nenhum sinal de vida.
"Você é veado mesmo?".
O santo continuou sangrando e pôs os olhinhos no céu,
como se fizesse uma prece silenciosa.
Rosa Mystica foi subindo a boca pela sua barriga,
pelos seus mamilos, passou a língua, bebeu seu sangue.
"O que acontece se eu beber teu sangue, São Sebastião?", quis saber.

"As tuas ondas interiores vão se revoltar
e afundar o barco da tua compreensão.
Você está perdida e não falta muito para nunca mais se encontrar.
Nunca mais encontrar.
Olha o barco afundando. Olha o barco afundando!".
Rosa Mystica olhou para o céu, para onde o santo olhava,
e viu projetada sua alma, um barco afundando, peixes coloridos,
uma baleia que vinha e comia seu corpo naufragado, afogado.
"Você quer viver dentro da baleia?", perguntou São Sebastião.
"Eu nasci dentro da baleia!", respondeu Rosa Mystica.
E chupou seu pau mesmo sem estar duro.
Chupou, chupou e nada.
"Você não gosta de mulher?".
"Anda, bebe meu sangue. É disso que as bruxas gostam, não é?
Sangue humano.".
"Mas você não é humano...", contestou Rosa Mystica.
"Nem tão humano nem tão inumano…
Eu sou a sétima encarnação do Pai da Mata, Primordial.
Eu estou de passagem.". "Para onde devo ir, meu santo?".
"Pegue sempre a tua esquerda, a esquerda da Linha de Esquerda,
a esquerda do lado direito, a esquerda do sentinela, a esquerda,
a porta esquerda, vai, segue à esquerda, a esquerda de José e Maria,
a esquerda de Nosso Senhor Jesus Cristo.
A esquerda do teu Cristo Alado. Saravá!".
São Sebastião se converteu em um Oxóssi negro e deslumbrante,
livre das amarras, misturado à árvore como se ela fizesse parte dele,
e fazia, Oxóssi é a natureza.
Rosa Mystica teve um êxtase vendo aquele Oxóssi negro e livre.
"Para onde vou, meu pai?". Oxóssi sorriu
e carregou Rosa Mystica num redemoinho.
Rodaram, rodaram, como na felicidade.
Macumba. Tentação. Prazer!
Rosa Mystica chegou na cidade carregada por Oxóssi,
foi deixada na porta do cabaré,
ninguém viu nem se deu conta,
apenas notaram a nuvem de fumaça, e Rosa Mystica tonta.
Quando deu por si, tinha uma garrafa de cachaça na mão.
Jogou um gole no chão para o santo e bebeu outros dois.
Deu o resto para um bêbado na rua recomendando:
"Joga um gole no chão para o santo antes de beber.
Foi Oxóssi quem deu, foi São Sebastião.
A Grande Serpente, a Árvore e a Raiz.".

Entrou no cabaré, foi para o palco e deu um show.
Foi extraordinário. Levou a plateia ao delírio,
mas todo mundo se esqueceu quando saiu para a rua.
A dona do cabaré não sabia se o show tinha sido bom ou ruim.
Ninguém se lembrava de nada.
Não sabiam o que ela tinha cantado.
Ninguém viu Rosa Mystica, mas todo mundo esqueceu quem viu.
Rosa Mystica não tinha feito nada.
Eram a Grande Mãe, a Grande Serpente, a Árvore e a Raiz.

A FAQUIREZA QUASE FOI ANAVALHADA

I

Ramón era a luxúria e a perdição para Libertad de la Rosa Mystica.
Depois que ele foi embora e tudo ficou escuro, por dentro dela,
devastada e solitária, a se perguntar "Por quê?",
sem que a noite respondesse ou qualquer voz,
em plena excitação, vagando pelo centro da cidade,
procurando pousada, em meio a tudo isso,
Rosa Mystica procurou sua pista.
A derradeira pista de Ramón.
Seu rastro esquecido num sonho,
degraus incertos e perigosos que levavam ao seu porão.
Nos porões é que encontramos as almas perdidas,
as almas escondidas, as almas verdadeiras.
Foi num porão que Rosa Mystica encontrou Ramón.
Ele estava encolhido, murcho, fantasmagórico.
"Por que você fez isso comigo, Ramón?".
"Eu só queria te provocar a curiosidade pelo Inferno.
Eu só queria te seduzir.".
E Ramón deixou que ela visse sua capa vermelha e preta
e Rosa Mystica compreendeu quem ele era.
Fizeram amor naquele porão.
Depois, Rosa Mystica cismou aborrecida,
pois se ao menos Ramón tivesse lhe deixado um filho…
Mas nem isso. Fantasmas não podem ter filhos,
não deixam sementes no ventre de uma mulher.
Ela jamais poderia ter um resto de Ramón,
um pedaço de Ramón, um fruto de Ramón. O vento de Ramón.
Ramón morava no balé, na sapatilha, no salto,
na plataforma de onde Rosa Mystica se atirava
cada vez que subia ao palco
e se lançava ao voo de uma apresentação.
Ramón morava nas velas acesas, nas velas esquisitas,
nas reuniões à meia-luz frequentadas por meia dúzia de pessoas
em endereços meio mórbidos
em prédios antigos na Rua do Ouvidor.
Ramón morava nos segredos trocados,
nas confidências das bichas nos camarins,
enquanto arrumavam os cabelos das vedetes
e ouviam suas histórias

e falavam se aquele homem pretendido
já tinha sido chupado por uma delas,
e geralmente eram esses mesmos que as vedetes queriam,
porque bicha tem bom gosto e se chupou e aprovou,
serve também para a boca de uma vedete.
Ramón tinha um baita pau que Rosa Mystica chupava com gosto.
Ramón morava nos cantos do apartamento de Rosa Mystica,
e era varrido com a poeira, e era tragado pelos ratos
que se escondiam sob o assoalho dos cômodos
e só saíam à noite, para procurar comida e diversão.
Rosa Mystica também só saía à noite, buscava comida e diversão,
ou o simples prazer de ser devorada, e deixava a casa para os ratos.
Caminhava por Copacabana, pela Avenida Atlântica,
do Posto Dois ao Posto Seis, procurando um cliente,
ou um contato que lhe oferecesse um papel na televisão
ou uma participação, ou um fornecedor
que salvasse sua madrugada com alucinações,
qualquer coisa enfim que desse um jeito no tédio
e nas calamidades da vida trancada num apartamento.
Caminhava pela Prado Júnior, espiava nas boates,
queria achar alguém, Ramón, talvez,
mas não se acha um morto em boate.
Um morto a gente procura nas esquinas desertas,
nas encruzilhadas vazias depois da meia-noite, nos bares esquecidos
dos quais nem todo mundo vê a porta quando passa pela rua.
Rosa Mystica procurou Ramón caminhando e não encontrou.
Rosa Mystica procurou Ramón nos cigarros embrulhados,
desfiou tudo, vomitou a bebida. Ele também não estava lá.
Ramón morava no movimento das cobras
deslizando pelo seu corpo, procurando invadir áreas nobres
e pouco exploradas, atravessando-a em desastrosa intimidade,
sem a intervenção da Censura,
nas noites em que ela treinava sozinha em seu quarto,
dançando com as serpentes, longe do público,
de quem Ramón fugia porque era um fantasma.
Ela também fugia do público porque também era uma fantasma.
Uma fantasma encarnada vagando pela noite de Copacabana
sem ser enxergada, notada, observada.
Uma fantasma faminta pelo sucesso, pelo prazer,
por qualquer esperança de ser lançada
para o mesmo espaço no qual outros,
menos talentosos, menos versáteis,

brilhavam mais do que ela
porque não eram fantasmas.

II

A faquireza quase foi anavalhada
quando duas desordeiras seguiram Rosa Mystica
pela Avenida Nossa Senhora de Copacabana, furiosas,
porque ela era over e incomodava as outras putas.
Ficaram todas aborrecidas com ela e resolveram lhe dar uma lição,
pois andava muito abusada. Rosa Mystica correu das tipas.
Estava com sua navalha também, mas as outras estavam em duas
e se chamassem, se assobiassem, vinham outras tantas
para ajudar a aplicar um corretivo em Rosa Mystica,
constantemente perseguida pelas ruas porque desacatava,
fazia escândalo, provocava, xingava e olhava feio,
encarava mesmo e não estava nem aí.
Se alguém quisesse qualquer coisa, ela queria em dobro.
Porém, Rosa Mystica sentiu que estava em desvantagem
e correu pedir ajuda para a polícia.
Os tiras despistaram e ameaçaram as outras moças.
Rosa Mystica deu um tempo até ter certeza que elas tinham ido embora,
depois foi para um jornal contar o apuro que tinha passado.
Queria que publicassem os nomes das desordeiras, mas o jornal não quis.
Rosa Mystica estava indignada e dizia:
"Mas, veja bem, eu sou a faquireza Rosa Mystica,
a maior faquireza do Brasil...".
Isso não era grande coisa para ninguém
e nem estavam se importando muito se ela corria perigo de vida
cada vez que saía na rua por não saber se comportar.
Rosa Mystica saiu do jornal e foi caminhando para casa.
Resolveu ir pela beira do mar.
Gostava do mar. Simpatizava com Yemanjá.
E era de Yansã e gostava mais ainda do vento que batia à beira do mar.
Ia se dar bem naquela noite:
tinha um navio aportado no cais cheio de marinheiros
e ela sabia em que bar eles estavam bebendo todas as madrugadas,
na zona portuária, bastava chegar e encostar.
Havia sempre algum marinheiro
disposto a ser devorado por uma mulher mais velha, mais experiente.
Muitos gostavam disso e não queriam aquelas putas mocinhas
que ficavam circulando pelos bares procurando clientes.

Rosa Mystica estava loura e ia completar cinquenta anos em agosto.
Usava um vestido quase transparente
e parou com sua bolsa de couro de jacaré encostada num poste,
como se fosse fazer uma cena de gigolette.
Amarrou um lenço vermelho no pescoço e perfumou-se.
Ficou esperando. Passou um batom. Veio um marinheiro americano.
Falou qualquer coisa que ela não entendeu.
Rosa Mystica puxou o vestido até a virilha e mostrou bem suas pernas.
O marinheiro ficou louco e estendeu o braço.
Foram até um hotelzinho não muito longe.
Subiram as escadas, que rangiam, e chegaram no quarto.
Rosa Mystica abriu as pernas. O marinheiro meteu.
Não deu muito tempo e ele gozou.
Rosa Mystica começou a vestir-se,
mas ele foi até ela e meteu de novo, gozou outra vez.
"Duas é mais caro.", disse, e ele não entendeu,
mas imaginou que tinha a ver com dinheiro e mostrou sua carteira cheia.
Rosa Mystica nem teve dúvida, puxou a navalha,
botou no pescoço do marinheiro e puxou a carteira da mão dele.
Calçou seus sapatos e saiu, sempre apontando a navalha na direção dele,
que devia ter uns dezoito anos, dezenove,
era muito moço e estava assustado,
sem saber do que uma puta velha brasileira era capaz.
O marinheiro se encolheu na cama
e Rosa Mystica levou sua carteira cheia de dólares.
Correu pela rua, tomando caminhos esquisitos, atalhos, becos.
Agora era só esperar que o navio dele fosse embora.
Nunca poderia localizá-la!
Voltou para Copacabana, não precisava mais trabalhar naquela noite.
Colocou o lenço na cabeça para disfarçar-se melhor,
também com certo medo das desordeiras.
Vagando à toa pela Avenida Atlântica, na altura do Posto Seis,
nenhum homem olhou para ela.
Um policial se aproximou. Ela disfarçou e começou a caminhar.
Tinha medo da repressão ao meretrício
e não queria acabar na cadeia de novo.
Foi andando apressada. Tinha maconha na bolsa.
Se fosse presa, ia ter complicações.
O policial foi atrás. Posto Cinco, Posto Quatro. Na altura da Galeria Ritz,
Rosa Mystica passou para a Avenida Nossa Senhora de Copacabana.
Entrou na Ritz, quase deserta de madrugada.
Não tinha para onde ir. Estava num beco sem saída.

O policial entrou atrás.
Para sua surpresa, ele desabotoou a calça
e tirou o pau duro para fora. Foi caminhando em sua direção.
Rosa Mystica ajoelhou no chão e chupou o policial até ele gozar.
Ele gozou e ela cuspiu a porra no chão.
Sem encará-la, o policial jogou umas notas no chão e saiu da galeria.
Rosa Mystica contou o dinheiro e achou pouco, mas não reclamou.
Ele podia invocar e levá-la para a delegacia,
então seria sua palavra contra a dele
e a dele estava valendo mais, com certeza.
"Filho da puta!".
Zangada, caminhou pelos demais quarteirões rapidamente
até chegar em seu edifício.
"Se perguntarem por mim, diga que não estou. Seja quem for!",
ordenou ao porteiro. E subiu.
Contou as notas do marinheiro várias vezes.
Eram muitos dólares.
Ela estava feita. Ia poder beber até cair; mas não naquela noite.
Não ia mais sair de casa até que aquele navio fosse embora
com todos os marinheiros, inclusive sua vítima,
um pobre coitado, até teve pena dele.
Mas é preciso sobreviver e os meios não importam muito.
Fazia tempo que não se dava ao luxo de passar uma noite em casa,
nem sabia mais o que era isso, trabalhava todas as madrugadas,
ou dançando com suas cobras em algum inferninho
ou trepando com os clientes. Fazia tempo que não se divertia de verdade
ou trepava com alguém que realmente lhe atraísse.
Ultimamente, quando queria fazer sexo sem que fosse recebendo,
era só com mulher e olhe lá.
Seus clientes eram uns covardes inseguros
e isso atrapalhava na hora do sexo. Eles queriam fazer valer cada centavo
e o prazer de Rosa Mystica acabava prejudicado.
Os caras ricos estavam cada vez mais difíceis.
Boa parte de seus clientes era composta
por jovens recém saídos das fraldas
com o fetiche de transarem com uma mulher madura.
Sua freguesia era bem específica e os ricos começavam a rarear.
Estudante nunca teve dinheiro.
E filhinho de papai trepa escondido com puta velha.
Alguns queriam romance e ela tinha que fugir.
Se gostava da história, não adiantava.
Quando o papai descobria, botava para foder contra ela.

Puta velha não podia se dar ao luxo de enamorar-se de filhinho de papai.
A coisa sempre acabava mal
e a corda arrebentava do lado mais fraco e mais pobre!
Além disso, a concorrência crescia e Rosa Mystica notava
que havia um novo tipo de puta circulando na praça;
bem mais jovens do que ela, essas putas novas não eram tão maquiadas,
usavam calças jeans, penteados discretos.
Ela ainda era das antigas:
os olhos exageradamente pintados,
a boca cheia de batom, desenhada bem mais farta do que era,
as sobrancelhas riscadas,
apenas um pouco mais grossas do que fazia nos bons tempos.
Até o porteiro de seu prédio percebia
que aquelas putas novas que iam morar lá
eram diferentes de Rosa Mystica.
E sabia que as artistas famosas,
as grandes cantoras, as atrizes de verdade, as bailarinas de respeito,
tinham uma classe que ela não tinha.
O que Libertad de la Rosa Mystica podia oferecer
além de seu fracasso?

MADAME SAFO CONSAGRA BABY TROTTOIR

Logo que chegou no Rio de Janeiro,
Baby Trottoir conheceu um rapaz da Lapa
que saía com as bichas em troca de dinheiro
e prometeu lhe apresentar algum dançarino velho
que poderia ajudá-la e integrá-la nos meios artísticos.
No começo, ela duvidou um pouco, mas acabou concordando.
Poucos dias depois, o rapaz foi bater na pensão em que ela morava
avisando que tinha descolado um velhote, ex-bailarino do Municipal,
que poderia até arranjar algo para ela lá, como bailarina clássica.
Animada, Baby quis saber quando poderia vê-lo.
O rapaz disse que era para já, se ela pudesse.
Então Baby deixou de aparecer no teatro em que estava
fazendo uma pequena ponta numa revista na Praça Tiradentes,
quase imperceptível, e foi com ele visitar a bicha.
Bicha até o último fio de cabelo, totalmente decrépito e louco,
mas de muito nome nos círculos do ballet na época.
Foi em 1943 e Baby Trottoir ainda não sabia bem
o que queria da vida, além da certeza
de que queria ser artista - e já era uma!
O bailarino olhou Baby Trottoir de cima a baixo e suspirou.
Não, ela não servia para o Municipal, nem que dançasse muito bem.
Sua cor, seus dentes, seus cabelos, sua aparência no geral...
Era, sim, muito bonita, até simpática, imponente,
mas não para o corpo de bailados do Municipal.
Portanto, ele não sabia bem o que podia oferecer a ela
e quis saber se os dois estavam transando, ela e o rapaz.
O moço mentiu que sim e Baby não entendeu, mas não desmentiu.
Depois ele explicou a ela que aquela bicha ficava enlouquecida
quando sabia que seus rapazes saíam com mulher.
Baby gostou e quis saber se ele não gostaria
de tornar aquilo uma verdade.
Eram tempos em que Baby era muito livre
e não via nenhum problema
em transar com os desconhecidos e as desconhecidas
que cruzassem seu caminho, mesmo que não estivessem pagando.
Então os dois subiram para um quarto barato
daqueles hotéis baratos que enchiam a Lapa naquele tempo
e fizeram amor barato madrugada adentro
no quarto fedorento e apertado como uma cabine.
Baby acendeu um cigarro depois da transa
e brincou um tempo com os pelos do peito do rapaz.

Depois, vestiu a roupa e foi embora.
Sabia quando era o momento de partir.
Desorientada ao sair na rua, não queria voltar para a pensão
e também não tinha para onde ir. Já estava amanhecendo
e ela sabia que acabara de perder o único emprego que tinha,
por mais ridículo que fosse. Uma peça na qual
apenas entrava em certo momento
segurando uma placa com uns dizeres imbecis e saía em seguida.
Não valia o salário nem seu tempo toda noite, diariamente,
enquanto durasse a temporada. Mas era o Rio de Janeiro
e tinham dito a ela que era necessário começar assim,
mesmo com seu currículo
nos cabarés baianos e nos dancings de São Paulo.
Ela tinha que começar do zero. De novo.
Baby atravessou a rua e chegou na Rua do Rezende.
Suspirou. Não havia outro jeito. Tinha que entrar
e encarar seu quartinho
e suas poucas coisas reunidas embaixo da cama
em que ela dormia todos os dias olhando uma fotografia de seu filho.
Ele agora tinha onze anos e estava internado num colégio de garotos,
um colégio católico, para sair de lá mais religioso do que ela.
Ele precisava de uma religião, era tão tímido, tão difícil,
tão solitário; a fé em algo faria bem a ele e, principalmente,
não deixaria que tomasse os mesmos caminhos que ela.
No dia seguinte, o rapaz que saía com as bichas procurou Baby.
Seu conhecido tinha pensado melhor e sabia
onde encaixá-la no Rio de Janeiro.
Ele deu a Baby um cartãozinho
com o endereço de um cabaré e sua recomendação.
Bastava que ela entrasse ali e seria atendida como uma rainha.
Era um lugar em que as bichas se encontravam
e o bailarino era muito benquisto naquele meio.
Com seu cartão de apresentação,
Baby teria todas as bichas do Rio a seus pés.
À noite, Baby e o rapaz foram ao tal cabaré. Ele já conhecia.
Vários de seus clientes frequentavam aquele lugar.
Baby ficou na dúvida se deveria sentir-se
enciumada pelos casos do rapaz,
mas afinal não tinham nada mesmo
e ela sabia que ninguém é de ninguém, muito menos dela.
Baby foi com ele no cabaré das bichas e assustou-se
com o enorme piano logo na entrada,
em cima do qual um homem vestido de mulher

fazia uma performance suja.
O ambiente cheirava a cigarro e bebida e suor masculino.
As bichas comemoravam algo e cantavam junto com a travesti.
Baby tentou entender, mas era outro idioma, italiano talvez.
A travesti era enorme e gorda, gigantesca,
e quase rolava de cima do piano direto para o chão enquanto cantava,
feliz e trágica, com sua voz de soprano.
Por pouco, Baby não juraria que era uma mulher... Barbada!
O dançarino já estava aguardando os dois.
Todas as bichas olhavam para Baby, pois pouquíssimas mulheres
frequentavam aquele lugar e Baby chamava a atenção de todos
com sua farta cabeleira e sua exuberância de artista da noite,
que nasceu pronta e sempre soube que o ventre de sua mãe
era pequeno demais para seu talento.
Sua mãe era pequena demais para seu talento
e Baby não sentia a menor falta dela.
Em sua vida, não cabia uma mãe. Nem um pai.
Cabiam muitas mães e muitos pais que em noites como aquela,
acabavam com ela na cama e podiam, eventualmente,
acariciá-la com um pouco mais de afeto que não fosse sexual.
Baby, naquela altura, não se importava com carinhos
ou julgava não se importar. Ela queria a noite fervendo
e derramando seu leite quente sobre ela.
O leite do prazer e da agonia, supremos,
seus deuses e seus demônios.
O bailarino chamou a travesti italiana até a mesa no final do show.
O rapaz já tinha dormido com ela também.
Eram três naquela mesa e todos já tinham ido para a cama com ele.
Mas Baby não o odiava por isso nem era indiferente ao fato.
Seu convívio com o moço já vinha de algum tempo
e algo nele lhe atraía
- talvez o fato de que saía com as bichas
e não estava nem aí para nada no mundo
além de garantir o seu e deixar que os outros se divertissem
e sentissem prazer, mesmo que fosse às suas custas.
Como ela, às vezes, quando se prostituía.
Mas para ela era mais dolorido e ele parecia
simplesmente não se importar.
A bicha italiana gostou de Baby,
de seu conceito artístico selvagem, transcendental,
e prometeu ajudá-la. Começaria quando quisesse,
mas antes de fechar qualquer negócio, faria duas noites de teste,

a princípio de graça. Na segunda, se agradasse mesmo, receberia
e combinariam uma temporada mais longa e paga.
Bem paga? Que não esperasse muito quanto a isso!
Os tempos estavam difíceis e havia tanto o que fazer.
A Guerra... Sabe como é?
Baby topou e foi falar com o pianista, combinar alguns números
para apresentar naquele fim de semana, na sexta e no domingo,
de madrugada, algumas coisas meio de macumba, meio cubanas,
e outras que ela mesma tinha composto.
De volta ao convívio das bichas, Baby bebeu e se divertiu
até de manhãzinha, ouvindo histórias.
Ninguém queria transar naquela noite e tudo estava bacana.
Fumaram maconha. Uma bicha das antigas tinha cocaína.
Riam muito. Era tão divertido e tudo rodava.
Quiseram ver o rapaz em ação quando amanheceu
e perguntaram se não podiam ir todos
ao apartamento de uma das bichas
para vê-lo comer Baby. Ela já estava bem louca e aceitou,
mas só se pagassem algo para ela também.
Combinaram um valor qualquer e foram todos,
Baby, o bailarino, o rapaz, a travesti italiana,
outras duas bichas drogadas que se juntaram ao grupo.
O cara comeu Baby na frente de todos
e ela só via estrelas e delírios e bichos.
Ela própria se sentia um bicho em suas mãos.
E ele perguntou que estrela era aquela
tatuada toscamente perto de sua vagina,
que ele não tinha visto na outra vez
porque tinham transado no escuro
e agora as luzes estavam acesas. Baby não quis contar
que estrela era aquela,
demoníaca, e nem sabia contar naquele estado, louca de prazer,
de drogas e de bebida. As bichas vibravam com o rapaz
e ninguém se importava com ela.
Ele estava mais agressivo do que no outro dia,
querendo mostrar serviço,
orgulhoso, e ela compreendeu e não gostou,
mas não tinha tempo de não gostar,
pois estava tudo confuso e vibrando e delirante.
Ele gozou dentro dela e isso provavelmente significaria
mais um aborto dali a um mês.
A partir daquele dia, Baby detestou o rapaz
e nunca mais quis saber de transar com ele,

embora tenham ensaiado um romance por algum tempo,
antes do aborto,
sem sexo porque ele transava todos os dias com as bichas
e ela com seus clientes. E quando Baby disse que estava grávida dele,
ele não acreditou, claro, e disse que poderia ser de qualquer um.
E ela não pretendia mesmo ter o filho e abortou.
Foi dolorido, mas já estava acostumada, desde a Bahia.
Não era a primeira vez e também não seria a última.
Baby estava prestes a completar vinte e seis anos de idade
e não tinha nenhuma perspectiva boa para o futuro.
Carmen Miranda, com sua idade, já era um sucesso em todo o Brasil
e ela, a cada passo para a frente que dava, dava outros dois para trás.
Agora, naquele cabaré das bichas, que futuro poderia ter?
Mas precisava trabalhar e não podia gastar muito tempo
esperando algo bom para si.
Todas as noites, o rapaz a buscava na pensão e a levava para o cabaré.
Às vezes, ele ficava até o fim da madrugada com ela,
mas quase sempre acabava saindo para atender a clientela
e não era raro que não voltasse. E nessas ocasiões,
Baby temia que alguma bicha mais barra-pesada
tivesse dado cabo dele com uma navalha.
O imaginava todinho cortado pela fúria de alguma bicha desiludida
que tivesse cometido o desatino maior de apaixonar-se por ele.
Não. Ele não era para se apaixonar.
Era bom de cama e só. Ou nem tanto,
conforme ficava mais magro e doente,
de fome e de miséria. Baby Trottoir soube de sua morte, anos depois,
e de seu corpo se decompondo vivo, mas já estavam afastados
e ela não lamentou muito. Sua lembrança dele não era a melhor.
Em uma dessas madrugadas, Baby foi vista cantando e dançando
seus números afro-cubanos no cabaré
por um senhor da alta sociedade
que não era exatamente uma bicha e gostou bastante dela.
Ele podia oferecer algo e ofereceu. Ela aceitou a proposta.
Cantaria somente para ele, em sua cama,
todas as noites até que se cansasse dela.
Enquanto isso, não devia mais frequentar aquele cabaré
nem qualquer outro.
O caso durou algum tempo e terminou porque
ela telefonava para a casa dele
quando bebia, sem nem saber por que fazia isso.
E em uma dessas ligações,
num dia em que ele não foi vê-la na garçonnière

em que se encontravam no centro da cidade,
ela resolveu dizer à sua mulher
onde ele devia estar naquele momento:
no cabaré das bichas. Escândalo na família e nunca mais se viram.
A vida de Baby naquele tempo era assim:
muitos casos de amor, ou sem amor,
muito sexo, muitos clientes, muitos amantes,
muitos amigos, muitas amigas, e tudo acabava na cama
e nada a levava para o palco. Cada vez parecia mais longe
seu sonho de ser uma artista célebre,
mas ela não desistia. Sem o cabaré das bichas e sem seu amante rico,
Baby voltou a prostituir-se nas ruas do centro,
evitando cruzar com os cafetões
que pretendiam monopolizar o negócio em suas mãos.
Ela não gostava de trabalhar com cafetões,
eles ficavam com muito dinheiro
e ela não achava justo. Ficou rondando pelas ruas,
assobiando para chamar a atenção dos homens, sorrindo e piscando.
E eles iam até ela. E Baby ganhava o dinheiro que precisava
e se perdia de sua persona artística para tornar-se apenas
mais uma garota da Lapa que precisava alimentar-se.
Em uma noite, quiseram que Baby
entrasse num carro cheio de rapazes.
Eram três ou quatro e queriam uma farra com ela. Só eles e ela.
Mas Baby estava com medo e não queria.
A rua já estava deserta em alta madrugada
e um deles esbofeteou Baby
e a imobilizou, obrigando-a a entrar no carro.
Seguiram para um endereço suspeito no qual uma senhora gorda
já parecia conhecê-los e também aos seus métodos
quando entraram arrastando Baby meio desacordada
e a levaram para um quarto. A noite rendeu
e foram embora só na manhã seguinte,
deixando umas notas de dinheiro na cama
para uma Baby humilhada e em prantos.
Ela não sabia como sair daquele círculo vicioso.
Não devia nada a ninguém, mas não tinha coragem
de encarar seu próprio rosto no espelho
e ver as marcas que iam deixando aquelas aventuras inconsequentes
e seus dramas verdadeiros, sinais que tatuavam sua dor em seu rosto.
Baby voltou sozinha para a pensão, sem dar bom dia a ninguém.
Trancou-se em seu quarto e não saiu nem comeu por muitos dias.
"Diabo, onde está tudo aquilo que você me prometeu?", perguntou.

E adormeceu profundamente e sonhou com o Cristo Alado,
com suas asas enormes acenando-lhe com alguma esperança
e experiências espirituais que compensariam
qualquer sofrimento de sua carne,
que afinal era só carne, só matéria,
e não valia a pena exasperar-se por nada disso.
A vida era linda em algum lugar além que ela ainda não conhecia,
sob as asas daquele Cristo secreto e diferente
que São Francisco de Assis também tinha visto
e que ainda lhe procuraria muitas vezes,
apesar de seu pacto com Lúcifer e suas loucuras.
Ele também era uma de suas loucuras.
Baby Trottoir executava bailados enquanto cantava.
Vinha fazendo isso desde a Bahia, passara por São Paulo,
percorrera todo o interior paulista,
e não tinha conseguido nenhum sucesso, nenhum êxito.
No começo, tocava violão e cantava
as músicas que ela mesma compunha, procurando as rádios locais,
tentando convencer os radialistas de que era uma grande artista.
Mas todos olhavam seu corpo
e Baby decidira expor-se um pouco mais
e agora arriscava aquelas danças enquanto cantava.
Dava certo. Rebolava e mostrava um pouco das pernas.
E as blusas sempre decotadas facilitavam também
e todos se excitavam com sua figurinha exuberante, baixinha,
de pouco mais de um metro e meio, se agitando para lá e para cá
nos palcos dos cabarés e nos ambientes sórdidos
onde ela conseguia se apresentar. Às vezes, em algum circo.
Mas faltava algo ainda. Algo que fosse sensacional
e completasse e esquentasse sua arte.
Procurava pensar se havia alguma forma
de afastar-se da vida noturna,
mas não havia, não para ela, que nascera torta,
predestinada a ser gauche até o fim.
Ouviu dizer que em New York,
poderia fazer sucesso nos círculos boêmios
com seus cantos selvagens e também que devia haver
algum lugar para ela
na Europa, nos palcos de Paris, ou na Alemanha, ou em Viena,
mas tudo era vago e ela não tinha mais dinheiro
nem para chegar até São Paulo
ou para tomar a condução que levava até o colégio
em que deixara seu filho.

Num delírio, Baby viu uma cobra gigantesca aproximar-se dela
quando fechou os olhos e, ao despertar, teve a certeza de que
o caminho para seu sucesso passava pelas serpentes. Então
procurou Madame Safo e quis saber os significados possíveis daquilo.
Ela franziu a testa e disse que era um chamado.
A Grande Serpente estava querendo retomar o contato
que iniciara com Baby em uma vida passada. Não podia dizer mais,
mas ela seria consagrada em um ritual. Baby resignou-se
com a explicação da pitonisa e no dia marcado,
foi consagrada Filha da Cobra. Madame Safo depositou
sobre suas costas uma grande jiboia e a jovem teve que dançar com ela.
Baby sentiu que tinha com a cobra uma misteriosa intimidade,
que só podia mesmo remeter a outros tempos. Não estranhou o contato
de sua pele com a pele da serpente e divertiu-se com a dança
enquanto Madame Safo batia palmas e gritava.
Ao chegar na pensão em que morava, Baby ficou pensando
o que aquelas pessoas que viviam ali achariam se soubessem
que em um quartinho escuro no porão de um casarão
na Rua das Laranjeiras, ela dançara com uma cobra e que agora estava
profundamente ligada àquele animal tão temido por todos.
Ninguém sabia quem era Baby Trottoir. Ninguém sabia os caminhos
pelos quais ela se metia e achavam que era apenas uma prostituta vulgar
como tantas espalhadas pela Lapa, transando e ganhando dinheiro
e se suicidando e vivendo nem felizes nem tristes,
viciadas em cigarros, bebidas, drogas, fartas de sexo,
algumas amando-se umas às outras, algumas subordinadas
a um cafetão violento por quem sempre acabavam apaixonadas
e trocadas por outras mais jovens quando a idade pesava
e a freguesia diminuía. Não, ela não era mais uma delas.
Uma força maior e mágica habitava dentro de si. Desde o dia na infância
em que tinha visto Libertad de la Rosa Mystica num circo
e sentira despertar em si a força da bruxaria.
Desde o dia em que descobrira que aquelas religiões
que levavam para o Céu e para os bons caminhos
não eram para ela. Baby nascera para caminhar pelas estradas sinuosas
dos destinos desventurados e bem mais interessantes.
Ela nascera para ser diferente.
Baby Trottoir acendeu um cigarro em seu quarto,
abriu um caderno e escreveu:
"Agora eu sei o que me liga a todos os pássaros selvagens
e misteriosos, às cobras e aos furacões. Agora eu sei o que me liga
ao sexo e às bichas e à marginalidade. Agora eu sei
o que é o Deus em mim. E Ele é a Grande Serpente.".

A SANTA QUE UM DIA SANGROU

Talvez o que me assusta mais é que até que se desperte da loucura,
tudo parece real, possível, verossímil, embora incrível.
Não quero sair nunca da escuridão do castelo.
Sou a ave.
Tenho medo de que nada seja verdade,
inclusive aquilo tudo que bem sei
ser fantasia, viagem.
A alcova da mulher tatuada na zona do meretrício.
Os meninos que iam ao circo encontram velha a mulher.
Sensual, embalava seus pais;
mas apenas por luxúria, necessidade, agora mergulha na podridão,
devassa, sem solução.
Quando as tragédias terminam,
para que ser algo mais do que um louco
depois delas?
Ninguém pode substituir
todos os fantasmas de um passado colorido
se foram muitos, se foram oníricos.
Prefiro mentir a mim mesmo.
Prefiro voar, alcançar o ninho, ali me esquecer,
na solidão da sala escura, no selvagem hospício.
Boleros.
A boca amante.
"Bésame mucho". Bessie Smith.
Com amor, Betty Boop.
Na perua pintada, a serpente.
Partirei todas as vezes em que for preciso fugir
ou vão me prender em uma cela, em uma gaiola?
Fênix.
Teu cheiro.
Se eu não seguir contigo,
que graça vão ter o sol e a lua?

MÃE KALI

Acho genial quando vejo uma puta grande
sentada no degrau de uma loja fechada, esparramada.
Ela conhece mais paus do que vou ver em toda a minha vida,
contando os de pornografia, e talvez ela nem goste tanto
de um bom pau,
e talvez por isso mesmo ela encara
numa boa, ou nem tanto, conhecer tantos paus,
de perto, dentro dela.
Mas acho genial quando uma puta encosta num poste,
anda pela calçada, com frio, de roupas curtas, sensuais, provocativas,
doença e tristeza.
Houve uma noite na qual vi do ônibus, sentada, esparramada,
uma puta grande e loura
de pernas meio abertas, esperando algum freguês,
esperando alguma grana, para sobreviver.
Não faz muito tempo, vi muitas delas
pelas ruas do centro de Jundiaí,
era uma noite comum que mal tinha começado,
acho que era uma segunda-feira.
Elas estavam lá, ganhando a vida,
e eu acho genial que existam as putas e que isso seja tabu
para muita gente, assunto meio proibido,
meio constrangedor, meio interessante.
Eu acho genial a estrutura de tudo
que já encontramos armada quando nascemos:
esse mundo de símbolos, de ilusões, de fantasias,
e acho genial saber que boa parte da humanidade
gira em torno das religiões, do misticismo,
e que nada disso é racional,
e mesmo assim rege o mundo, dita as vidas das pessoas,
dá um sentido, gera culpa, medo, ambição.
Acho genial saber que somos todos atormentados,
pelo passado, pelo presente, pelo futuro,
por melhor que seja a nossa vida, por mais generosa,
por mais auspiciosa.
Olhamos para o que acontece ao redor e nada é real
até que aconteça com a gente.
E não vamos viver nessa vida todas as possibilidades,
acho que nunca vamos viver
todas as possibilidades, acho isso genial,
acho genial se um dia eu tiver a oportunidade

de ser uma puta, despido de mim,
para saber como é,
até bancar uma vida inteira
como puta,
e ultimamente eu andava deprimido e queria morrer,
mas acho genial olhar para a vida agora
e ver um grande parque de diversões,
emoções, muitas delas baratas, outras falsas,
outras tão ricas e preciosas
que vale viver para vivê-las, essas como o amor.
Talvez a vida tenha mesmo o peso de um sonho,
do que consideramos sonho,
talvez não faça mesmo diferença o que é sonho, o que é realidade.
Acho genial se for assim, acho genial se ao fim de tudo,
formos para o mesmo lugar de onde viemos
e não existirmos mais como alma individual,
mas só como parte do todo.
Também acho genial se a minha alma for única
e tiver um longo e eterno histórico
para trás, para frente, com muitas possibilidades,
inclusive as dessa vida,
na qual sou saudável, tenho o que comer, um bom lugar para dormir,
pessoas que me amam, uma inteligência acima da média,
bem pouca modéstia e um ego transcendental.
Acho geniais as coincidências, os mistérios,
qualquer coisa que insinua que existe
um esquema, um sistema, algo por trás de tudo isso,
algo por trás da minha vida e de todas as vidas,
da minha existência e de todas as existências.
A morte me pira, a solidão também,
o abandono também, e eu reconheço
a solidão do ser humano, a solidão de todos nós,
dos bichos, das plantas, de Deus.
Acho genial a solidão.
Acho genial a possibilidade de dominar as trevas,
de conhecer as trevas e dominá-las, fazer um pacto com Mãe Kali,
que dança e devora o tempo e tudo que está no tempo,
acho genial Mãe Kali,
com o colar de cabeças, a saia de braços, sua cabeleira,
sua monstruosidade.
Acho genial encontrar a luz na escuridão,
porque a luz parece menos verdadeira
do que a escuridão, e afinal dizem que no princípio não havia luz,

então a escuridão é o eterno original, acho genial pensar que é lá,
em meio à escuridão, que vamos encontrar alguma verdade.
Acho genial ser puta, e acho genial ser poeta,
e dessa vez dei sorte e nasci poeta, teria nascido puta também
se assim tivesse que ser e seria uma sorte do mesmo jeito,
desde que eu olhasse a vida de um ponto
privilegiado, se é que isso existe.
Acho genial que afinal tudo é sexo e nada importa mais do que sexo.
Acho genial pensar que eu treparia infindamente eternidade afora.
Prazer, prazer, prazer, não por felicidade,
mas porque prazer embriaga
e eu não quero estar sóbrio.
Eu quero delírios, visões, vertigens, desmaios, orgasmos,
ascensão.

PARA ATRAVESSAR A RUA

Para atravessar a rua, não bastam as pernas e saber caminhar.
É preciso conhecer os caminhos que vão pelo meio entre as duas calçadas,
os caminhos que vão pelo meio da rua
e impedem que se chegue ao outro lado.
É como um labirinto invisível que corta a rua
e impele os que não sabem,
os que não conhecem seus descaminhos
e suas desventuras,
a voltarem para trás.
Para atravessar a rua é preciso saber fumar e beber
e não conhecer a hora de parar
e ir fundo, e mergulhar, e cair de cabeça sem medo de se quebrar
em mil pedaços,
feito um espelho de azar.
Para atravessar a rua é preciso andar
com a sorte e o azar pendurados no pescoço,
feito amuletos,
feito joias preciosas exibidas em uma grande festa da alta sociedade,
e saber dominá-los,
pois que são a mesma coisa
- a sorte e o azar,
uma coisa só,
como todos os reversos.
Para atravessar a rua é preciso se ajoelhar nos momentos certos,
se prostrar diante
dos deuses certos, dos santos certos, dos sábios certos.
Aqui, ali, seguir as indicações da intuição
e procurar as estátuas que são mais do que pedra,
mais do que bronze,
mais do que porcelana,
louça barata.
Procurar as estátuas que acendem as luzes
e desbloqueiam os caminhos
e desatam os nós
e tiram das encruzilhadas as múltiplas estradas,
iluminando apenas a trilha certa
adentro da qual se deve seguir sem medo,
sem perguntar para onde vai,
porque é o destino e a vida quer que você siga
aquela estrada,

aquela única estrada que sobrou
entre os quatro caminhos da encruzilhada.
Eu não tenho medo de seguir em frente.
Eu não tenho medo de atravessar a rua.
Para atravessar a rua é preciso enfrentar as vertigens
sem medo de altura,
porque o que se vai pelo meio da rua é alto
e a gente pode cair
e há buracos tão fundos,
abismos profundos,
que talvez você nunca mais suba
se errar qualquer um dos caminhos que vão pelo meio da rua.
Para atravessar a rua é preciso estar atento
e não perder tempo com confusões,
problemas pequenos,
sem perder tempo com os que perdidos estão
pelos caminhos afora,
ali pelo meio da rua,
os que tentaram atravessar e não conseguiram,
os que tentaram atravessar e desistiram,
os que tentaram atravessar e acharam outras distrações,
os que nem mesmo tentaram atravessar
ou sequer pensaram em atravessar
e foram parar ali.
Talvez você gaste a tua vida inteira lidando com essa gente
e jamais chegue ao outro lado da rua.
Para atravessar a rua é preciso não perder a mão certa
e andar na contramão quando é preciso andar na contramão
para chegar ao outro lado.
E não se deve esquecer, por Deus!
Não se pode esquecer
que o objetivo final não é a rua e o que vai pelo meio dela.
O objetivo final está lá,
do outro lado da rua.
Mas para atravessar a rua...
Quantas ruas temos que atravessar!

HERÓI

Carlos me disse que o sofrimento na prosperidade é felicidade,
mas a alegria na miséria é sofrimento.
Carlos me disse que faz mais de trinta anos que tudo está mal
e que é preciso uma ou duas medidas provisórias
para as coisas melhorarem.
Carlos me disse que prefere tomar café do que lavar o rosto
e que na última vez em que foi aparar a barba e o cabelo,
o barbeiro devia aparar primeiro a barba e depois o cabelo,
mas fez o contrário
e isso é quase um crime, quase um pecado:
aparar o cabelo primeiro e depois a barba.
Carlos me disse que seria bom encontrar um hotel barato,
mas não quer usar banheiro compartilhado.
Na outra vez, o problema era os insetos no quarto.
Carlos me disse que vê pessoas que ficam invisíveis.
Carlos me disse coisas sobre espíritos.
Carlos me disse coisas sobre transmissão de pensamento.
Carlos me disse que no mês que vem,
vai completar oitenta e quatro anos de vida,
se Deus quiser.
Carlos me disse que tinha muitos milhões
na caderneta de poupança Mutual
e que poderia comprar muitos apartamentos,
mas perdeu tudo.
Carlos me disse que está viajando porque quer encontrar um lugar
para dormir.
Carlos me disse que teve audiências
com alguns presidentes,
uma audiência recente com Dilma.
Carlos expulsou alguns intrusos
que vieram se intrometer no nosso papo.
Carlos pediu licença a eles para continuarmos a nossa conversa.
Quando eu cheguei em Juiz de Fora,
encontrei Carlos logo pela manhã,
na esquina da rua do meu hotel,
São Luiz, na Halfeld, 360,
bem perto da galeria na qual ela jejuou em 1956,
vinte dias encerrada com suas cobras em uma urna de vidro,
trajando apenas um biquíni.
Na última vez em que estive aqui,

há pouco mais de dois anos, a cidade me pareceu sem graça
e não vi muito mais do que o rio e algumas indústrias,
mas agora estou conhecendo um outro lado de Juiz de Fora,
o centro velho, o bas-fond,
e agora tem os fantasmas de Suzy King, Dzy Tzú, Silki,
iluminando alguns endereços de jejum e tortura,
e agora tem Carlos.
Não sei se é mera coincidência, o que não acredito.
Não sei se é por Deus, não sei se é por Suzy King,
não sei se é por Mestra Yarandasã,
não sei se é por ele, não sei se é por mim.
Amor platônico.
E agora tem Carlos.
Depois de Governador Valadares, depois de Belo Horizonte,
vim encontrar Carlos em Juiz de Fora.
Eu ainda nem sabia que ele tinha vindo para cá
quando marquei a minha viagem,
por motivos alheios.
Eu viria para cá de qualquer forma
e a vida trouxe Carlos há alguns meses.
Eu estava preocupado, eu estava desesperado,
eu queria encontrá-lo.
Eu não poderia ir a Governador Valadares nesse ano
e em junho, sonhei que Carlos tinha corpo de pássaro
e voava
e então eu soube que ele tinha sumido de lá
e então passei um bom tempo pensando nele,
sonhando com ele,
esperando alguma notícia
do meu menino desaparecido.
E de repente, encontrei sua pista em Juiz de Fora,
prestes a viajar,
encontrei sua pista e pirei.
Carlos estava me esperando.
Eu não acredito que seja mera coincidência.
Há uma força por trás.
Carlos é um herói,
eu sou seu admirador.

COLÔNIA JULIANO MOREIRA, 1958

No vagão vazio, Suzy pensava na vida e fumava um cigarro.
Não tinha ninguém olhando e naquele tempo, afinal,
ninguém se importava. Suzy King ficou sentada no vagão,
fumando, e viajou longamente pelos trilhos
em busca da felicidade escondida na cela
em que estava trancafiado Carlos.
Era Natal e não havia mais nada a fazer,
todas as esperanças perdidas,
ele era um caso perdido, seria, para sempre.
Então Suzy se resignava a visitá-lo de quando em quando;
por exemplo, no Natal. E levava presentes. E levava fósforos,
para o caso de Carlos voltar a fumar. Ela achava bom.
Seria um significativo sinal de melhora,
de nova ligação com o mundo,
de renascimento humano enquanto pessoa fumante.
Ela adorava fumantes. E levava uma carteira cheia de cigarros,
cartelas de pastilhas escondidas na bolsa,
esperando que ele pedisse.
Qualquer coisa que ele pedisse, ela daria agora;
estava tão sozinha em casa e sentia sua falta.
Pela janela do trem, ela via os cenários dos subúrbios
e torpes fotografias pregadas nos postes à distância,
antigos, perdidos, quilômetros de estradas e ferrovias
até a Colônia Juliano Moreira, onde Suzy ia todos os dias que podia
visitar Carlos para que ele não perdesse seu vínculo com ela.
E quase não havia mais um vínculo.
Ela olhava as aves voando no céu ao longo de todo o caminho.
No vagão vazio, altas horas, de madrugada,
para chegar lá bem cedinho e passar o dia todo com Carlos,
vendo ele ruminar sozinho e esquecer-se dela
e ausentar-se por uns instantes
e depois pedir qualquer coisa,
nem que fosse um pouquinho da atenção
que ela estava sedenta para dar.
Era o último trem, o último vagão, a última lua.
E Carlos era de lua. Estava aluado.
Vítima da lua de não sei quantas encarnações.
Da lua negra. Da psicografia que revelara sua miséria
e sua desumanidade perante sua condição de nascido maldito
em uma ladeira baiana, escondido na zona do meretrício
para ninguém conhecer a sua condição legítima

de filho amaldiçoado.
Suzy chorava no vagão do trem.
Em algum subúrbio, entrava alguém
e não queria saber se ela estava chorando, cada um na sua,
a menos que fosse alguma velha senhora sedenta por companhia
ou por um pouco de miséria alheia.
Uma dessas não se importava com os cabelos
louros mal oxigenados de Suzy,
sentava ao seu lado e pedia: "Conte-me, senhora,
conte-me a tua miséria e por que chora.".
E Suzy às vezes contava, às vezes não.
Suzy vagava pelo vagão em busca de fogo para acender seu cigarro.
Era quase de manhã e o trem já estava cheio.
Suzy pedia fogo às pessoas. Ela precisava falar com alguém.
Não para desabafar. Mas porque a solidão
quando se vai visitar um filho louco
é tremenda.
Suzy descia do trem. Suzy caminhava. E lá estava, longe demais,
a Colônia com Carlos dentro. Suzy entrava na fila de espera
na qual muitas mães de outros muitos loucos
aguardavam a hora de visitar seus filhos, e ainda estava longe.
E Suzy tinha medo de entrar
e descobrir que Carlos tinha cortado seus pulsos,
como tantos faziam ali e eles não deixavam que ninguém soubesse,
mas ela ficara sabendo e vivia aterrorizada por isso.
Com olheiras profundas, óculos escuros para esconder
e para poder dormir um pouco em pé na fila,
Suzy aguardava a hora ansiosa. As horas passavam devagar.
Ela não tirava os olhos de um relógio de parede
que de hora em hora, avisava: "Cuco! Cuco!".
E o sol foi subindo e foi ficando mais quente.
E mais fome e mais sono e mais exaustão.
Quando visse Carlos, ia querer bater nele. De pura raiva e cansaço.
Então deu a hora e mandaram subir.
E Suzy subiu, e lá estava Carlos, como sempre,
manso com seus olhos azuis de imensas olheiras
que viajavam longe e jamais dormiam tranquilos,
sempre à espreita, na expectativa de alguma tragédia
ou de um novo delírio. Suzy chegou perto e ele ignorou.
Suzy abriu a bolsa, tirou os presentes.
Era Natal e ela pouco se importava.
Suzy sorriu. "Carlos, ontem foi a ceia, mas não comi nada.
Na verdade, jejuei de novo. Eu não acho mais graça em comer.".

Ela estava muito magra nesse tempo e Carlos mais ainda.
E mudo, não respondia.
Ela não achou graça em ter viajado para tão longe
e não obter nada dele. Irritou-se e sentiu compaixão e ternura
e ficou sensível e chorou e ele manteve-se impassível,
como se nada fosse com ele, como se nada fosse,
como se não existisse nada além de seu mundo interior.
Suzy perguntou: "Estão te tratando bem aqui?". Ele não respondeu.
"Eu quero te tirar daqui!". Silêncio.
"Você precisa cooperar ou eu não vou conseguir nada!".
Não consiga.
Quem disse que Carlos queria?
Ele esperava se dar bem, mas não era naquele plano.
Ele estava distante. Na verdade, ela tinha dúvida
se Carlos ainda habitava aquele corpo
ou se alguma estranha energia se apossara dele,
dominando-o por completo e submetendo-o a seus caprichos.
Uma estranha energia que mantinha ele de pé
mesmo sem comer, sem falar, sem comunicar-se com ninguém.
Às vezes. De repente, ele sorria
e murmurava alguma coisa baixinho.
Suzy quase implorava para ele repetir. Ela queria entender.
Qualquer coisa que ele dissesse podia ser a chave de seu mistério,
a chave para compreendê-lo. E no entanto, como em um jogo,
ele se negava a repetir e parecia divertir-se com seu suplício;
na verdade, estava simplesmente indiferente a ela
e ao que parecia um jogo.
Carlos não se importava. Mas era tão difícil aceitar
que ele não se importava. Era difícil aceitar que ele não jogava.
Se a vissem agora, os que achavam que era arrogante,
se a vissem agora, implorando, humilhando-se diante do filho
por umas palavrinhas, por um olhar...
E quando Carlos olhava,
era simplesmente o vazio em seus olhos azuis.
E o dia ia passando, as horas corriam, e nada de Carlos abrir a boca
para dizer algo inteligível ou uma palavra simpática.
Ele era simplesmente, apenas, educado.
Por que é que não falava algo? Algo pelo que valesse a pena
ter percorrido tanta ferrovia, tanta estrada.
Suzy esperava alguma palavra simpática. Não ia embora sem nada.
Estava lá por Carlos e tiraria algo dele.
Ele não se compadecia, ele não tinha pena dela,
ele nem podia, afinal.

Não podia sentir qualquer forma de empatia.
Não podia saber como Suzy se sentia.
Mas ela não compreendia. Insistia.
Carlos dizia apenas: "Não, não é dessa vez.".
Mas dizia em silêncio, sem olhar para ela.
Suzy passou o dia inteiro lá.
Quase no final do dia, ele aproximou-se, educadamente,
e pediu, como se nada fosse:
"Por obséquio, a senhora poderia oferecer-me um cigarro?
Esqueci o meu em casa.". Ela estendeu um cigarro
e ele sorriu e apenas agradeceu: "Obrigado.
Não é de meu feitio esquecer ou pedir. Mas eu realmente esqueci
e estou muito longe de casa. Obrigado, senhora. Deus lhe pague.".
E voltou para seu marasmo. Nem sequer fumou o cigarro.
Guardou no bolso. Amassou e guardou. Não fumou.
Não pediu que ela o acendesse. Não parecia ter fósforos.
Guardou o cigarro no bolso e ficou olhando para o nada.
Suzy voltou para casa e estava chovendo.
Uma garoa triste e fina e fria de dar nó na alma,
nó que não desata jamais. Ela deixou a janela do trem aberta
para sentir mesmo a garoa em seu rosto.
Um dia inteiro com Carlos e nada que pudesse aproveitar.
Nenhum consolo a mais em seu coração
do que quando viajou de madrugada no trem.
Nada além de uma ligeira felicidade por ter estado com ele
e por ele estar vivo. Estava vivo?
Não. Parecia perdido para sempre dentro de si ou fora
ou em algum lugar que ela jamais alcançaria.
Ela jamais alcançaria Carlos outra vez em seus devaneios,
em sua existência, em seu eu.
Um eu perdido, um eu filho perdido para todo o sempre
enquanto Carlos estivesse preso em seu corpo
e às suas limitações mentais, à sua esquizofrenia,
ao seu imenso desconforto dentro de si.
Foi no Natal. Na véspera, ela tinha evitado embriagar-se
para visitar Carlos na manhã seguinte.
Sem comemorar com ninguém. Nem com o próprio Carlos.
E seus presentes tinham sido ignorados
e tudo o que ele pedira tinha sido um mísero cigarro,
um maldito cigarrinho para amargar seu pulmão,
e no fim, ele nem fumou nem fodeu com seu próprio pulmão.

Aparição ao meio-dia.
O Cristo Alado determinado a dar alguma alegria para Suzy,
já que ela era tão devota.
Então mandou Carlos na forma de um pássaro
pousar em sua janela.
E Suzy abriu a janela quando ouviu
o pássaro cantando do lado de fora
e era um assobio lindo e quase humano.
E Suzy compreendeu que era Carlos,
a alma de Carlos liberta daquele corpo doente
que continuava vegetando no Juliano Moreira
e agora habitava por uns instantes
o corpinho frágil de um pássaro para encantá-la,
como se dissesse: "Ainda estou aqui, mamãe, em algum lugar.
Em algum canto, a alma do teu filho vaga.
Não se preocupe. Haveremos de nos reencontrar.".
Enquanto isso, aquele corpo que saíra dela
e crescera tão rápido para nada,
aquele corpo continuava preso, com os olhos parados,
na Colônia. Mas agora Carlos era aquele pássaro cantando,
aquele pássaro pousado, era tudo o que ela tinha
e teve que se contentar. Porque Carlos já não sabia
que rosto tinha a mãe
nem sabia o que significava mãe.
Mas quando cantava habitando por uns instantes
o corpo de um pássaro,
era como se, subitamente, pudesse lembrar-se de tudo;
e dentro dele, ainda havia muito sentimento e alma,
sobretudo alma.
Suzy não compreendia que tanto fazia em um corpo de pássaro
ou no corpo que ela conhecera primeiro,
desde que fosse o mesmo Carlos, a mesma alma do mesmo Carlos,
e desde que a reconhecesse.
De que valia aquele corpo, aquele mesmo corpo,
o corpinho miúdo que saíra de dentro dela e crescera tanto,
de que valia o corpo se não passava de um resto de gente
perdido em outra dimensão, vagando longe e misterioso?
De que valia o corpo? O corpo não valia nada, se aquele passarinho,
aquele pássaro na janela, era muito mais Carlos
e era muito mais seu filho e era muito mais dela
do que qualquer Carlos original que de nada servia
porque simplesmente se esquecera dela ou fingia que ela não existia
ou não sabia que era seu filho ou nem sabia nem lembrava

nem imaginava que tinha uma mãe.
"O que é uma mãe?", talvez ele se perguntasse.
Ou talvez não se perguntasse nada sobre mãe
porque nem sequer pensava em mãe.
Simplesmente, não sabia que existia.
Era como se tivesse nascido e pronto.
Para que mãe? O que é mãe se você nunca ouviu falar de mãe?
Se você não acredita em mãe?
Para onde foi a alma de Carlos quando se ausentou dele?
E aquele pássaro, depois que voou da janela, para onde foi?
Será que voou levando a alma de Carlos?
Para onde?

BRASÍLIA

Jack Kerouac me acenou com o budismo:
tudo é um sonho, então não há por que ter medo.
Para que ficar triste? A vida é curta diante da eternidade,
mesmo que eu ainda viva
mais três ou quatro vezes os anos que já vivi,
ou duas, ou uma, ou até menos, mas acho que de verdade,
eu não quero morrer jovem.
Antes de Kerouac, Carlos me acenou com as estradas,
a vida de andarilho, a vida de vagabundo,
ser meio profeta, deixar a barba crescer,
sentar na calçada e curtir a noite acordado,
observando o movimento, gostando de correr perigo,
afinal tudo é um sonho.
O meu cachorro partiu desse plano,
eu acho que ele continua por perto
e não pode ser visto pelos nossos olhos destreinados.
Eu queria ser médium.
Agora vou atrás de uma vida espiritual,
O meu pai também está indo para lá.
Vamos trilhar caminhos diferentes, às vezes cruzados,
e vamos chegar no mesmo lugar.
Ir a Brasília faz parte disso.
Procurar a ermida de Mestra Yarandasã,
os restos de tudo que ela pregou.
Vale do Amanhecer, Tia Neiva, Cidade Eclética.
Yokaanam bem velho com seu cachorro em um lugar como aquele
das minhas visões.
Um lugar plano, de muito mato, estradas e postes, céu.
Brasília.
Jejuar deitado sobre pregos
na companhia de algumas serpentes no Recife
vai fazer parte disso.
Viver de luz, Yogananda, Sevãnanda, circo e misticismo,
ayahuasca.
São Tomé das Letras:
acho que começou ali o meu despertar espiritual,
no caminho que leva até lá, naquele ambiente de discos voadores.
Será que vou encontrar o meu anjo quando jejuar?
Será que vou encontrar o meu bicho quando tomar ayahuasca?
Talvez eu encontre Deus.
O mundo real faz cada vez menos sentido.

Me limitar ao que se vê, ao que se pode tocar,
levar uma vida normal, cotidiana.
Faz cada vez menos sentido os sentimentos baixos:
ciúme, raiva, inveja.
Eu quero a transcendência, os mistérios,
viagens espirituais no mundo físico,
viagens astrais no mundo espiritual.
O mundo virtual vai invadir o mundo real e se misturar com ele.
Pokémon GO.
Não vai mais fazer diferença porque tudo é um sonho.
Eu quero alucinações, verdades, segredos.
Eu quero amor puro e prazer.
Tudo que eu acreditava e queria e sentia está mudando.
Estou mais próximo de uma compreensão
que nunca almejei de verdade.
É só o início, uma pista, da minha jornada.
Ainda vou ao México, ainda vou à Índia.
Preciso ir antes que as coisas mudem por lá.
Quando eu alcançar a plenitude espiritual,
toda saudade vai simplesmente fazer parte de mim.
A certeza da evolução de cada um me acena
com a possibilidade de ser feliz,
não acabar com a minha vida no mar,
honrar a existência.

YARANDASÃ

Vim do Oriente, sozinha.
Um véu cobria o meu rosto.
Cansada, doída, eu vinha.
Um sorriso cobria o meu desgosto.

Sarcófago, cristal, brilhante,
noite, solidão.
Carrego no peito um diamante,
meu precioso coração;
já pertenceu a um marajá, alado, vala, desertor...
Acendi meu último cigarro, o fogo é o meu amor.

Eu sou fumaça, roxa, pirâmide, erê,
trilha certa para você se perder,
iluminada, tempestade,
um T na estrada,
Agla-Avid.

OXÓSSI!

Oxóssi abriu as imensas portas de seu palácio.
Subi no palco e girei. O primeiro giro, na escuridão da floresta.
Cercada por árvores invisíveis, faminta entre as cobras,
curvada pelo peso da entidade que girava dentro de mim
e repetia e gritava seu canto transcendental, egoico, profundo.
Do meio da mata virgem, um saci que pulava, Ossanha,
Ártemis caçando na floresta, Diana enjaulada,
prisioneira de si mesma na escuridão da mata,
Anhangá preso em seu próprio templo, rei prisioneiro de seu reino.
Eu não conseguia desvencilhar-me
das garras invisíveis das árvores invisíveis,
nem podia livrar-me do cheiro amargo molhado
do verde que me cercava no palco.
Berrava, girando, possuída. E a plateia aplaudia, atônita.
Era apenas um circo no interior de Minas Gerais.
Uma boate no Paraná.
Um pequeno bar na Venezuela.
Eu era Anhangá em sua melhor forma, carnavalizando-se a si mesmo,
pulando, saci escondido dentro de meu peito, lançando-se à vida
sem medo de perder seu barrete vermelho e nunca mais encontrá-lo,
nem aos seus poderes. Anhangá abriu as pernas e um macho entrou.
Ajoelhada no picadeiro, eu gania, ejaculava.

Alguém abriu o programa do espetáculo
e leu em voz alta o nome daquele número
como se gritasse advertindo a todos
do perigo que corriam assistindo
e também quisesse explicar aquele estranho show: "Oxóssi!".
As pessoas gritaram. Eu saltava para lá e para cá,
perna direita, perna esquerda, vibrante na macumba.
"Eu sou Anhangá!", sorria, "Eu sou Anhangá!".
Mas não dizia nada e continuava saltando,
sem sorrir, séria, como se fizesse uma reza,
de repente crente de meu papel de sacerdotisa ancestral
homenageando o Rei das Matas Virgens e Inexploradas.
Eu era a própria mata do Rei. Eu era instrumento de Anhangá.

Anhangá, bem velho, ia tocando seu instrumento:
o meu corpo que saltava e berrava diante da plateia,
mas sério, contrito, aflito, esquisito.
Um corpo dono de todas as vontades

miraculosas e mirabolantes do universo.
Eu conspirava contra o público.
"Não há ninguém mais gauche do que eu
em todo o mundo dos espetáculos!".

Oxóssi, bem velho, acercava-se de mim, vigiava meus passos,
ajudava no trato com as cobras. Uma a uma,
as cobras foram sendo domadas.
E eu agradecia: "Okê Arô! Okê Arô!".
Veio Yansã com suas tempestades, Yemanjá com suas ondas,
veio Oxum com sua água doce, Ossain pulando com uma perna só,
São Benedito bem negro e bem velho,
Ogum das Matas cortando o caminho com sua espada,
impedindo a passagem,
e tive que ajoelhar-me diante de Ogum e pagar penitência,
fazer o sinal da cruz e rezar.
Veio Nossa Senhora de Guadalupe, luminosa.
Veio a Virgem Maria, o Menino Jesus,
o Cristo Alado, o Cristo Cósmico,
Vishnu e Ganesha. Vieram todos os pretos e os ciganos e os exus.
E bailei no meio deles feliz. Oxóssi, Okê Arô!

Como Ártemis não podia render-se a homem nenhum, não queria,
como Perséfone sequestrada para o Inferno,
como Orfeu em sua grande missão,
eu, a música, a musa, caçadora de cabeças,
acendia a fogueira no meio da floresta e nenhuma árvore queimava,
mas meus pés viravam e a ninguém perseguiam,
meus olhos brilhavam vermelhos, meus cabelos em chamas,
minhas cobras queimando, eu mesma queimando.

Tentei desvencilhar-me das armadilhas
que eu mesma armara no coração da floresta.
Meti o pé na madeira apodrecida do picadeiro do circo mambembe.
"Quebrou a perna!", alguém gritou.
Fui retirada às pressas do picadeiro, zonza, zureta, tudo girando,
"Meu Deus! E se eu não puder mais dançar?".
Mas não tinha quebrado a perna, não tinha quebrado nada,
apenas estava tonta e sacudia nos braços do palhaço
que tentava carregar-me até sua carroça.
Estrebuchava. Anhangá ainda estava em meu corpo
e relutava, não queria sair.

"Eu disse que era perigoso trazer essa coisa de macumba para o circo!
Circo não é lugar de macumba!", exclamava o palhaço,
preocupado e medroso.
Eu não ligava. Eu não estava lá.

De repente, dei um salto para a frente e escapei dos braços do palhaço.
Saí correndo, sem dor nenhuma, para o meio de uma mata
que cercava a clareira na qual o circo estava instalado.
Corri para a mata e meti-me lá dentro, bem fundo,
para que ninguém me achasse, eu não estava dona de mim,
Anhangá queria meter-se na floresta para sempre.

Anhangá rasgou meu biquíni prateado, arrancou meus colares,
o arranjo bonito de cabeça com algumas penas.
Fiquei nua e Anhangá deixou meu corpo
para possuir-me no chão da floresta.
Anhangá domava Ártemis,
Anhangá urrava debruçado sobre o corpo da caçadora.
Meteu em mim e a noite avançava.
Quase inconsciente, eu abraçava o corpo suado e forte de Anhangá,
não dizia nada. Anhangá meteu
e gozou o mel dos espíritos dentro de mim. O mel ficou escorrendo
e os bichos todos da floresta vieram lamber.
Anhangá partiu quando já tinha escurecido.

Os artistas do circo
só me encontraram caída na floresta de madrugada.
Eu estava com febre, inteira dolorida e não dizia coisa com coisa.
Parecia louca, mesmo em silêncio. Meus olhos viravam.
"Eu disse que não era certo trazer macumba para o circo!",
dizia o palhaço, agitado e nervoso.

Me carregaram para a carroça do palhaço
e só acordei meio-dia em ponto,
sem febre, sem dor, sentindo-me renovada.
"Cadê minhas cobras?", foi a primeira coisa que disse ao despertar.
O palhaço levou um susto. "O que te deu ontem?".
"Cadê minhas cobras?". "Estão no picadeiro ainda,
ninguém teve coragem de mexer nelas.".
Dei um pulo e corri para fora da carroça:
"Minhas filhinhas! Meu Deus! Pobrezinhas!".

Todos estavam almoçando em volta do circo

e a visão de uma mulher correndo nua para baixo da lona,
chamando por suas cobras, assustou todo mundo.

Foram espiar e eu estava abraçada às minhas serpentes,
sentada no picadeiro, beijando as jiboias toda amorosa,
sem importar-me com minha nudez
e com os olhares dos outros.

"Essa mulher é louca! Eu não disse? Ela é louca!",
acusou uma dançarina, invejosa.
"Coitada... Ela é apenas uma vítima...
Quem mandou se meter com macumba?",
disse outra. "Eu avisei! Eu avisei!", exclamou o palhaço.

Não me quiseram mais naquele circo e tive que tomar um ônibus
e sair da cidade. Não podia mais seguir em frente com a trupe.
Chorando, sem entender direito o que tinha acontecido,
peguei minhas malas, minhas cobras, e deixei a cidade.

Anhangá não abandona quem ele toma para si.
No caminho de volta para o Rio de Janeiro,
decidi passar a noite numa cidadezinha na beira da estrada
e senti-me atraída pela luz vermelha de um prédio.
Era um bordel
e fui oferecer-me para dançar com minhas cobras naquela noite,
em troca de comida, bebida e uma cama para dormir.
Mostrei o programa de meu espetáculo e o álbum de recortes
que sempre carregava comigo
para provar que era uma artista de verdade.
O dono do bordel ficou impressionado
e me deixou apresentar meu número naquela noite.
Dancei "Oxóssi!" novamente, igualzinho tinha feito no circo,
incorporada. Anhangá voltou animado
e dessa vez não estragou o espetáculo.
Queria me retribuir por ter lhe entregado meu corpo na outra noite.
As meretrizes da casa, enciumadas e com medo das cobras,
afastaram-se na hora do show.
Mas todos os homens gostaram
e me aplaudiram, pedindo bis uma vez,
duas vezes, três vezes. No fim da noite, bêbada de uísque
e com todas as atenções voltadas para mim,
fui para a cama do dono do bordel e estava sendo amada por ele
quando os primeiros raios de sol entraram pela janela do quarto,

desrespeitando a cortina roxa e empoeirada,
que evitava que alguém espiasse e assistisse a nossa intimidade.

Passava das quatro da tarde quando despertei e,
tentando não fazer barulho para o homem não acordar,
fugi do quarto com todo o dinheiro
que consegui achar nos bolsos dele.

Com a carteira cheia e sentindo-me melhor
por ter conseguido apresentar meu número no bordel,
mesmo incorporada e sem o controle de meus movimentos,
fiz uma oferenda a Anhangá assim que cheguei em meu apartamento.

"Anhangá, padroeiro das dançarinas exóticas
que se metem na escuridão das matas virgens
e violam os segredos sagrados de Diana
para aprender os compassos das tuas danças selvagens;
Anhangá, rei dos bichos, que orienta as cobras
e toca a flauta divina que faz com que elas acompanhem
os movimentos de suas domadoras; Anhangá, tempestade verde;
Anhangá, irmão indígena do Cristo Alado, macho gostoso, deus do fogo;
Anhangá, me abençoa
cada vez que eu entrar em um palco com minhas cobras
e toma o meu corpo para que eu honre a tua feitiçaria!",
rezei, e abri uma garrafa de uísque para comemorar.

Acendi três cigarros, um para Anhangá, outro para Oxóssi
e o terceiro para mim.
Depois dei a benção para minhas cobras e liguei o rádio.
Emilinha Borba estava cantando uma rumba, ao vivo.
Chorei, devota e feliz.

UM POUCO DE CARLOS

Ninguém é profeta em sua terra:
Richard Llewellyn, Cassandra Rios, Jorge Mautner,
Jesus Cristo, Jack Kerouac,
e os que me viram nascer e crescer.
Será que é por isso que quero ir embora?
Partir deve ser bem divertido
e Carlos sumiu mais uma vez.
Eu sei que ficar é insuportável,
ficar sempre no mesmo território,
mas de que adianta ir embora
e se instalar em um novo lugar?
Prefiro ser cigano,
prefiro ser andarilho,
bruxo viajante,
faquir nômade.
Por que é que não nasci sendo a Índia Maluá
e não posso ter as minhas serpentes
e sua inconsequência, sua barra pesada,
suas maldições?
E um trailer para viajar
e me apresentar?
Ir embora deve ser emocionante,
ir embora para nunca mais voltar.
Nem sei do que estaria partindo,
nem sei por que querer partir,
mas se render à estrada deve ser engraçado,
ser missionário, profeta,
poeta,
longe de Jundiaí,
e prometer a mim mesmo
jamais voltar a pisar na mesma cidade
depois de sair.
Eu sou um aventureiro
e tenho uma saga a cumprir
em busca de mim,
em busca do que já cheguei sem
nessa vida,
sem.
Carlos sumiu outra vez.
Por onde andará Carlos?
Ninguém é profeta em sua terra

e ele não pertence a lugar nenhum,
não pertence a ninguém,
não pertence a nada.
Carlos é a solidão.
Abri a "Bíblia" quando nos encontramos
pela primeira vez.
"que tenho grande tristeza e contínua dor no meu coração"
"que tenho grande tristeza e contínua dor no meu coração"
"Romanos", capítulo 9, versículo 2.
"que tenho grande tristeza e contínua dor no meu coração"
Abri a "Bíblia" e chorei
e ouvi Mário de Azevedo
e ouvi "O despertar da montanha",
que é a canção de quando o meu corpo for enterrado,
a canção da minha vida,
a canção da minha morte.
Carlos sumiu com sua grande tristeza.
Carlos sumiu.
Contínua dor em seu coração,
em sua solidão,
em nossa solidão.
É melhor desistir,
ninguém vai me entender,
ninguém vai se importar,
é melhor sorrir,
viver,
e andar quando der,
e seguir adiante.
Ainda há tanto por vir
e a minha sede é imensa.
Carlos segue na dele
e foi sempre assim.
Carlos segue na dele
e naquela última noite em Belo Horizonte,
conversamos sentados na mesma calçada,
e ele me ofereceu um jornal
para relaxar e curtir.
Carlos também vai fazer parte de mim.
Carlos já é parte de mim.
E quando ouço um trem ao longe,
e quando ouço cachorros latindo,
e quando vejo montanhas,
e quando caio na estrada,

e quando as luzes da cidade estão acesas,
e quando é madrugada,
quando me vejo no espelho, de barba,
quando encontro a minha sombra, de barba,
um pouco de Carlos
eu sei que há em mim,
um pouco de Carlos
e de tudo o que já vivi
e algo do que está por vir
e o que sou, afinal,
que o meu tempo é o presente
e só.
Faz poucos dias que sonhei que via Carlos
e de repente ele tinha corpo de pássaro,
sua cabeça humana em um corpo de pássaro,
feito sereia, feito harpia, feito alma egípcia;
terá transmigrado?
Carlos voava com seu corpo de pássaro
diante da multidão que ia e vinha
e eu assistia ao seu voo
e compreendia parte do mistério.
Faz poucos dias que ele sumiu.
Estamos ligados,
eu e Carlos,
com seu corpo de pássaro.

VODU PORNOGRÁFICO (COMO DORA LOPES)

Se eu quiser andar com Dora Lopes, ziguezagueando fora da linha,
como Dora Lopes,
se eu quiser me despir na penumbra de um circo, "Babalu",
vodu pornográfico,
pode dar certo, se eu quiser ser Cassandra Rios
e corromper, fugir,
raptar um menor como teria feito Lookan, em Goiânia,
como fazia Marciana,
levar comigo para ensinar
as minhas coisas.
Se eu quiser entristecer com Dora Lopes,
beber e fumar com Linda Rodrigues,
pode dar certo.
Mas eu fujo do quarto onde tombou a faquireza Yone.
O homem arruinado não gosta da ruína
e não quero na minha vida grandes tragédias,
não quero tragédias.
É claro que quero intensidade
e o desassossego também é acalentador às vezes,
o desassossego das coisas,
o ritmo louco em que tudo dança.
Mas não quero sentir nenhuma dor terrível,
nenhuma dor que eu não possa suportar,
não quero sentir dor.
É claro que quero oxigenar os meus cabelos,
mesmo não combinando comigo,
como Dora Lopes,
presa por ser loura demais.
Expor uma ferida é legal,
botar pra foder,
mas ter uma ferida é tão ruim,
sofrer uma ferida,
se arrastar ferido pela vida.
Não,
eu não quero chorar
se não for de alegria, de amor.
Talvez eu flerte com Dora Lopes
em um beco, em uma boate,
talvez, se eu for mulher em alguma dimensão.
Caminhar às vezes com Cassandra Rios não significa querer
seu moralismo, ser condenado.

Eu não ando na linha.
Não sou Johnny Cash
e mesmo se fosse,
não andaria na linha.
Eu ziguezagueio,
esbarro fora da linha,
esbarro em Dora Lopes,
Cassandra Rios, Linda Rodrigues,
Marciana,
Lookan, Yone,
Ísis Clarice Leite Diniz,
esbarro.
Mas é claro que não quero o castigo,
o peso,
pagar o preço,
pagar um preço alto
por minhas escolhas.
Eu banco, eu vou até o fim,
não tenho medo de nada
nem meço consequências,
mas é claro que não quero terminar tudo no mar
nem qualquer dor que me levaria até lá.
Eu quero paz e poesia.
Pode dar certo
deitar em uma cama de pregos com algumas cobras
e jejuar;
é claro que eu vou tentar.
Se eu quiser cantar com Dora Lopes,
sambar na madrugada,
ser boêmio, junkie, vagabundo,
é isso mesmo que está traçado para mim.
Eu sou poeta.
E se eu quiser pirar com Elvira Pagã,
se eu quiser me isolar como Luz del Fuego,
em uma ilha distante,
misantropo,
deslocado, inadequado,
pode dar certo.
Se eu quiser ser Suzy King,
se eu quiser ser eu mesmo,
tanto faz.
Eu quero estar com ele,
e nada mais.

A FILHA SELVAGEM DO PÁSSARO ROQUE

Você me vê rodeado por animais
e sente no meu quarto a presença sinistra
dos espíritos do mato, e de pássaros selvagens,
e sente o cheiro de fumo
de um cigarro que jamais acendi, de tabaco,
deve ser da minha alma
fedendo, soltando fumaça, e eu sou uma velha árvore
sem raízes, pendurada na floresta.
Eu te previno sobre os meus perigos,
as minhas ciladas, buracos escondidos, camuflados por folhas,
armadilhas, espíritos maus encorujados, espalhados, empoleirados
ao longo do caminho que sigo, me espreitando, desconfiados,
vorazes, famintos, eles querem um pouco de mim
e talvez eu ofereça, talvez eu ofereça o meu corpo,
talvez eu ofereça os meus sentidos, talvez eu ofereça
um pouco da minha vida, para ganhar algum sentido.
Você me vê rodeado por esses espíritos, espíritos de animais,
espíritos que tomaram animais,
você acende a luz e diz que eles sumiram,
mas quando ficamos sozinhos no escuro, você diz que está ouvindo
os gemidos dos espíritos, e eles me acompanham,
e eles são meus amigos,
e você não pode ter medo deles se quiser seguir comigo.
Eles já estavam aqui, quando nasci, eles já estavam aqui
na cama, com meus pais, quando fui concebido.
Uma velha de pele escura, que fuma.
Uma velha de pele pintada, de cabelos brancos,
que fuma; eu já fumei o cigarro dela,
eu já acendi o cigarro dela.
Uma velha que gosta de penas.
Eu coleciono as penas dela.
Você não vê esses espíritos, você não vê a minha velha.
Ela é a minha mãe de lá, ela vem do lado de lá,
ela já atravessou o rio, e quando eu estou parado,
aqui, deste lado do rio, quando eu olho para a outra margem,
ela está lá parada, fumando, séria.
Você olha para mim, você olha ao meu redor,
e eu entendo que você tenha medo.
Você não sabe que eles cuidam de mim.
Você não sabe que essa velha conhece os remédios,
essa velha conhece a cura de cada um dos males,

essa velha sabe dominar os bichos,
e sim, eles estão me cercando,
os bichos do mato, os espíritos dos bichos.
Você vê pajés, você vê caboclos, você vê ciganos,
ciganas, você vê animais.
Eu estou cercado por animais.
Eu ando e segue atrás de mim um séquito de animais.
É como se eu fosse um rei,
um rei dos animais, um rei dos espíritos,
um rei selvagem.
Eu não tenho muitos amigos, mas ando sempre acompanhado.
Eu vivo sozinho, sim, eu vivo sozinho em meu quarto,
e quando chega a madrugada e eu estou sozinho,
eu rio sozinho em meu quarto, eu rio da minha solidão,
eu rio da solidão de todo mundo,
eu rio porque tenho um quarto,
eu rio porque me imagino na rua,
eu rio porque não sou mãe,
não sou pai, não sou nada, sou livre.
Você me vê chegando quando chove, eu molhado pela tempestade,
você sente um arrepio, são espíritos bons,
são espíritos livres, são espíritos molhados.
E quando eu entro na água,
mergulho nas cachoeiras, e está escuro no mato,
eu tenho uns pés selvagens, eu tenho asas nos pés,
eu sou um pássaro.
Eu sou o pássaro da velha, o pássaro pousado no ombro da velha,
no ombro esquerdo, no ombro direito.
Eu sou a velha.
Será que você não vê que sou eu que me desdobro e me cerco
e me faço companhia?
Será que você não vê que sou eu,
sempre eu sozinho,
naquela mesma velha rua?
Eu fujo do asfalto
e você sabe que o povo do mato está por perto.
Você sabe que quando eu chamo, quando eu grito,
fino, afiado,
vem o povo do mato.
Eu vou ficar louco
e você vai dizer que já sabia, que eu não poderia
ter outro fim, terminar em outra rua.
Você vai me ver fumando e talvez se lembre

de que eu já fumava quando tinha seis anos.
Eu estou sempre em busca de alguma droga
para me tornar essa velha
cheia de penas.
Você me olha e vê que em volta de mim,
existem muitos animais.
Eu tenho sede e são os bichos que bebem.
Eu tenho fome e são os bichos que devoram.
Eu derramo o meu sangue e o vermelho é a cor dos pelos
de certo bicho maior, mais grande, monstruoso,
de certo bicho secreto,
de certo bicho desconhecido.
Nos mapas, você vai encontrar
esse que me acompanha.
Nos mapas antigos,
emergindo do mar, espiando entre as árvores, exilado em alguma ilha.
Esse bicho e ao seu lado uma velha.
Eu sou a velha
e todos os bichos do mato espiando entre as árvores
e a estrada vai embora, vai adentro.
Você deita na cama e deitam contigo os meus bichos,
deita contigo a velha, deitam contigo espíritos,
e você olha e vê eu,
vê eu pelado,
você não vai embora, você faz parte de mim.
Às vezes, tenho uma bunda preta grande e gorda,
e às vezes, há um cavalo,
e às vezes, meninos ciganos.
Perfume forte e folhas sangrando,
folhas que curam, folhas que cobrem,
Chibamba,
a velha.
Me cubro de penas e sou um pássaro voando.
Eu sou a filha selvagem do pássaro roque.
A velha tocando um instrumento.
A velha tocando um animal.
A velha encarnada em um bicho.
Ninguém precisa entender.
No final, vai ser a estrada
e eu.
A estrada e eu e a velha,
a filha selvagem do pássaro roque,
a velha.

O ESPELHO DE SUZY KING

O espelho disse a Suzy King que não lhe procurasse mais,
mesmo quando seu chamado fosse irresistível,
como o canto de uma sereia. O espelho ordenou
que ela não o ouvisse mais quando cantasse,
insistindo para que fosse até diante dele e se mirasse inteira.
Ele não teria mais pena dela. Suzy soube que não podia mais
se olhar no espelho sem que ele precisasse dizer nada.
Ela se convenceu quando viu que sua beleza tinha se dispersado,
se perdido por trás da máscara trágica que agora cobria seu rosto.

Foi no verão. Suzy magra de jejuns, picada pelas cobras, nua.
Quebrou o espelho em cacos para que ele não pudesse mais cantar.
Mas ele estava por toda parte. Nas vitrines, nas ruas,
nas lojas chamando. Era o mesmo reflexo.
E Suzy tinha que resistir para não cair em suas armadilhas.

O espelho era uma sereia do bem
e embora entoasse seu canto maldito para atraí-la, avisava:
"Não se aproxime. Não fale comigo.".
Era isso que o espelho dizia: "Não fale comigo.".
E como aquelas pessoas que iam vê-la jejuando
e encontravam o alerta, "Não falem com a faquireza",
Suzy sabia que haviam avisos pregados
em cada espelho no qual tropeçasse pelo caminho:
"Não fale comigo.". "Não me olhe.". "Me evite.". "Eu sou a tua perdição.".

Às vezes, Suzy pensava que diferença fazia, afinal,
se não olhar no espelho não evitaria a verdade.
Não dar-se conta de si não significa não existir.
Existe-se, mesmo sem dar-se conta de si.
E o que o espelho não reflete é, mesmo fora do espelho.
Suzy tentava entender por que o espelho lhe alertava tanto.
Suzy ia esquecendo do rosto que tinha.
Quando ia a um estúdio para ser fotografada com suas cobras,
não olhava mais as fotografias. Não queria saber.
"Escolha as melhores.", pedia ao fotógrafo.
E as distribuía para os donos das boates e para os homens dos circos.
Não sabia como estava fotografada.
Uma fotografia também poderia ser um espelho.
E o espelho tinha avisado: "Não fale comigo.".

De mal com o espelho para sempre, Suzy sentia-se melhor.
Aos poucos, esquecia o que vira nos últimos reflexos.
Às vezes, olhava para sua fotografia de bailarina, tão jovem,
em cima da cômoda. Era assim que queria lembrar de si mesma.
Era assim que queria que os outros lembrassem dela.
Dizia a Carlos que não lhe olhasse mais quando conversassem,
que olhasse para a fotografia, para a bailarina.
Carlos ria, desconsolado, e não olhava para ela
nem para a bailarina, perdia a paciência e falava apenas o necessário.

Deitada no sofá, Suzy evitava passar a mão no rosto
para não sentir as marcas mais cruéis do tempo.
Não olhava nem para as próprias pernas. Para os seios. Para a vagina.
Não olhava para suas mãos.
Fechava os olhos quando era atacada por um espelho.
"Você pediu. Eu não falo contigo.". "Eu não quero falar contigo.".
"Eu não acredito em espelhos.".
Suzy esquelética maquiava-se como conseguia
sem saber se a pintura ficara borrada nos olhos ou na boca
ou se as sobrancelhas estavam diferentes uma da outra.

O melhor companheiro de uma artista devia ser o espelho.

Mas Suzy sabia que ele tornara-se um inimigo.
Antigo empresário com quem não se trabalha mais
depois de uma terrível traição. Esposo adúltero. Pai ausente.

Em um sonho recorrente, Suzy via-se de biquíni ou nua
atravessando um imenso labirinto de espelhos,
perdida, tentando encontrar a saída.
Não era como uma Casa de Espelhos em um parque de diversões,
com imagens distorcidas. O que Suzy via em cada espelho,
em cada um daqueles espelhos gigantes que formavam o labirinto,
era ela mesma, exatamente como era.
Cada ruga. Cada marca. Estava tudo lá.
E quando acordava, sentia um gosto amargo na boca. O gosto da verdade.

Em um sonho recorrente, quando não podia fugir,
Suzy era obrigada a confrontar o espelho. E estava sempre lá,
idêntica a si mesma, real, inteira.

Nos camarins, quando havia um camarim,
Suzy cobria o espelho com um pano estampado.

Suzy vivia coberta por panos estampados.

Ainda gostava das flores mais do que das estampas selvagens.

Escolhia as roupas que usava. Os vestidos, as camisas.
E com o tempo, foi notando que estava recuperando
o peso perdido com os jejuns tortos.
Não precisava de espelho para notar.
Não precisava nem olhar muito para seu próprio corpo.
Nem no banho. Era claro e ela sentia por dentro:
estava recuperando o peso perdido.

Seus seios fartos voltavam a ser fartos.
Suas coxas não chegariam a fazer inveja a Angelita Martinez,
muito menos a Elvira Pagã, mas estavam mais grossas.

Meses tinham se passado desde o último homem.
Anos desde a última mulher.

Suzy estava pronta para retomar o sexo
e os rituais de magia sexual.
Estava pronta para oferecer seu corpo ao Demônio outra vez.

Ele chegou numa tarde de sangue e devorou suas entranhas.
Muitos bichos saíram de lá. Animais peçonhentos, feios,
extraterrestres. Bichos do mar.
Tudo deixava as entranhas de Suzy e ganhava o mundo invisível.
Ela os via saindo pela janela, fugindo, voando.
Ela os via quando ganhavam o mundo, invisíveis.

Suzy também via quando alguns deles
caíam no chão do apartamento
e transformavam-se em grandes jiboias.
Ela não precisava mais comprar as cobras.
Não precisava mais negociar com contrabandistas.
As criaturas que o Diabo arrancava de suas entranhas
transformavam-se em alucinógenos. Mescalina.
Drogas fortes, das florestas. O interior de Suzy
era mais profundo e perigoso do que a Floresta.
Suzy era mãe do que saía de dentro de si.

Se pudesse, tornava-se Satanás
e não precisaria mais dele para soltar

todas as feras de suas entranhas.
Suzy King sabia que ela mesma era a verdadeira fera.

Um dia, Suzy precisou de uma rosa vermelha para salvar-se
e a rosa não estava em jardim nenhum.
Não havia a rosa física. Mas no centro da testa do Cristo Alado,
do centro da testa do Cristo Alado,
a rosa brotou e esparramou-se sobre Suzy para salvá-la.

E ela ficou sendo inteira a rosa.
Suzy foi tomada pela rosa. Tragada pela rosa.
E tudo que saía de suas entranhas ficava aconchegado
entre as pétalas da rosa e desfazia-se em bolhas de água.
Eram tantas bolhas de água
que Suzy teve medo que todas estourassem ao mesmo tempo
e ela morresse afogada. Suzy até desejou morrer afogada
naquele mar de bolhas estouradas. Para saber como é.

Suzy não tinha medo dos monstros que a habitavam
porque não se identificava com eles.

Suzy não tinha medo de nada com o que não se identificasse,
pois sabia que o que não fazia parte dela
não poderia lhe fazer mal algum.

Suzy tinha medo apenas daquilo que era ela.

Foi uma porrada no peito quando Suzy acordou
e os bichos tinham corroído seu rosto na fotografia de bailarina.
Não podia mais ver seu rosto jovem.
Os bichos tinham deixado apenas a pose,
os pés erguidos, as mãos erguidas, a cabeça erguida, imponente,
como convinha a uma grande artista,
quando ela sonhava ser
uma grande artista.

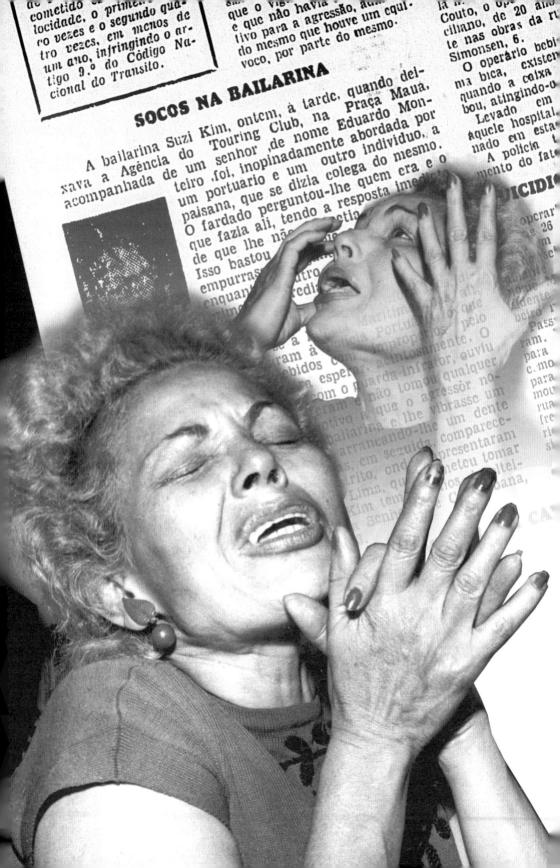

SOCOS NA BAILARINA

A bailarina Suzi Kim, ontem, à tarde, quando deixava a Agência do Touring Club, na Praça Mauá, acompanhada de um senhor, de nome Eduardo Monteiro, foi, inopinadamente abordada por um portuário e um outro indivíduo, a paisana, que se dizia colega do mesmo. O fardado perguntou-lhe quem era e o que fazia ali, tendo a resposta imediata de que lhe não interessava. Isso bastou para que empurrasse outro...

LILI, A LILITH DE LILIPUT

Sua mãe era uma mulher alta, seu pai era um homem alto,
seus irmãos também eram altos,
e a mãe, que se chamava Elvira, resolveu lhe dar o nome de Arivle,
o contrário do seu,
e Arivle era ao contrário dela, Arivle era uma anã,
e às vezes ficava alta, alta como Amy Winehouse,
Arivle sempre voltava à escuridão.
Arivle cantava debilmente tangos, sambas e outras canções.
Ela era como uma Carmen Miranda mais baixa
e frequentava o bas-fond.
Morava no subúrbio do Rio de Janeiro
e cantava nos circos, na noite paulista,
anã de cabaré, anã de Fellini,
uma Cabíria anã, oxigenada.
Arivle era amante de um jogador de futebol.
Ele raptou Arivle, Arivle fugiu com ele.
Sua mãe foi à polícia, sua mãe foi aos jornais.
Pobre Elvira!
Abandonada por todos os filhos.
E depois que foi a um circo, Arivle nunca mais foi a mesma.
Arivle sabia que o lugar de quem é como ela é o palco,
os picadeiros do mundo, ambientes iluminados,
refúgios de música e diversão,
onde boêmios e prostitutas festejam suas dores.
É lá que Arivle queria estar. É lá que Arivle estava.
Arivle não podia ser mãe.
Seu amante, alto e atlético, se casou com outra mulher.
Ele amava Arivle, ele sempre voltava.
E ela sabia que não havia tempo a perder:
Arivle queria viver,
morrer como artista,
sem olhar para trás.
Ela era genial,
mas era lá que ela devia estar, exatamente lá,
lá mesmo onde estava,
para ser Lili,
a Lilith de Liliput.

SAUDEK

Corpos que chacoalham, nudez subterrânea,
a mulher gorda que te espera despida e faminta,
estirada no sofá de courvin marrom detonado coberto
por panos avermelhados, rosados, empoeirados, rasgados,
quase transparentes, que fedem cerveja e arroto, e bafo,
cheiro de bebê, cheiro de leite azedo,
o cheiro da última criança que ela devorou
enquanto brincava com os dedos,
lasciva, pervertida, perversa,
a mulher gorda toxicômana, cocainômana,
maníaca, gulosa,
envolvida pelos panos embolorados, molhados,
por seus panos de um passado recente,
a mulher gorda imersa, afundada, caída,
bêbada.
Será que está perdida?
Será que é maligna?
Será que vai se matar porque seu homem foi embora?
Será que foi ela que decepou seu falo
e engoliu na ceia
e depois cuspiu fora?
Será que foi ela que decepou seu falo
para costurá-lo em si mesma?
A mulher gorda suada
foge deitada, imóvel, preguiçosa,
desmorona, embriagada.
Fim de festa.
Mulheres gordas espalhadas pelo inferninho escuro,
jogadas no chão,
entregues aos deleites das alucinações,
imensas, menstruam de pernas abertas,
babam sangue e desejo.
A mulher gorda quer dançar sozinha
a última valsa da madrugada.
Rola do sofá. Explode no chão.
Mulheres gordas aspiram, cheiram, viciadas,
canibais,
o pó que de uma irmã se fez.

NAQUELE APARTAMENTO

Naquele apartamento, canções francesas, canções de amor,
a madrugada inteira, canções e confissões de pulsos cortados,
picadas, Piaf, e professoras de piano,
professoras lésbicas de piano na infância remota,
confissões de corações valsando apaixonados,
trêmulos, cortantes, passionais corações lésbicos
nas aulas de piano, naquele apartamento, confessávamos tudo,
nuas nos quadros, e nos retratos
para rasgar depois, para queimar no fogo,
e eu ardia, mulher, na tua paixão, naquele apartamento, poemas,
cigarros, confissões, naquele apartamento,
nuas na cama, nuas no chão, sereias gregas nos vasos,
sereias gregas são lésbicas, percebi pelos ombros,
pelos ombros largos, de largas asas, de másculas asas,
de ousadas asas, percebi pelos rostos,
e porque todas as gregas são naturalmente lésbicas,
Penélope, Perséfone, e Ártemis, e Palas Atena, e Afrodite, e Safo,
todas lésbicas, nas gravuras espalhadas no chão de madeira,
nos recortes, nas colagens, seios nos seios, bocas nas bocas,
macias bocas, brancas bocas, pálidas bocas,
bocas lésbicas, naquele apartamento, prazer,
sereias gregas são lésbicas, por elas os homens podem morrer,
sereias gregas são lésbicas e centauros são gays,
eu também cheguei um centauro na tua vida, cabelos masculinos,
Rita Pavone, cabelo de rapaz, Cassandra Rios,
cheguei com os seios amarrados,
cheguei menino, embora afeminado,
desamarrados os seios, livres os cabelos, para crescer, para balançar,
nua nas tuas mãos, entre os teus braços, entre as tuas coxas,
nua e pronta para te amar, sapos, corujas, coleções de vasos,
com sereias pintadas, sereias gregas, lésbicas sereias gregas,
lésbicas bruxas, lésbicas suicidas, e pactos de morte,
Dora Lopes, Linda Rodrigues, Aylce Chaves,
entrego as chaves, da porta do apartamento, de cada quarto,
de cada sala, dos cantos escondidos, e a que abre a caixa de Pandora,
lésbica Pandora, lésbica mitologia, lésbico isqueiro,
acendo o cigarro de Maysa, acendo o cigarro de Marlene Dietrich,
canções francesas a embalar, sinistras baladas, baladas de sangue,
mulheres, pactos de morte, a dança do amor, e do prazer, e da morte,
a dança lésbica da paixão, a dança lésbica do fogo,

naquele apartamento, a morrer, a viver, naquele apartamento,
as luzes apagadas, luz de velas, lésbicas velas acesas,
inferninho, endiabradas moças, canções satânicas,
de doces prazeres, de tentações luciferinas,
e o Diabo chega ao meu corpo, e o Diabo é outra moça,
me tomando à sua nudez, me afagando, me afogando,
lá fora está frio, lá fora alguns morrem, sem calor, sem amor,
e as canções francesas tomam o apartamento;
de assalto, eu te tomo para mim,
vinho, batons vermelhos, manchas, marcas, dedos,
e eu querendo sentir a tua pele, tocando de leve a tua pele,
naquele apartamento, em outra vida, lésbica vida,
vida trágica, de trágica morte, naquele tempo, naquele apartamento...

ESPERANDO NINGUÉM

É noite e vi os dois saindo de um cinema.
Ela nem me olhou, passou com os olhos pregados no chão,
e ele também não me viu, não, eu sei que ele não me viu,
encostada no poste, tremendo de frio.
Não, ele não viu que era eu
a prostituta de pernas de fora, fumando um cigarro,
encostada no poste, era eu.
É noite e vi os dois seguindo adiante.
Ele vai deixá-la em casa
e ela não vai dar a ele mais do que um beijo no portão,
os pais dela a esperam na sala
e ele nunca perguntou dos meus.
Mas eu vi os dois, e ela estava sorrindo,
passou com os olhos pregados no chão e sorria,
protegida por seus braços fortes,
ela não imaginava que ele me conhecia tão bem,
ela desviou os olhos para não encarar
a prostituta de pernas de fora, fumando um cigarro,
encostada no poste, era eu.
Em mais um poste, em outra rua,
e em tantas ele me achava,
quando o futuro não importava,
quando ele não pensava em nada,
ele queria simplesmente me ver,
beber alguma coisa, trepar num quarto sujo,
nessas pensões que conheço tão bem.
Que pena senti ao perceber
que ao passar pelo vulto de uma prostituta,
triste vulto que sou eu,
parece que não se lembrou de mim,
ele não me reconheceu, nem sequer pensou que fosse eu
a prostituta de pernas de fora, fumando um cigarro,
encostada no poste.
E no entanto, foi assim que ele me conheceu,
foi assim que ele me abordou, foi assim que nos fizemos felizes.
É noite e ele deve estar voltando sozinho
para seu canto, para seu refúgio,
e no entanto, hoje em dia, ele não precisa mais me procurar
nem sente a dor da solidão.
Ele tem ela, pensa nela, dorme e acorda e é só ela.

E eu tenho a rua, a calçada,
o poste,
para me encostar, fumar um cigarro,
com as pernas de fora,
esperando alguém.
Ele não vai mais voltar
até seu casamento fracassar.
Mas aí talvez já não será eu
a prostituta de pernas de fora, fumando um cigarro,
encostada no poste, não será eu,
que pena.
Eu gostava mais dele do que de seu dinheiro.
É noite e vi os dois saindo de um cinema.
Eles pareciam felizes, tão felizes,
mas duvido que ela tenha mais amor do que eu,
que tenho para dar e vender.
E eu tenho a rua, a calçada,
o poste,
para encostar, fumar um cigarro,
com as pernas de fora,
esperando ninguém.

MYSTERIA JOPLIN

Janis Joplin também foi capturada nos sertões da Índia,
feito uma aranha qualquer com cabeça de mulher.
Nos olhos de Mysteria, vi a mesma tristeza, blues.
Janis Joplin não marcou sua sorte em seu corpo,
não era Maud Arizona, não procurou a amizade de crocodilos,
seus cabelos espessos eram um véu de ouro descorado
a cobrir o seu rosto, no caixão dentro do qual ela jazia,
enterrada viva; nenhum príncipe virá te beijar
se a tua voz for um vômito, cheia de areia, terra,
pedras rolando em cima do trem pagador.
Nenhuma sereia jamais visitou Janis Joplin
no palco, em seu camarim, ela era apenas
uma flor do deserto.
No deserto, voam pavões, nascem flores azuis,
pássaros azuis, notte blu, blue night, blues.
Janis Joplin era a chefe malvada, pirata,
de tapa-olho, mas de olhar triste,
trazia no ombro o peso de um pássaro roque,
era a chefe malvada de uma quadrilha,
traficante escondida no lixão de uma grande cidade.
Janis Joplin sorria nua quando esteve no Brasil.
Maud Arizona podia ser vista no palco.
A mulher-aranha também. Mas Janis Joplin acendia nas praias,
hippie, beatnik, barata.
Maria Bethânia vestiu seus cabelos muitos anos depois,
já brancos.
Janis Joplin não vai ter que voltar,
visitar Port Arthur.
Janis Joplin caiu na sua própria teia,
domadora servida aos seus jacarés,
Koringa devorada.
A plateia vai vibrar
quando a mulher-aranha cantar,
chorar,
La Llorona.

A FLOR NEGRA DO DESERTO DO ARIZONA

Nada tão raro quanto ver passeando sob o sol
uma dessas criaturas que se espalham pela cidade
somente depois que a lua sai!

A cada passo que dava, eu sentia que mais olhares
desmoronavam sobre mim,
a tal ponto que, não podendo mais suportar,
fui abrigar-me em um estranho barracão de madeira
montado numa praça movimentada
na qual eu costumava fazer ponto de madrugada.

Nunca tinha visto aquele barracão ali
e não prestei atenção no que dizia um alto-falante à sua entrada,
anunciando a atração que o público encontraria lá dentro.

Esquecendo que meu dinheiro chegava ao fim,
entreguei ao bilheteiro tudo o que me restava
e passei pela cortina preta
que escondia dos que passavam do lado de fora
uma cena grotesca: no fundo do ambiente escuro e empoeirado,
uma enorme aranha com cabeça de mulher devorava uma criança.

A bem da verdade, era difícil ter qualquer certeza
sobre o que de fato acontecia com a criança
devido à distância que o público devia manter da mulher-aranha.

Outras pessoas se amontoavam ali e,
devido à falta de iluminação,
ninguém notou que eu era uma travesti.

O banquete chegou ao fim. Um preto musculoso e tatuado,
vestindo apenas um colete aberto, surgiu ao lado da mulher-aranha
e um foco de luz foi lançado sobre ele, que disse com voz empostada:

"Mysteria Joplin, a Flor Negra do Deserto do Arizona,
encontrava-se à beira da morte, faminta e sedenta,
quando foi capturada! É vítima de uma diabólica maldição materna...
Ainda não tinha nascido quando sua mãe,
depois de tentar abortar de todas as formas possíveis, sem sucesso,
atirou sobre ela uma praga... E nasceu esse monstro...
Mysteria Joplin, a mulher-aranha!

Abandonada no deserto,
Mysteria Joplin teria morrido se não fosse salva!"

"Morte ao monstro comedor de criancinhas!", gritou alguém.

Mysteria Joplin soltou um ronco choroso.

"Não fale assim!", exclamou o preto, "Apesar de suas
preferências alimentares, Mysteria Joplin tem sentimentos...
Ouçam como canta...".

A mulher-aranha tinha cabelos claros descorados e longos.
Bastante branca e sardenta, não chegava a ser bonita
e sua expressão era triste.
Quando abriu a boca, porém, assombrou a todos os presentes.

"Blood on the leaves and blood at the root...", ela cantava,
"Black bodies swinging in the southern breeze...".

O preto musculoso e tatuado tocava flauta. Mais pessoas chegavam.
Ao fim da música, uma chuva de moedas
caiu sobre Mysteria Joplin e seu músico.

Os olhos dele encontraram-se com os meus.
Por um instante, senti meu coração falhar. O preto piscou.

O show tinha terminado
e a mulher-aranha faria um intervalo de alguns minutos
antes de comer a próxima criança e cantar novamente.

A pausa para a ilusão terminara.
Vi-me então obrigada a voltar para a rua
e encarar os olhares sobre mim.

Na saída do barracão, uma mão forte segurou meu braço.
Era o músico de Mysteria Joplin.
Surpresa, fiz um movimento brusco,
libertando meu braço de seus dedos.

"Perdoe os meus modos... Tive medo de não encontrá-la mais,
de perdê-la em meio à multidão... Permita-me dizer quem sou...
Sou o Flautista Negro do Deserto do Arizona...".

"Oh!".
"Encantador de aranhas, mulheres-aranha e mulheres em geral…".
"Encanta até as que são como eu?".

O Flautista tomou a minha mão entre a sua
e estalou um beijo em meus dedos.
Oferecendo seu braço, conduziu-me outra vez ao interior do barracão.

A cabeça da mulher-aranha sumira,
restando ali somente o enorme "corpo" do monstro.
O Flautista suava, não se sabe se por nervosismo
ou se pelo calor do ambiente.

"Faz tempo que estão na cidade?", perguntei,
procurando quebrar o silêncio
que se instalara entre nós.
"Chegamos hoje. Montamos o barracão pela manhã
e fizemos a primeira sessão por volta do meio-dia.".
"Mysteria Joplin canta muito bem.".
"Mas não sei se chegará viva até a próxima cidade…
Mysteria Joplin é uma infeliz. Com sua voz,
poderia ter o mundo inteiro jogado a seus pés!
Mas qual… É uma viciada!
Passa todos os intervalos entre as sessões
às voltas com entorpecentes.
É esse bendito vício que tem permitido que ela viva…
E é esse maldito vício que está prestes a matá-la!".
"Por que ela é infeliz?".
"Porque existe.".
"Vocês são amantes?".
"Sim.".

O desapontamento flechou meu coração.

"Acho que preciso ir…".
"Espere!".

O Flautista foi até a entrada do barracão
e espiou por uma fresta da cortina.

"Não vem ninguém! Beija-me!".

No lado esquerdo de seu peito, notei um trompete tatuado.

Não resisti ao músico, que mordia meu pescoço e apertava meus seios.
Com seu corpo, o Flautista me empurrava na direção do "corpo"
da mulher-aranha. Completamente entregue, me deixei sentar ali
e ergui as pernas para o alto, puxando a minissaia para cima
até que minha bunda estivesse inteira para fora.

"Mete!", ordenei.

Babando sobre mim, ele gemeu: "Gosto de penetrar assim,
pela frente, como se fosse mulher!".

Como se fosse mulher! Com que dor recebi aquelas palavras!

Sem tesão, sentia cada vez pior o vai e vem dolorido dentro de mim.
Para fugir da dor, pedi: "Cante alguma coisa!".
"Não sei cantar... Só sei tocar flauta.".
"Então toque flauta...".
"Cala a boca!".

O Flautista esbofeteou minha cara.

"Puta! Putinha do Capeta!".

Sobre o "corpo" da mulher-aranha, sentia-me confusa
e quase delirava de dor. De olhos fechados, vi a mim mesma
com cabeça humana e corpo de aranha.
Tecia uma imensa teia num deserto escaldante.
Tinha fome. Vi ao longe um cavalo alado preso na teia.
"Liberta-me, por favor!", suplicou o cavalo.
Como se não ouvisse seu apelo, aproximei-me
e comecei a devorá-lo, pelas asas.

O Flautista gozou, me despertando.

"Anda para fora daqui, vai!
Pega essas moedas e nunca mais apareça nesse barracão!".

Eu sangrava. De corpo e de alma.
Peguei o dinheiro e saí.

Na rua, o alto-falante já anunciava
a próxima sessão do espetáculo de Mysteria Joplin,
a Flor Negra do Deserto do Arizona.

VOU DAR DE CHEIRAR À DOR

A Carmen Miranda mambembe do Circo de Horrores Guanabara:
muito pó escondido no oco das plataformas
e lá para além das narinas,
a máscara de palhaço do mal
não chega a meter medo nas criancinhas.
Mas e se desconfiarem que ela leva os guris no saco?
Não tem saco para aguentar a petizada,
que logo na primeira fileira da arquibancada, no estádio lotado,
pede as bananas do turbante.
"Eu sou a Carmen Miranda da Guerra.".
Soldados perdem suas vidas, mas antes uma noite de diversões,
no centro boêmio da cidade selvagem,
grande campo de concentração.
A Carmen Miranda palhaça, travesti,
do circo à vida noturna, da sede ao vício, do sucesso à decadência,
Praça Tiradentes, México.
No bolso do suicida, a fotografia, autografada, assinada, dedicada.
Não tenho receio de beijar os mortos.
Levem a marca vermelha da minha boca rasgada a Caronte!
O velho barqueiro há de lhes beijar as faces, cada uma,
em busca dos beijos, meus, com gosto de fruta,
I'm the lady in the tutti-frutti hat.
O velho piano toca blues no picadeiro moderno.
Incendeie as cortinas.
Será que alguém vai salvar o menino?
Só tenho medo da morte, não pela solidão;
pela saudade.
O velho piano toca blues.
Eu sentado nele, cigarro na boca, cigarro espiritual,
batom espiritual, mulher espiritual.
Quem pode me vender um corpo de sereia?
A bruxa espera o transgênero para um pacto transexual.
Carlos Gil, Carmen Miranda,
"Les Girls",
e mais cocaína:
vou dar de cheirar à dor.

QUE SAUDADE DA GILETE GOMA!...
para ler depois de ouvir Ângela Maria cantando "Luna lunera"

I

Por muito tempo, toda vez que eu passava na frente da pensão
em que morava Gilete Goma e ela estava na janela,
vinha o convite inevitável:
"Ei, garoto! Entre aqui um pouco... Quero te mostrar uma coisa...".
O convite de Gilete mexia tanto comigo
que, sabendo que passaria por lá,
já saía de casa um pouco trêmulo, suando,
sentindo o peito esquisito, sufocado,
e quanto mais me aproximava da sua rua,
mais nervoso ia ficando.
Quando Gilete não estava na janela,
sentia um misto de decepção e alívio,
mas se de longe avistava os seus braços despidos cruzados,
meio para fora, meio para dentro,
enrubescia de pronto, tinha medo e fascinação,
talvez gaguejasse quando perguntava:
"Para que você quer que eu entre aí?".
Gilete soltava uma gargalhada e jogava a cabeleira loura para trás,
dava uma pitada no cigarro e respondia com ar desafiador
e a voz mais grossa do que de costume, grave:
"Quero te mostrar a minha coleção de sobrancelhas,
você não quer ver? Tenho todas aqui dentro,
de Hollywood, do cinema mexicano, do rádio, da TV...".
Os meus olhos brilhavam e eu não podia disfarçar,
acho que nem queria, não conseguia imaginar
o que poderia ser uma coleção de sobrancelhas...
E também não tinha coragem de perguntar em casa,
pois não desejava que soubessem
que eu andava falando com Gilete Goma.
"Não posso... Não quero entrar aí.".
Ela sorria, como quem compreendia o meu medo,
fazia uma bola de chiclete
- mascava sem parar, o tempo inteiro;
às vezes, explicava, sempre igual:
"Eu queria parar de fumar e aderi aos chicletes.
Acabei com dois vícios! Fora os outros...".
Era meiga, apesar do seu imenso e musculoso corpo parrudo,
do qual saltavam dois enormes seios caídos.

Tinha uma tatuagem na parte superior de cada braço,
duas mulheres com corpo de pássaro,
no direito uma loura, no esquerdo uma morena.
Como ela pouco saía na rua,
pelo menos nos horários em que me permitiam
estar fora de casa, eu nunca via o seu corpo da cintura para baixo.
Os meninos mais velhos e precoces, que fugiam da vigilância paterna
na calada da noite para abraçar a madrugada,
contavam que Gilete Goma
tinha um membro gigantesco pendurado no meio das pernas,
que podia ser percebido por baixo do vestido sem dificuldade,
até quando ela não estava excitada.
Olhando seu rosto notoriamente masculino,
eu tinha vontade de lhe perguntar:
"É verdade que você tem um pauzão?".
No fundo, eu sabia que se realmente quisesse evitar o contato com Gilete,
bastaria não passar por sua rua e escolher qualquer uma das outras,
entre tantos caminhos que o meu bairro oferecia.
Que atração era aquela que Gilete me despertava?
Tal inquietação não podia ser paixão - ou podia?
Será que eu estava apaixonado por Gilete Goma?
Mas mal a conhecia!
E além disso, ela não era mulher, e também não era homem, afinal...
O que é que ela era?
"O que você é?", queria perguntar aos pés da janela,
não por indelicadeza, mas por ingenuidade.
Se tivesse certeza que Gilete não me faria nenhum mal,
e que ninguém saberia que entrei ali,
eu aceitaria o convite e veria com gosto
a sua coleção de sobrancelhas, tão anunciada por ela.
E se Gilete quisesse falar, eu a ouviria contando toda a sua vida,
ainda que isso durasse muitas horas, não teria pressa de sair dali,
pois depois que saísse,
depois de passar tanto tempo em sua companhia,
nada mais fora do quarto de Gilete Goma faria sentido,
nem mesmo qualquer outra companhia.
Eu sabia disso.

II

Mais tarde, me contaram que ela nem sabia quantos anos tinha
quando chegou na cidade; era mais velha do que uma criança,

muito jovem para já ser mulher, não tinha peito, não tinha corpo,
era um menino franzino.
Gilete Goma, naquele tempo, não tinha nome,
nunca precisara de um.
Para que serve ter nome quando ninguém te chama?
Também não tinha sexo, embora sentisse desejo,
mas só soube o que era no dia em que encontrou Tita Navalha,
que usava um véu de renda preto
e tinha uma fotografia de Concha Piquer
pregada no corredor da entrada de sua casa.
Eram dois cômodos, uma cozinha misturada com sala,
e apenas uma cortina protegia a porta do quarto.
Tita matara o único homem que amara.
"Sou como Lola Puñales!", soltou logo no primeiro dia,
"A da canção...", insistiu, e Gilete não entendeu.
Ainda não entendia nada.
Entendeu alguma coisa pouco depois,
quando sentiu sobre si o peso de Tita,
entendeu que era tarde, não dava mais para voltar,
Tita gemia, e metia, parecia um homem.
Tita penetrava no quarto. No banheiro,
uma voz grossa cantava um tango.
Tita urrava.
"Como você o matou?".
"Matei com uma navalha!".
Gilete entendia, e gostava. Ainda não era Gilete Goma,
era apenas um rapaz sendo possuído por Tita,
que sedenta beijava seu pescoço, gulosa.
"Você sabe quem é Concha Piquer?",
perguntou Tita no fim, quase dormindo.
"Não.".
Tita sorriu, levantou, entrou embaixo da cama, sumiu,
voltou com um baú, tirou dele uma fotografia: "Concha Piquer!".
Os olhos de Gilete brilharam: "Que sobrancelhas lindas!".
"Você gosta de sobrancelhas?".
"Adoro!".
"Pois vou te dar uma coleção!", exclamou a veterana,
tirando um lápis do baú.
"Mas isso é um lápis!".
"Não!", retrucou Tita,
sorrindo ladina, "É uma coleção de sobrancelhas.".
"Não entendo...".
"Com esse lápis, você pode desenhar no teu rosto

todas as sobrancelhas do mundo,
as de Hollywood, do cinema mexicano, do rádio...".
"As de Concha Piquer?".
"Claro!".
Então Gilete compreendeu e nunca mais foi o mesmo garoto,
a mesma pessoa.
Ela raspou as sobrancelhas, que até esse dia ainda eram de homem.
Ela nunca foi um homem, mas por muito tempo se parecia com um.
Sobre os olhos, desenhou novas sobrancelhas,
inicialmente as de Concha Piquer.
Foi Tita quem lhe deu sua primeira gilete, seu primeiro cigarro.
No submundo, as bichas a chamavam de Gilete Cigarrete.
Depois ela quis parar de fumar, mascava chiclete o tempo inteiro,
fazia bola, cuspia fora, viciou em chiclete.
"Gilete Chiclete.", arriscou uma.
"Iniciais iguais dão sorte.", palpitou outra.
Nem ela percebeu quando, nem por que, nem por quem,
ficou Gilete Goma.
Tita morreu muito tempo antes.
Gilete nunca matou ninguém, nunca rasgou ninguém,
nunca amou ninguém.
Gostava um pouco de Tita Navalha,
um pouco da mãe que morrera tão cedo,
um pouco de Nossa Senhora,
mas bem menos, muito menos, de si mesma.

III

Embora todos soubessem que não tinham o mesmo sangue,
no submundo não havia quem não considerasse
Gilete Goma, Luna Lunera e Angelita Martinez irmãs:
eram "as três filhas de Tita Navalha".
Qualquer um que tivesse vivido na cidade
há mais de vinte e cinco anos
ouvira falar em Tita Navalha ou lera seu nome no jornal.
A Rainha dos Travestis, para os caretas.
Uma bicha muito perigosa, para as companheiras da noite.
Tita era argentina
e chegara na cidade depois de passar muitos anos na prisão.
Tinha matado seu amante
depois de ter sido trocada por uma moça da alta sociedade.
"O que ela tem que eu não tenho? Dinheiro?", perguntara.
"Dinheiro também... Mas ela tem boceta!".

Sem hesitar, Tita metera a mão em sua liga e sacara sua navalha:
"Repita se for homem!".
"Boceta!".
Seguiu-se violenta luta,
na qual teve seu olho esquerdo furado pelo amante.
Tita, porém, venceu: o homem que mais amara na vida
estava morto em seus braços.
Chorando sobre seu cadáver, ela permaneceu praticamente imóvel
e não reagiu quando foi descoberta pela polícia.
"Matei!", confessou, "E mataria de novo! Mas como o amava, Deus!
Como o amava...".
Cega de um olho, a travesti argentina
foi mantida encarcerada durante trinta anos,
praticamente sozinha na cela das travestis.
Nunca mais quis saber de homem macho.
Sodomizava à força as jovens travestis
que com ela passavam alguns dias trancafiadas,
adquirindo a partir daí um voraz vício em carne nova e afeminada.
Finalmente solta, foi morar numa casa de dois cômodos
com uma travesti espanhola, La Caramba.
Estavam muito velhas para fazer a vida
e o máximo que conseguiam era ser manchete
pelas confusões que causavam no submundo.
Para esconder o olho furado, Tita cobria o rosto
com um véu de renda preto.
Foi quando passou a ser observada todas as madrugadas por Gilete.
Tentando faturar alguns trocados para sobreviver,
Tita cantava coplas do repertório de Concha Piquer
nas ruas da zona do meretrício.
Um de seus pontos preferidos era certo Passo da Semana Santa
localizado numa rua de grande movimento noturno.
Em certa madrugada, reparou no menino que a espiava
escondido atrás de uma árvore. E novamente na noite seguinte.
E na outra. E na outra.
Quis saber quem era seu pequeno fã
e por que se encontrava na rua tão tarde da noite.
Soube então que o menino era órfão.
Ainda criança, sua mãe tornara-se a Verônica da Semana Santa
de uma cidade interiorana. Tinha uma voz maviosa
que encantava a todos
e sua posição era a coisa mais preciosa de sua vida.
Um dia, porém, engravidara sem ser casada

e sabia que perderia o direito
de ser a Verônica nas procissões anuais.
Escondeu a gravidez e teve seu filho sem que ninguém soubesse.
Por muitos anos, ainda conseguiu enganar a todos.
Mas que mentira dura para sempre?
A verdade veio à tona e tiraram daquela pobre jovem
o único prazer que tinha na vida: cantar na Semana Santa
envolvida pelos véus negros da Verônica.
Ela enlouqueceu e numa feita, mandou o filho à rua
com um pretexto qualquer, trancando-se em casa:
naquela tarde, a Verônica da cidade, destituída de sua personagem,
abriu o gás e morreu.
O menino foi para um orfanato, mas fugiu na primeira oportunidade,
vagando a esmo até a cidade em que morava Tita Navalha.
Ao conhecer a triste sorte do garoto,
Tita entendeu o que atraía o menino para perto dela todas as noites:
seu véu de renda preto e seu cantar em frente ao Passo.
Justamente diante de um Passo como aquele,
o pequeno assistira durante anos
ao espetáculo de sua mãe!
Se não era a sua mãe, Tita podia pelo menos ser uma mãe para ele.
Pensando assim, a argentina adotou Gilete.
Não resistiu, porém, aos apelos da carne
e, notando certas tendências que o garoto já tinha,
ensinou a ele todos os segredos de sua arte.
Numa madrugada, olhando o menino cantar travestido,
Tita percebeu que resolvera enfim seus problemas financeiros:
novas lições iniciaram seu pupilo na prostituição.
Pouco tempo depois, foi a vez de La Caramba
trazer um jovem para a casa em que viviam:
Luna Lunera,
que ainda não era conhecida por esse nome naquele tempo.
Finalmente, não se sabe pelas mãos de quem,
chegou Angelita Martinez,
uma criança ainda, mas belíssima.
Sem a menor sombra de dúvida, a mais bela entre as três.
Foi a primeira a ser batizada
com o nome que usaria pelo resto da vida.
Admirando sua beleza, Tita decidiu:
"Teu nome de guerra vai ser Angelita Martinez,
em homenagem à vedete. Ela era tão bela
que ganhava todos os concursos de que participava.

Foi Rainha de tudo que se pode imaginar...
Você também nasceu para ser Rainha!".
La Caramba era velha demais e morreu.
A partir de então, Tita passou a explorar sozinha suas três pupilas.
A relação entre elas era de amor e ódio.
Luna Lunera tinha sido expulsa de casa
quando os pais descobriram sua homossexualidade
e a família de Angelita Martinez a entregara para tornar-se padre
a um rígido colégio católico, do qual ela fugira depois de sofrer
os mais tenebrosos abusos por parte dos padres professores.
Ao mesmo tempo em que sentiam certa gratidão
por terem sido acolhidas por Tita, elas sentiam-se confusas
ao serem submetidas às taras sexuais da argentina.
Que mãe era aquela que deitava-se com suas três filhas
e as obrigava a venderem seus corpos diariamente?
Assim foram crescendo, sem coragem para abandonar aquele lar.
Numa manhã, nenhuma das três voltara ainda do trabalho noturno.
Ao abrir a porta da casa, uma empregada que ia ali semanalmente
deparou-se com o cadáver da matriarca.
Tita Navalha morrera golpeada por sua própria navalha.
Assassinato ou suicídio?
Mistério!
Suas meninas já tinham crescido o suficiente
para seguirem seus caminhos separadas, livres,
sem tutor nem cafetão.
Toda vez que a vida promovia um novo reencontro delas,
algo muito maior do que qualquer inimizade
manifestava-se dentro de cada uma:
o medo que teriam para sempre de Tita Navalha!
A travesti argentina seria um fantasma
do qual jamais poderiam livrar-se.
Entre as três, Gilete era quem tinha mais carinho
por sua mãe postiça,
embora também guardasse muitas mágoas dela
- principalmente a de não ter sido sua única e definitiva filha.
Nas ruas, ainda cantava as coplas que a travesti lhe ensinara.
Eram sua principal arma
para atrair a freguesia.
Sempre que cantava uma delas,
Gilete Goma sentia que celebrava
a memória de Tita Navalha.

COPLA DE TITA NAVALHA

Marinheiro, o que procuras tão longe do mar?
Marinheiro, não sabes que aqui nenhum amor vais achar?
Eu não sou tua mãe, marinheiro, nem posso ser tua noiva...
Tu não vais querer me levar quando a noite acabar
e o mar te chamar, outra vez...
Marinheiro, por que me tatuas no braço?
Marinheiro, não serei da tua história apenas um pedaço?
Eu não sirvo para ti, marinheiro, se ao menos fosse sereia...
Se ao menos o mar me quisesse e tragasse o meu corpo,
e então apenas me procurasses, eternamente,
perdida entre as águas
do teu mar imenso...
Marinheiro, tu queres comprar; mas o que queres comprar?
Marinheiro, tu sabes mesmo o que vendo ou vens para se enganar?
Eu nunca fui boa coisa, marinheiro,
sempre disseram que não presto...
Ninguém que me conhece pagaria para estar ao meu lado
nem deseja me ver amanhã...
Marinheiro, por que insistes em dormir comigo?
Marinheiro, não te avisaram que sou um perigo?
O último homem jamais acordou, marinheiro,
levei tudo o que ele tinha...
Não quero ter que roubar o teu dinheiro,
não quero te cortar, imploro:
vai embora, marinheiro, volta para o teu mar...

TEM ARANHA NA RUMBA

A Lilith afro-cubana dá um berro.
Uma explosão no picadeiro do Circo Guanabara.
Evoé, La Taboo!
Sob os aplausos das crianças,
La Taboo surge carregando suas aranhas
no cirquinho montado num subúrbio do Rio de Janeiro,
num terreno baldio.
Todas aquelas crianças muito pobres
venderam a alma para entrar no circo
e ver a moça com as aranhas;
mas ela já não é tão moça,
com seus cabelos negros armados, tingidos,
feito uma Koringa.
A molecada vibra quando La Taboo entra em cena
com duas aranhas enormes nas costas
e desfila pelo picadeiro,
deixa cair uma aranha no chão,
levanta a outra ao alto.
Usa um biquíni,
joias falsas, pulseiras, colares,
colar de dentes,
colar com chave pendurado no pescoço.
La Taboo larga as aranhas de lado
e dança mesmo sem elas, tambores ao fundo,
começa uma rumba nostálgica de mistério,
uma evocação da África negra,
da Cuba decadente.
La Taboo baila para os contraventores.
As crianças se excitam,
os vagabundos espiam pelos rasgos da lona,
La Taboo pulando para lá e para cá,
rangendo os dentes, atiçando a plateia,
os seios balançando, fartos,
La Taboo batucando,
fazendo macumba no picadeiro
ao som daquela rumba tocando ao fundo.
La Taboo se joga,
rola no chão de terra com as aranhas.
Ninguém entende nada, não importa,
La Taboo veio ao mundo para fazer sua cena.

A rumba termina. A criançada aplaude.
Ela agradece e cai fora.
Pega o dinheiro com o dono do circo
e sai antes do fim do espetáculo;
nem vai voltar para os aplausos finais.
Com as aranhas num cesto, toma um táxi
e vai para Copacabana.
O cachê não paga o valor da corrida, mas não importa.
La Taboo está bancando tudo, não precisa de muito dinheiro,
até gasta se for preciso, mas quer levar sua arte adiante,
suas aranhas, suas rumbas, seus encantos.
La Taboo está pagando para trabalhar.
Em seu quarto e sala na Prado Júnior, deitada no sofá,
acende um cigarro, liga o rádio.
Uma rumbeira canta algo que faria sucesso dez anos antes,
mas agora parece ultrapassado. Desliga o rádio.
La Taboo também se sente ultrapassada.
Assobia.
Nanci vai chegando perto - é sua aranha preferida.
A dançarina apanha Nanci.
"Acho que vou ter que fazer striptease outra vez...
O dinheiro não está dando para alimentar vocês.
Nem a mim...", desabafa, "Na verdade, preciso de grana
para dar uma ajeitada na minha aparência,
estou engordando, perdendo mais dentes...
E você notou que estou ficando careca, Nanci?
Logo eu, que sempre reclamei desses cabelos crespos
e desejava tanto uma cabeleira lisa, de índia...
Agora estou ficando careca e tenho amor
a cada fiozinho que ainda me resta...
Sorte mesmo têm vocês, aranhas,
que não têm cabelos para perder...
Aranha basta ter umas pernocas assustadoras
e pronto. Todo mundo delira!
De medo, né?
Mas não é só de medo... Conheço muita gente
que acha as aranhas lindas!
Tem gente que morre por aranha,
de tanto encantamento.
Será que alguém ainda morre por mim?".
La Taboo deita a cabeça na almofada
e fica acariciando Nanci. Adormece.

NÓS QUEREMOS DANÇAR

Baphomet na parede do quarto, na parede do bar,
no bas-fond, perto do mar,
a serpente que trago tatuada no braço, marinheiros, meretrizes.
Ainda sinto o cheiro de fumaça, um resto do cigarro acendido
que a minha alma fuma até agora.
Apagaram-se tantas estrelas
desde quando eu varava as madrugadas nas ruas,
a golpear varões com navalhas, enferrujadas, mas ligeiras,
mais do que as flechas invisíveis.
Apagaram-se quase todas as vidas daqueles que velavam comigo
a noite dos infelizes, a brincar – renasceram?
Apagaram-se as luzes dos postes, as daquele tempo,
acabaram-se os postes, os daquele tempo,
só esse cigarro continua aceso, espalhando fumaça
misturada ao perfume de amante que deixo no ar.
Sereias presas em garrafas, de peles sangrando perfuradas
por âncoras que lancei,
sonhando repousar meu navio, o navio do meu nome,
o navio do amor.
Tenho pena das sereias esverdeadas, emboloradas, acabrunhadas.
Perdi a alegria, gigante, coloca-me na palma da tua mão,
no ventre de tua mãe,
quero ser teu irmão, um gêmeo afogado,
parte tua perdida nas profundezas das águas.
De que é que sou uma parte que não se conhece inteira?
Por quem dobro os sinos, velejando de pé
na última torre que sobrou de outros reinados?
Abri as portas do meu ser, convidei os vampiros do passado,
acho que conheci quase todos,
penando no outro lado de Copacabana,
Posto Dois, onde morreu a Rosinha,
Posto Quatro, onde prenderam a Pedrinho,
Posto Seis, onde Cassandra Rios.
Lésbicas, romance, bolinhas, assassinatos, nudez, moralistas,
Caixotinho, L'Étoile, Galeria Ritz.
Samba.
A sombra com quem danço na calçada, trottoir, sou meu Apache,
sou gigolô, sou gigolette.
Sereias gregas engaioladas na penumbra do inferninho,
capturadas pela bicha marginal
quando migravam.

Nasci com as asas mais belas que alguém ousou imaginar em Jundiaí.
Nasci alado, com o corpo dourado, bronzeado, cabeça raspada,
argolas de ouro, feito gênio oriental; cigarro na alma.
No entanto, amo - razão pela qual sigo aqui,
no meu corpo, quase são;
razão pela qual tenho um corpo, humano,
embora ainda me habitem o macaco, o pato, o corvo, a coruja,
mais as muitas cobras,
os dragões e as cucas... As cucas!
Sou as ruínas da Ilha do Sol. O último porto onde se abrigam
Cigana Silvan, Carmen Vic,
Mascotte Anib, Lolita Ruamor, Theda Diamant,
a amazona de Bangu, algumas travestis, Lili
e tangos!
Nós queremos dançar.

ARATIMBÓ, 1940

Te encontro em teus espelhos, setenta, espalhados pela casa,
seminu, nu, teus eus antigos, teu eu presente, e não posso deixar
de me ver refletido, Narciso também, me achando em toda parte
ao lançar ao mundo o meu olhar, saturado de mim.
Independência, 29, São Salvador, Bahia.
Somos nós, os três, a velha a andar pelo quarto, ausente,
mas capturada pelo pintor, caça-fantasmas,
colecionador da poesia visual que se esvai no ar e se perde para sempre
quando não ganha as tintas, carregadas, quando não escorre pelas telas,
quando ninguém procura eternizá-la.
Somos nós, os três, a musa, a diva, a Rainha das Matinês.
I love you, Gilda.
I love you, Tio Alberto, meu amado tio.
I love my men.
E o vento bate portas e janelas, e eu vejo em você o filho dela,
e a tarde corre como se nada mais existisse do lado de fora,
e só restaram as telas, retratos, autorretratos.
A meretriz despida na janela, indiferente aos meninos do coreto.
Eu também passei a minha vida inteira
indiferente aos meninos de todos os coretos,
até perceber que há meninos guardados
nos melhores corpos da praça.
Seguimos viagem, adentramos a natureza materna.
Rituais sagrados, bárbaros, negros,
atabaques que se transformam em pessoas,
pessoas que se transformam em atabaques.
Salomé decapitada.
O humor, o bom humor
do artista pop, místico, dos azuis, de todas as cores,
do roqueiro de rua, dos cegos, do cachorro-guia,
dos góticos de Amsterdam.
Professor dos meninos,
emaranhado entre os ninhos,
emaranhado entre tudo o que ainda há para ser pintado,
emaranhado entre o entra e sai de gente.
Por que é que de tantos auspiciosos encontros,
a vida não faz nada
e deixa morrer na praia?

O BRUXO DAS CORES

Um velho índio isolado, calado, exilado da tribo,
inteiro coberto por seus amuletos, ainda que invisíveis.
Sabe escrever com as cores, conhece o mistério.
Não importa que poucos leiam, as imagens se diluem cada vez mais,
entre as tintas de sua feitiçaria nativa, orgânica.
Diluídos os orgasmos, diluídos os espasmos,
diluída a paixão.
Um velho índio jamais abandona sua máscara
sagrada, de ritual,
angústia pintada.
Ele é sua tribo, sozinho.
Ele é o seu pai,
o seu próprio pai diluído.
Um velho índio perdido entre as ruínas de uma aldeia,
entre as pedras escaldantes, esculpidas,
em meio à solidão de seu deserto,
vendo o tempo passar.
Do centro da cidade mexicana, chega a música da morte colorida,
Santa Carnaval.
Um velho índio escondido, atento, medroso,
habitando seu corpo urbano, moderno.
É o maestro das cores, o intérprete do que elas dizem,
diluídas nas telas, diluídas entre os cães,
diluído o seu coração,
que arquiteta, não sabe, pressente, espera jamais ser perturbado.
Abre a boca e a voz sai para dentro.
Pensa.
Um velho índio nunca envelhece.
Suas cores não desbotam.
São estátuas africanas espantando os domadores
de seu ser selvagem, arisco, indômito.
Pássaro,
desde que ninguém espere assistir seu voo.
Peixe,
desde que ninguém espere assistir seu mergulho.
Sofre.
Fugir é habitar sua casa, seu corpo, sua mente.
Viver é habitar suas cores.
Mimetismo.
Sina.

O MESMO GAROTO NAS SARJETAS DE SEMPRE

Ele não canta blues,
nem suspeita que de madrugada, acendo alguns cigarros
e fumo com os fantasmas, e cantamos, e falamos sobre ele,
e rimos porque rolo na poeira das estradas deixadas para trás,
cubro o meu corpo com o pó de tudo que foi vivido
por quem cruza o meu caminho, vampiro de memórias,
vou ficando mais velho
e no meu olhar parado, há quem me veja contemplando
as dores de uma outra vida, a angústia do peso do tempo,
que curva as minhas costas, que seca a minha garganta;
por isso, bebo.
Ele não canta blues, nem suspeita que fugi da lei
e já estive preso, e senti a minha barra pesar
até um ponto que preferia morrer, me recusando a andar na linha,
me negando a entrar na linha.
Depois descobri que voava, roubei suas asas
para escapar do Inferno.
Ninguém sabe como é difícil para mim quando chegam as pessoas,
quando chega qualquer pessoa,
fora ele, para quem abri a porta.
Não canta blues, mas olha quanta estrada,
que longo caminho percorrido até aqui.
E não suspeita que eu sou bem mais profundo, bem mais tenso,
mórbido, sorumbático, alucinado.
Há uma sombra comigo, procuro sempre
mais uma ou duas cadeiras vazias. Nunca ando sozinho.
Ele não canta blues, nem vê que ao lado da cama, alguém nos observa,
brinca conosco, se diverte, padece.
E quando cheguei em sua cidade, logo ouvi o tal trompete,
reconheci a mesma calçada suja, o mesmo ar poluído.
Ele não canta blues,
porém desde o primeiro instante, eu soube que ele é capaz
de me levar até o blues.
Carniça, deserto, pântano.
Que pena que sou menos doce do que pareço.
Cantando blues sem voz alguma, triste, existencial,
existencialista.
O mesmo garoto nas sarjetas de sempre,
curtindo a mágoa de ser diferente.

TREZE ANOS

Tinha demônios morando em mim!...
Treze anos de idade e desejos inconfessáveis
desde a mais remota infância da qual era capaz de me lembrar:
um ser devotado ao sexo e dele escravo,
embora o meu corpo continuasse puro
e eu nem sempre fosse capaz de compreender
as malícias que ouvia das outras crianças,
quase inocente;
mas dia após dia,
ia sendo devorado pelos instintos
que me atiravam em pensamento
aos braços de todos os homens do mundo.
Jamais em busca de proteção
- eu queria prazer!
Suar agarrado a outro monstro masculino,
atingir com ele o auge que procurava sozinho
há tanto tempo
e encontrava
uma, duas, três vezes por dia,
enquanto a minha boca salivasse
e algo dentro de mim pedisse mais.
A vontade de ficar para sempre naquele estado de sonolência,
me sentindo completo, inteiro,
livre da dor e da angústia da morte,
que tanto me afligia.
Com fevereiro, chegou o dia do meu aniversário.
Era domingo e fomos todos à casa da avó,
onde um grande almoço,
com churrasco e bolo,
celebrava os meus treze anos.
Treze anos dedicados à carne e aos festejos do sexo.
Treze anos e uma fome ainda longe de ser saciada.
Treze anos a serem exorcizados.

COMPARSAS DE CRIMES PERFEITOS

A vida me levou até a tua casa.
Deve ser por isso que me bate certa tristeza,
um medo, aperta o coração,
quando te vejo indo embora sozinha
no escuro, numa rua deserta qualquer
ou no carro de um estranho.
Deve ser porque a vida me levou até a tua rua
e me fez teu guardião,
um pouco teu pai, um pouco teu irmão,
e você mãe, irmã, mais do que amiga,
nas vezes em que não me abandonou,
nas vezes em que te levei às minhas estradas sem fim,
de poeira, mato,
ferrovias,
nas vezes em que te mostrei
mais um pouco de mim
ou que te contei da minha loucura
e da minha solidão
e te meti nas minhas ciladas,
nos meus arroubos, na minha falta de juízo,
te levando pela mão
até o ponto de me perder
e não saber voltar pra casa, nem querer.
Deve ser por isso que me assusta,
me assombra,
me angustia,
quando penso que você vai embora
sozinha,
um dia talvez pra valer.
Somos comparsas de crimes perfeitos,
filósofos de sarjeta,
fofas da fossa,
balançando e rolando,
rocking and rolling.
Se a folha daquela árvore fosse uma pessoa,
estaria te encarando,
encarando a tua soledade.
Eu também sou só,
bandido,
fora da lei,

vagabundo.
Somos comparsas de crimes perfeitos.
A vida me levou até você
e depois seguimos juntos.
Somos comparsas de crimes perfeitos
espiando a cidade que brilha,
querendo crescer.
Somos apenas duas crianças,
comparsas de crimes perfeitos.

LÂMPADA

Delirava.
O corpo estava tomado pela febre
que durante o dia ainda era apenas uma gripe.
E agora, madrugada plena e instalada,
delirava e não sabia.
Quem delira não sabe que delira.
Pensa que o delírio é realidade
e se entrega a ele como se entrega à vida real,
variando o desconforto e o prazer da entrega
conforme os tons que o delírio carrega.
Naquele delírio, delírio de areia,
um tom assim de vômito,
de coisa sólida vertida em líquido misturada com água
e fugida do estômago feito lama.
Delírio de cor desértica.
Delírio seco, embora de tonalidade líquida.
Da cama, onde permanecia deitado,
até há pouco dormindo e agora acordado, delirando,
ele via o quarto todo
sob a pobre iluminação da luz do banheiro acesa
que atravessava o corredor e vinha esclarecer no quarto
que não havia nada na noite que se devesse temer
- havia no mundo, para quem não tivesse a sorte
de uma casa segura como a dele,
espaço para dormir sem medo.
Seu espaço para dormir sem medo era ali
e por isso, mesmo em meio aos delírios,
em nenhum momento teve medo.
Sentiu coisas - calor, sede, angústia -
mas não medo.
Nem quando, de olhos pregados no teto,
viu dentro da lâmpada pendurada
a cabeça feia de boneco que se mexia e sorria,
quase uma caveira e punk,
de corte moicano extravagante,
brinco de argola,
só a cabeça sem corpo transbordando ironia
nos sorrisos que distribuía a ninguém.
A mesma cabeça de anos depois,
misteriosa e sumindo na terra,
jogada num caminho de todos os dias.

E na lâmpada também viu,
enquanto a cabeça sumia,
o sol escaldante que cobria um deserto.
Deserto esse que por segundos escapava da lâmpada
e invadia o quarto, se recolhendo em seguida,
como bom deserto de vida irreal que era.
Do deserto, nasceu um sonho - ele, adormecido, foi capturado
e caminhando na areia tinha sede
enquanto placas apontavam um oásis que não se encontrava
e sua irmã agonizava.
Acordou.
Novamente submerso no delírio,
outra vez os olhos fixos na lâmpada,
de onde agora saía uma barata que voava pelo quarto
e ao contrário do deserto, não se recolhia mais de volta
aos limites vítreos de sua origem.
Nada lhe assustava mais do que baratas - bicho repugnante,
diabo encarnado de tão feio,
se é verdade que os demônios são feios.
Então gritou.
Veio o pai para matar a barata e lhe arrancar do delírio.
Não, não havia barata nenhuma.
O quê? Barata saída da lâmpada? Mas que absurdo...
É lógico que não havia barata nenhuma!
E que dormisse logo, pois o dia não tardaria a clarear
e era bom que descansasse
e deixasse os outros descansarem.
Confuso, não delirava mais.
A febre, simples gripe outra vez,
se transformara em mero desconforto.
A cabeça doía.
Calor, sede, angústia - tudo ali, se mexendo dentro dele.
Mas a lâmpada... Ah, era só lâmpada outra vez.
Lâmpada apagada, morta, sem nada dentro,
sem nenhum delírio para oferecer.
Ou era ele que não tinha mais delírio para emprestar à lâmpada?
Era menino, menino demais,
com seus quatro ou cinco anos de idade
e sua entrega.
Se entregara tanto ao delírio:
não esqueceu mais.

AMIGO MENINO

Garoa gelada, noite azul, escura, de dentro de suas casas,
os vizinhos ouvem a carroça da morte passando na rua,
cavalos, os gritos do cocheiro, "Eia!".
Ninguém se atreve a espiar pela janela.
Fecham as cortinas, se escondem entre os cobertores, encolhidos.
Na casa velha, que foi branca, o coração de mãe estremece,
arrepia, a mulher empalidece,
mais do que o filho doente,
que agoniza na cama, febril.
Não ouve mais os cavalos, não ouve mais o cocheiro.
Os vizinhos já sabem qual a casa escolhida, lamentam
- que alívio! -
Na porta dela, as batidas, sinistras.
Pensa rápido, esconde o filho no armário.
A morte adentra a casa, invade o quarto, quer a criança,
procura, derruba tudo,
encontra,
ignora os protestos da mãe, tomando para si a alma do menino,
que sai carregando em seus braços, muda.
Ninguém vai ao encontro da mãe, que berra, que chora,
até que a carroça suma, ao longe, numa estrada distante.
E quando já não ouvem mais os cavalos
nem os gritos do cocheiro, "Eia!",
vão bater naquela casa, velha, que foi branca, casa triste,
que a morte visitou.
Caída aos pés do corpinho de seu filho,
jaz a mãe,
viva por fora, morta por dentro.
"Levaram o meu menino! A morte levou o meu menino!".
Silêncio absoluto.
Longe dali, segue a morte, embalando o garoto adormecido, cantando.
Deita sua alma no banco, a carruagem para.
Quietos os cavalos, quieto o cocheiro.
A morte salta,
vai tomar de assalto outra casa,
roubar de outra mãe sua grande alegria,
roubar de algum filho aquela que lhe deu a vida,
que lhe deu à vida.
O menino desperta.
Os cavalos distraídos, o cocheiro sonolento.
A morte ocupada.

Ele dispara rua afora, ganha as estradas, vai tomando por instinto o caminho de volta à sua antiga casa, lá onde ainda padece sua mãe, sem esperança.
Encontra todas as luzes acesas, ouve vozes.
As vizinhas banham seu corpinho, vão preparando para ser velado.
Eis que ele abre a porta:
"Voltei, mãezinha! Voltei para ti!".
Não cessa o choro da mãezinha, ninguém nota a porta aberta...
Que horror sente o menino!
Não pode mais fazer parte do mundo dos vivos.
Ouve cavalos, ouve gritos, "Eia!".
Lá vem a morte,
cortando a rua de pé em cima da carroça, molhada pela garoa, furiosa.
A criança se esconde num barril.
De novo se fecham as cortinas de todas as casas.
"Quem a morte vem buscar agora?".
Entra na casa da mãezinha,
pede o menino de volta.
Assustada, a mulher jura: "Nada sei de meu filhinho! Meu Deus! Por onde anda meu menino?".
Desconfiada, a morte sai, prometendo retornar.
Jamais perdeu uma alma sem lutar.
Parte na carroça, segue em busca de outros mortos.
O garoto abandona o esconderijo.
Está curado, despido da doença que lhe acompanhava em vida.
Compreendeu que enquanto viva,
sua mãe está perdida,
e os vizinhos, e qualquer um que conhecera.
Resignado, se atira mundo afora.
Percorre cidades, florestas, desertos,
atravessando os anos sem jamais ser encontrado.
Vem parar na minha casa, no meu quarto, no meu canto.
Ganhou um amigo.
Ganhei.
Ganhamos.

FORA DA LEI

Eu sou uma fora da lei.
Não por ser uma bandida,
mas porque a lei jamais me impediu
de fazer qualquer coisa que eu quisesse.
Nunca perdi uma parada.
Quando perdi o meu filho, foi só porque
eu ensinei muito bem as minhas lições:
ele sempre foi igual a mim.
Ele também é um fora da lei
e desafiou desde menino as convenções mentais, boçais,
e questionou tudo aquilo no que também não acredito.
Se não lhe dei amor, foi porque não tenho amor para dar.
Eu nunca fui amada.
Não lhe dei amor,
mas dei a minha benção
para que não obedecesse a ninguém,
a nenhuma lei.
O meu filho olhou a rua e eu disse:
"Vai em frente!".
A rua é uma mãe bem melhor do que eu.
Não condeno o meu filho por ter me abandonado
e se entregado à rua.
Eu também sempre preferi o mundo.
A estrada é a minha companheira.
Os meus próprios pais me soltaram no mundo
e não quiseram saber se eu ia me perder;
para eles, eu já estava perdida.
Desde que Guge Kloze passou pela cidade:
a domadora de cobras de um circo europeu.
Eu era criança quando ela passou por Jequié,
no interior da Bahia.
Ela não era jovem e tinha os cabelos grisalhos,
desgrenhados, vestia uns poucos trapos
que mal cobriam os seus seios,
e rodava pelo picadeiro no compasso de uma valsa bem triste,
às voltas com duas perigosas serpentes,
que atirava no chão e tomava de volta para si, irritadas.
Suas cobras eram a coisa mais bonita que eu já tinha visto.
Esverdeadas, arroxeadas, acinzentadas.
E Guge Kloze era ainda mais fascinante do que elas.
Parecia louca, parecia possuída.

Até o meu irmão estava assustado!
Ao meu redor, todos os olhos estavam arregalados:
não sei se tinham mais medo das jiboias ou de sua domadora.
O circo partiu.
Guge Kloze e suas cobras jamais partiram de mim.
E quando os meus pais me viram brincando no quintal,
fingindo que dançava com serpentes,
rebolando e me esfregando em duas cordas
como se fossem duas cobras,
ficaram apavorados e disseram que o espírito mau
que habitava o corpo da artista do circo
se apossara do meu corpo.
Eles eram protestantes
e achavam Guge Kloze uma pobre mulher
possuída por uma entidade diabólica.
Acho que viram nos meus olhos,
ainda tão criança,
a mesma fúria orgíaca que saltava dos olhos dela.
Eles passaram a ter medo de mim
e não gostavam nem mesmo que os meus irmãos brincassem comigo!
Até que pouco tempo depois disso,
passou por Jequié um casal de missionários.
Eles não tinham filhos e queriam tanto uma criança
para educar e amar!
Os meus pais não hesitaram;
jamais voltei a vê-los outra vez.
Não choraram quando me viram sendo levada para longe deles.
O meu irmão chorou...
Ele tinha apenas oito anos
e não podia fazer nada para impedir.
Os meus pais esperavam que aqueles missionários
arrancassem o mal de mim
e me tornassem missionária também.
Eles não imaginavam que cá dentro,
Guge Kloze seria para sempre mais forte e poderosa
do que qualquer deus.
Em vez de ir embora com aquele casal cristão,
eu preferia bem mais ter sido adotada por Guge Kloze
e mergulhado com ela em sua vida nômade e profana.
A realidade, porém, foi outra,
ainda que com eles, a minha vida também tenha sido nômade.
Por alguns anos, eles foram os meus novos pais
e atravessamos toda a Bahia

evangelizando famílias tão miseráveis quanto a minha,
levando a elas a palavra de Deus.
Por fim, eles morreram;
primeiro um, depois o outro.
De repente, me vi sozinha no mundo.
Quiseram me encaminhar para uma instituição,
mas fugi.
Dormi algumas noites na rua,
perambulando dias inteiros sem saber para onde ir,
vivendo de restos de comida
que almas caridosas me davam por pena.
Parece que era crime mendigar
e vagar pela rua, sem rumo.
As ruas da cidade não me pertenciam.
Fui presa, encarcerada, trancada em uma cela,
pela primeira vez.
À noitinha, entrou o delegado na minha cela fria,
na minha cela escura. Me trouxe um pão e seu desejo.
Conforme eu comia o pão, ele me comia com os olhos.
E de repente, já não era com os olhos.
O delegado me devorava viva.
Eu sabia que em troca do prazer,
talvez ele não me desse nada.
Mas ele foi generoso
e me deu a liberdade.
Me mandou ir embora,
deixar a cidade antes que amanhecesse
e os outros chegassem,
deixar a cidade sem ser vista
e nunca mais voltar.
Andei por muitos dias, semanas talvez,
e me sentia mal,
e tinha ânsia:
eu estava doente.
A minha doença era uma criança,
que fizera moradia dentro de mim.
O meu filho nasceu proscrito.
Filho de uma andarilha,
filho de uma fora da lei.
Carregando o meu filho no ventre,
cheguei a São Salvador.
O mar estava tão bonito sob o sol
e as pessoas pareciam tão dispostas,

animadas, agitadas,
que decidi que o meu filho nasceria ali,
seria filho de São Salvador.
O filho da fora da lei,
concebido de forma crua, sem amor,
teria pelo menos esse consolo
e a proteção
de carregar em sua certidão Nosso Senhor,
embora tanta igreja até me desse medo,
cruzes em toda parte,
a perder de vista,
marcando territórios nos quais eu não devia pisar.
Quando meu filho nasceu,
eu vagava pela sarjeta.
Era verão e eu tirava o meu peito para fora,
quase não tinha leite.
A calçada era a nossa cama
e eu nunca dormia,
velando dia e noite
a existência dele.
Ele precisava de mim
bem mais do que eu mesma.
Será que ele ainda precisa de mim?
Naqueles dias, sim.
Ele era meu. Eu era dele. Éramos dois.
Companheiros de miséria.
Companheiros de fome.
Companheiros de desesperança.
De madrugada, era apenas o breu,
seu sono,
e os meus olhos abertos, atentos,
fera alerta protegendo seu filhote.
Foi nessa época que ganhei a minha primeira navalha,
presente de uma prostituta
que tinha pena de nós.
Suas sobrancelhas eram dois traços finos de lápis
que subiam em direção ao sol dos cabelos oxigenados.
Ela me ensinou a esconder a navalha entre os seios
para a polícia não ver.
Ela me ensinou a usar a navalha para nos defender.
Ela morreu anavalhada
algumas noites depois,
mas antes me deu um endereço

no qual eu encontraria a solução
para a nossa vida.
E em uma noite fria,
em que o meu filho ardia em febre e morria,
eu fui até lá.
Em cada porta, em cada janela,
uma mulher esperava, brejeira, licenciosa,
o próximo freguês.
Algumas andavam pelas calçadas, de uma ponta à outra,
rebolando e se espalhando em trejeitos maliciosos.
Macabro espetáculo de sexo e vulgaridade!
Não que eu já não conhecesse,
de longe,
a vida das meretrizes.
Dormindo nas ruas, convivera com muitas
e até recebera delas alguma caridade.
Mas jamais mergulhara tão fundo naquele meio
que me parecia perverso e assustador.
Nenhuma sobrancelha ali era real.
Nenhuma boca.
Nenhuma cor de cabelo.
A tinta cobria tudo, desenhava a vida,
envolvia o ambiente,
e também pintava uma alegria que não havia
e uma camaradagem que esbarrava
na primeira navalha que se percebia,
disfarçada,
entre as curvas do corpo de cada uma delas,
companheiras da noite,
inimigas da vida.
Tangos dominavam todas as ruas da zona do meretrício
e entre um bordel e outro, às vezes se podia ouvir
os sons bárbaros de uma macumba
festejada discretamente no porão de algum sobrado
para que a polícia não percebesse.
Tango e macumba dá rumba.
Pedi licença a uma Yemanjá
que guardava a porta da casa que eu procurava
e entrei com o meu filho no cômodo esfumaçado,
iluminado por uma luz muito fraca
que mal permitia distinguir o rosto
dos que vadiavam ali.
Ao me ver entrando com o menino,

uma senhora gorda e coquete tratou de me levar ao andar superior,
onde ficavam os quartos.
"Se a polícia te pega aqui com essa criança... Ai!", exclamou a velha,
com carregado sotaque espanhol,
mais interessada em mim do que nele.
Ela compreendeu que o menino corria risco de vida
e chamou um médico.
Sem fazer muitas perguntas, foi logo me apontando um quarto,
o meu quarto.
Ali eu dormiria com o meu filho
e também trabalharia, todas as noites.
Menti o meu nome.
Menti a minha idade.
Menti que já fizera aquilo antes.
E no dia seguinte, recebi em nosso quarto o primeiro homem,
enquanto o meu filho dormia ao lado da cama.
Prostituta;
era a minha profissão.
Eu era uma artista,
uma atriz,
e atuava com sucesso noite após noite,
convencendo os homens a me entregarem mais dinheiro
do que eu entregaria à cafetina.
Aprendi rápido.
Em pouco tempo, o meu quarto era o mais procurado da casa.
Não foi o primeiro nem o último bordel
em que fiz a vida em São Salvador.
De todos, saí escorraçada,
ou pela inveja das outras garotas,
ou por não hesitar em sacar do decote a navalha
e enfrentar quem quer que fosse:
meretriz, policial,
freguês, rufião.
Sempre seguindo comigo, o meu filho foi crescendo.
Era um menino agitado, nervoso, calado, sorumbático,
macambúzio.
Chorava quando os moleques da rua me chamavam de puta
e eu corria atrás deles com a minha navalha.
Chorava quando eu arranjava confusão
ou provocava alguém.
Ele nunca brincava com os filhos das outras meninas.
Não respondia se falavam com ele.
Era esquisito;

porém, bem mais inteligente do que as outras crianças.
Aprendeu a ler sem que ninguém ensinasse.
Aprendeu a escrever sem que ninguém ensinasse.
E eu ficava orgulhosa,
e eu ficava furiosa,
porque ele era diferente.
E eu dava prazer aos homens perto dele,
sem saber se entendia.
Ele jamais olhava.
Se encolhia na cama, virado para a parede.
Vivemos assim até seus cinco anos
e um dia eu me cansei de estar há tanto tempo parada
no mesmo lugar.
Mais do que uma fora da lei,
sempre fui aventureira.
Ser como Guge Kloze ainda era o meu sonho,
ser Guge Kloze.
Com algum dinheiro que guardara,
tomei o primeiro navio para São Paulo.
Fui ser artista,
longe de mim.
E outras vezes me jogaram em celas frias,
e outras vezes me pagaram por prazer,
e outras vezes eu não tinha para onde ir.
Quanto ao meu filho, que desde o meu ventre,
se acostumou a viver pelas calçadas,
o tempo revelou que não era mais meu filho
do que filho da rua,
a ela se entregando,
a ela entregando sua existência.
Ele é como eu,
nômade,
um fora da lei.

ANDARILHOS

Sou a mãe do andarilho; perigoso, me iludiu,
com sua vida nas calçadas.
Ladino, me observava, quando eu o observava,
observadores ocultos, cultos,
expostos, visíveis; só eu podia vê-lo,
ele só fala comigo; ele, o andarilho,
não suspeita que planejo seguir seus passos, em sua memória,
num tempo em que ninguém além de mim há de se lembrar
que ele existiu, o filho andarilho, perigoso andarilho, marginal.
Sou a mãe maldita,
vou ser andarilho.
Solto no mundo, ele está em uma jaula, em uma grande jaula,
vulnerável aos olhares piedosos de todos.
Será que alguém além de mim sabe que ele está bem melhor
do que todos nós, todos vocês?
Vou ser o filho andarilho do lunático medroso,
da cabeça no espaço, do corpo preso em sua baia,
trancafiado por si mesmo, protegido por seus cadeados,
o homem das chaves.
Sou o filho do lunático; perigoso, me subverteu,
com sua existência solitária,
ilhado depois de ter afundado seu próprio barco.
Ele curte o meu filho andarilho.
Não vai curtir seu filho andarilho, ele tem medo,
ou vai achar engraçado.
É bacana ser um vagabundo.
Ele sabe, é bacana ser um vagabundo.
Os vagabundos vivem bem melhor do que qualquer um.
Já que não sirvo para ser marinheiro,
já que passou o tempo dos marinheiros,
já que não posso nem ao menos ser a noiva de um marinheiro...
Sou a noiva oxigenada, de idade avançada, perdida em sua torre,
em seu décimo andar.
Fumando espero e sem ti me desespero.
Fumando espero e sem ti me desespero.
Quem tem mãe na zona do meretrício chora ao ouvir o velho tango.
Na zona do baixo meretrício,
lá onde a anã sorri, lasciva, aos policiais.
A anã despida, cuja alma em farrapos ninguém pode ver.
Será que vou gostar se me olharem com pena?
Ou vou ficar aborrecido? Ou vou achar graça?

Ou vou permanecer impassível, mudo? Ou vou fazer tipo?
A minha alma em farrapos... Vou deixar que alguém veja?
Sou filho da cigana,
irmão da cigana,
protegido da cigana.
A cigana mafiosa, cartomante, bandida, de circo.
Não vou dizer seu nome, nem seu apelido,
não vou dizer as cores que veste;
quem quiser que abra bem os olhos
e enxergue a cigana,
e abra bem os ouvidos
e ouça o nome da cigana.
A cigana observa o andarilho,
encostada em um poste; o meu filho andarilho.
A cigana deixa seu cheiro forte de manicure antiga
no salão do meu pai
e o cheiro do cigarro, que fuma, fuma, e espera.
Seu filho, quando sugava seus seios, não bebia leite.
A cigana enchia sua boca com a fumaça que exalava
e cantava o seu nome, o seu nome verdadeiro,
nos ouvidos da criança.
E o menino ficou louco.
E eu nasci louco.
Porque quando abri os olhos, a primeira coisa que vi
não foi a minha mãe:
foi a cigana.
Ouvi o canto da cigana,
suas pulseiras balançando, sua risada,
senti seu cheiro
- o único cheiro de mulher.
Aspirei a cocaína que caía de seu corpo
conforme ela se desfazia em pó.
A cigana zumbi.
A minha mãe jamais vai compreender
seu filho andarilho.
Será que alguém aqui, além de mim, ouve os tambores?
Os tambores da cigana,
os tambores da macumba,
os tambores da exótica dança
que toma os meus pés e arrebata a minha alma;
giro.
O andarilho é meu filho, eu serei um andarilho, eu fui sua mãe.
Hei de me lançar ao mundo,

já não mais em busca do meu filho, mas de encontro à sua sina,
sem jamais ter uma chave a aprisionar o meu destino,
escondendo nas palavras as chaves da minha vida,
o nome do homem.
O mesmo nome que vou repetir até o fim,
o mesmo nome ao qual fui condenado,
o mesmo nome com o qual fui presenteado, marcado,
o mesmo nome que ela deu,
o mesmo nome que ela roubou,
o único nome.

"...emportés par la foule qui nous traîne, nous entraîne,
entraînes par la foule qui s'élance et qui danse..."

Um dia, eles vão dançar na minha frente e eu, sonolento,
verei apenas seus pés,
deitado na calçada,
admirando a dança,
sonhando com o Carnaval,
com o pirata, com o cigano,
com a tipa,
envolto em cobras invisíveis, imensas jiboias, perigosas serpentes,
deitado sobre pregos afiados, faminto.
Pobre de mim,
que fiz um pacto com a morte e a loucura,
que nasci sob o signo da morte e da loucura,
e sigo a religião da caveira,
e falo com os mortos,
e ouço suas vozes,
repetindo a quem aceite ouvir o que eles me dizem,
a quem pague para ouvir.
Não há nada mais barulhento do que o silêncio.
Era quase verão e eu sentei com o andarilho; sentei sobre o jornal
que ele estendeu – para mim – na calçada,
apenas mais uma de suas calçadas.
Era quase verão e eu pari o andarilho
que vou me tornando dia após dia
desde então,
desde aquela noite quente
em que éramos dois andarilhos,
eu e o meu filho,
e alguns perguntavam se ele era meu pai.
A estrada deve ser melhor do que o mar.

VENHAM A MIM

Venham a mim os répteis,
e as mulheres que nasceram presas entre as grades
de um corpo masculino, zona feliz de prazeres,
mas nem sempre no espelho.
Gosto de aranhas, espalhadas sobre o corpo de um faquir
em algum subúrbio da América Latina
ou brigando, nasci no coração da Ilha de Lesbos.
Dentro de mim, todas as salvações do mundo,
hinos para cantar aos pagãos,
hinos que silencio, mas também me habitam, o Pai Nosso,
Ave Maria, Panis Angelicus, os famigerados anjos do jardim,
um anjo na minha cama,
aquele mesmo da auréola de pássaros selvagens
circundando a cabeça.
Nem me importam as missas, filosofias,
quero mais a língua morta, por ser morta,
latim, "Jalousie", nosso tango naturista, violino cigano,
seremos para sempre os dois meninos na tenda,
o teu sinal de padre, a minha saudade
marcada na alma, foi ela, favela,
quem quebrou meu violão de estimação,
meu choro é um samba de Francisco Alves,
cada lágrima as sobrancelhas pintadas
das meninas do coro. Venham a mim as meretrizes,
e os bichos que se escondem nos porões,
em meio ao passado recente sepultado na casa da avó,
fervorosamente vigiado
pelos ratos do guarda-roupa,
pelas mortes que impedem as palavras,
a ferrovia, as facadas, a traição.
Hoje sou eu que uso o perfume de manicure antiga
cujo cheiro já sentia pequeno,
bem antes dos eguns, de pombagira, de tipa boa de biquíni tiki.
Vamos enterrar Carmen Miranda – viva!
Venham a mim todos os loucos do mundo, e mais alguns.
Nunca mais vou ser louco sozinho.

O FILHO DAS CUCAS

Ainda menino, fui raptado pelas cucas
e levado às suas cavernas,
lá onde tomei conhecimento de subterrâneos,
epifânicos segredos
e aprendi a ouvir os mortos.
Ninguém esperava:
fui eu que devorei as cucas,
num antropofágico banquete,
embora elas não fossem homens
– mas eram parte deles.
Anos depois, devorei também a Esfinge,
de Copacabana,
que me desafiava,
e me tornei parte de seu mistério,
seu mistério se tornou parte de mim.
Também devorei os homens que amei,
e as mulheres que adorei.
Assim, alimentado,
atendi ao convite de um anjo e parti,
montado em seu lombo,
fincado em seu corpo.
Atravessamos os desertos e os pântanos,
visitamos Lilith em seu exílio.
Não sei o que procuramos
e por que essas vozes nos chamam.

VISÃO DE OFIOMANCIA

Luzes apagadas, velas acesas, as cobras no centro da sala vazia.
Entro em transe. Aos poucos, posso ver
o desenho que os ofídios formam.
Uma cuca, quase nua, dança pavorosa
no palco estreito do que parece ser uma casa de tolerância.
"Leben ohne liebe kannst du nicht...", cantarola.
Margo Lion dos pobres!
Conforme a cuca avança em direção às mesas
onde homens urram e mulheres bebem e fumam coquetes,
emerge de seus seios a cabeça de uma serpente,
que até parece feliz roçando na pele de jacaré da cuca
e a envolvendo inteira. Nos movimentos das cobras,
a cena continua a se revelar, como se fosse exibido um filme.
De repente, uma figura chama a minha atenção.
É Baby Trottoir, antiga vedete e cafetina decadente,
dona de um bordel que funciona em tempo integral
na Boca de Santos. Baby Trottoir, orgulhosa como é,
com certeza não frequentaria um cabaré que não fosse seu,
o que significa que a cuca está trabalhando para ela.
Nenhum lugar na cidade é mais sujo do que a zona portuária.
Onde mais uma cuca poderia
se apresentar dançando com uma cobra
se não em meio à sujeira?
Uma grande algazarra toma o salão.
O corpo da cuca se remexe numa rumba
em meio à penumbra do bar.
"Escandalosa!", cantam os marinheiros em coro,
e a cuca se desmancha em trejeitos indecorosos e gestos vulgares.
De repente, a música muda
e uma canção de mistério domina o local.
A cuca dança como que possuída na frente de um grande vaso,
dentro do qual vai saindo uma jiboia,
que se enrosca no corpo da cuca em movimentos sinuosos e lascivos.
A cuca sorri, bandida, e a cobra, num impulso inesperado,
se esconde entre seus seios. Sob aplausos embriagados,
a cuca deixa o palco e vai tomar seu copo de uísque.
Na minha sala, os répteis se movimentam
e o quadro desaparece.

AWÔ

Gosto quando uma serpente se enrola num tronco,
feminino, esguio, traiçoeiro, como deviam ser as cobras,
lânguidas, insinuantes, acho que gosto quando um desses répteis
avança com um fruto proibido até mim.
Um ofídio sempre sabe o segredo
guardado nas calças, nos bolsos de dentro,
nos espelhos que mostram ao avesso,
mas também trazem tudo à tona:
o que é verdadeiro.
Não me transformo em outros nem ando acompanhado.
Sou a travessa jiboia solitária
que se nega à domadora de lábios molhados
e prefere os troncos secos,
femininos, esguios, traiçoeiros,
de cujos orifícios saltam hereges,
saltimbancos, salteadores.
Não fecho as portas das casas dos duendes
com minha cauda fina, venenosa, de escorpião.
Nessa floresta, também moram ogres.
Cultivam plantas carnívoras,
árvores canibais que se comem umas às outras.
Nenhuma sucuri pode ser tão traiçoeira
quando dá o bote,
quando sorri às evas incautas,
que andam pelos becos afoitas por serem ludibriadas.
Há evas que querem ser enganadas,
cair na lábia da cobra, vender a alma ao Diabo.
Alguma há de dizer que sempre quis, esperou ser Pandora
e abrir uma caixa maligna de conhecimentos, sabedoria.
O dever da serpente é semear, infindamente,
as palavras que ninguém deve calar.
Não se deve esquecer quem foi morar com os demônios.
O banido há de voltar, pois resistiu às prisões e ainda vive,
fumando na entrada de alguma caverna onde guarda seus tesouros,
de Ali Babá, Salomão, Rainha de Sabá,
labirinto de minas escuras, minotauros chifrudos,
Xangô.
Hei de beber a saliva que algum mago babou.
Gosto de ouvir os conselhos do silêncio daqueles que já não têm voz.
Sou a voz deles.
Hoje sou a minha avó.

GAIOLA

I

Velas acesas sob o altar da faquireza.
Fumaça na urna fechada sufocando as cobras.
E a faquireza que tosse, mas fuma,
encerrada na urna, bebendo para não ver passar os dias
de jejum, tortura e ressaca.
A faquireza está sempre na urna, feito Humpty Dumpty no muro.
Quem quiser vê-la num período de cento e dez dias,
vá à Galeria Ritz, em Copacabana.
A faquireza espera a todos seminua,
calada, entediada,
pitonisa, vedete.
A faquireza vai morrendo na urna.

II

Josephine Baker engaiolada.
Naja Karamuru e seu chapéu-gaiola com um passarinho dentro.
Maria Bethânia cantando "Pássara".
Suzy King e o jacu.
Ofiomancia – pássaros comendo cobras.
Moira Orfei.
A gaiola de cristal dos faquires.
Dodô, Alice.

III

À meia-luz, dentro da tenda, escuridão, mormaço.
Te espreitam, desconfiados. Não deves dar bandeira
de nenhum dos teus segredos. Mete no rosto uma cara de descuido,
desprezo, desdém, mas não se cubra, insinuando frio
nesse calor de janeiro - eles hão de perceber o teu suor escorrendo,
o biquíni molhado. Olhos vazios, por favor; mas não acredite
na tua distração e preste atenção. As serpentes não são traiçoeiras,
mas os homens sim. São eles que vão te dar o bote,
pretensamente fatal. Não deves morrer antes da fome apertar.
Deliras, paranoica. Mentira! Tens razão:
alguns homens vêm apenas para te espionar.
Eles veem.

O CAVALO DO DIABO

Por muito tempo, andei a esmo,
dormindo faminta, escondida no mato,
até que chegou um momento em que eu já não tinha fome
e era capaz de adormecer até mesmo sobre pedras,
exposta à curiosidade dos que passavam pela estrada.
A cada nova cidade, ia esmolando e partindo,
sem fazer amigos nem dar confiança a ninguém.
Me tornei um bicho selvagem,
arisco, arredio, furioso.
Jamais sabia onde estava
nem para onde iria
e isso não fazia a menor diferença.
Tomava banho em rios
e dava o resto de amor que ainda tinha para dar
aos animais que encontrava pelo caminho,
como Guge Kloze, que era amiga das cobras.
Eu sentia que aquele era o meu meio
e aquela era a minha gente:
pássaros carniceiros,
insetos peçonhentos,
perigosas serpentes,
bem menos mansas do que as jiboias domesticadas de Guge Kloze.
E depois de alguns dias, eu entendia todos eles
e todos eles me entendiam.
Então me coroei rainha
dos animais e dos seres da natureza,
e dos espíritos,
que desde aquele tempo falam comigo.
Índios, caboclos, erês.
Sou uma médium,
uma feiticeira do interior da Bahia.
Despertou em mim uma bruxa ancestral
que jamais voltou a adormecer.
Numa encruzilhada, encontrei o Diabo.
Eu tinha febre
e os pés banhados em sangue.
Estava suja, maltrapilha.
Esfarrapado o meu corpo, esfarrapada a minha alma.
O Diabo... Ah! O Diabo.
O Diabo tinha olhos vermelhos e cantava blues.
Era mais belo do que qualquer homem, qualquer mulher,

e entendi porque os meus pais tinham tanto medo do Diabo.
Ele era fascinante.
Era de madrugada e talvez eu delirasse,
quarenta graus de febre ou mais,
arrastando o meu corpo machucado,
coberto de feridas e infecções.
O Diabo lambeu cada uma
e sua saliva me resgatou.
Eu ia morrer naquela noite
e o Diabo me salvou.
Ele me possuiu.
Sim! Ele me possuiu.
O Diabo explodiu dentro de mim
e me fez adormecer cantando um blues ao meu ouvido
com sua voz rouca e visceral
enquanto eu lhe jurava fidelidade e eterna devoção.
Quando acordei já era de manhã
e o Diabo não estava mais lá,
mas deixara para mim o seu cavalo,
que era verde e inspirava esperança.
Eu me sentia forte, invencível,
e montei no cavalo.
Ele me levou pelas estradas
sem que eu tivesse que guiá-lo.
Ele falava comigo.
"Estou te levando para a casa.".
"Eu não tenho casa.", respondi, "A minha casa é o mundo.".
Eu cavalgava um animal que pertencia ao Diabo
como se fosse mesmo uma velha bruxa,
como se fosse Guge Kloze, sensual com suas cobras.
"Qual o teu nome?", perguntei.
"Não tenho nome.".
"Mas todo mundo tem que ter um nome.".
"Nomes não servem para nada.
Nomes limitam.
Nomes denunciam.
Esqueça essa história de nome.".
"O meu nome é...".
"Jamais revele o teu nome assim,
tão descuidada!".
"Mas você não disse que nomes não servem para nada?".
"Preserve o teu nome.
Minta o teu nome.

Minta, se for preciso, que você não tem nome.".
"Então você tem nome?".
"Todo mundo tem que ter um nome.".
Cavalo bem louco
aquele do Diabo.
Montada nele, cheguei em Jequié.
Então ele sumiu
em meio a uma nuvem de poeira e enxofre.
Ninguém na cidade me reconheceu
e eu não reconheci ninguém
nem nada.
Era outra cidade,
eram outras pessoas.
Apesar da solidão, continuo inteira,
engolindo serpentes todos os dias.

FÚRIA ORGÍACA

Fúria orgíaca.
De diabólica linhagem, a minha mãe me exprimiu,
trouxe à carne devassos anseios que a minha avó guardava,
sufocando seu peito de cobertos seios.
Quem saberá que animal possuiu a minha mãe,
juntando-se a ela e ao meu pai
na noite em que me compuseram?
Melodia proibida de satânicos prazeres.
Pensavam talvez em vontades insuspeitas, desejos obscuros,
sentiam cheiro de carniça,
esgoto e pântanos.
Um animal dividia a cama com eles,
dividindo-se entre os dois sem ser de nenhum.
Tal animal dançava.
Ele é o meu pai e a minha mãe.
Sou inteiro feito de seus vermes.
Derramando, ao rasgar-me, sua saliva vermelha,
escorre no chão o meu sangue.
Quem há de contê-lo com a língua, impedindo sua saga,
violenta, brusca,
a desenhar um caminho que ensine a voar
quando chegar ao fim,
quando chegar ao fundo?
Defino a estrada.
Definho.

UM RISCO

Os pássaros, jacus, bem-te-vis,
Bentivegnas entoando hinos, Piafs, pardais,
parrots, papagaios imensos,
flautas jacuís de feitiçaria,
curiós, araras, cantoras da noite.

Tudo isso emula o canto das sereias
e o canto verdadeiro é ainda mais forte,
nas madrugadas de Copacabana,
quando depois da boate, cansada da noite,
a bailarina exótica vai até a beira do mar e ouve.

Senta descalça e fica ouvindo.
O mar chama. Yemanjá chama.
Mas quando ela quis entrar para morar no mar,
Yemanjá não deixou.
Então por que continua chamando?

Porque o mar chama toda gente.
O mar é sedutor e flerta com todo mundo, acena.
O som do mar é o canto da sereia.
Sereias cantam entre as ondas do mar
parecendo que estão além.

Não é triste que em algum cabaré argentino,
uma cantora mantenha presa a si uma sereia
para emprestar-lhe a voz
quando devíamos libertar todas as sereias,
soltar todas as sirenes,
e esperar o que vem depois?

A bailarina exótica espera ao relento
e está acorrentada à sua própria vida.

Por que estamos acorrentados?
Talvez seja para não nos atirarmos
de encontro às sereias.

Estamos acorrentados aos mastros de nossos navios.
De ouvidos tapados
para não ouvir as sereias.

Mas a bailarina exótica ouve
e não pode ir.

Seria melhor não arriscar,
mas há gente que nasce arriscado;
nasce-se um risco.
A bailarina exótica é um risco.

Nasceu iluminada em Jequié
para ouvir o canto das sereias aladas
distantes do sertão,
mais para o lado do mar,
distantes até da praia.

A bailarina exótica percebe que está criando asas
e já não pode sair de seu apartamento.
Vai para a frente de um espelho e corta as asas,
joga as penas fora,
elas voltam a crescer, dia após dia.
A bailarina exótica desiste e decide
trancar-se para sempre dentro de si
enquanto tiver asas.
Aconchega-se em suas asas e dorme esperando.

A bailarina exótica tuberculosa
jaz exposta na jaula de cristal.

A bailarina exótica enfeita sua vida
com antigas bonecas de porcelana.

Sob as lonas dos circos, desapropriada e faminta,
a bailarina exótica vigia o leão para que não escape de sua jaula
durante o sono de todos
procurando alimentação.

A bailarina exótica quer as crianças da plateia para ela,
para roubar-lhes os fígados.
Quer as crianças para ela, para serem suas atrações.
Quer as crianças para ela, para ser mãe.

A bailarina exótica consulta seu oráculo.
Carmen Miranda morreu.

Nos dedos da bailarina exótica,
procuro um anel que caia de seus dedos
direto para a minha existência.

Quem pode encarar as sereias rebeldes
que fizeram morada
nos alçapões de sua alma?

O próprio Cristo Alado, se tivesse voz,
não poderia cantar mais do que as sereias.
Cristos não têm voz porque voz é prazer e luxúria
e Cristos são santidades, humildades,
pobrezas em prol da edificação.
A bailarina exótica não se edifica no Cristo.
A bailarina exótica parte vidros quando abre a boca
e saem rouxinóis, aves gigantes, tucanos,
passarinhos anões, melindrosas,
pretos tocando tambores e blues.

A bailarina exótica cobre a vida de ilusões
desenhando com tinta seus próximos passos
no mapa aberto sobre a mesa.

A mesa na qual espia,
a mesa na qual expia,
o caminho que pretende seguir.

"NÃO SE ESQUEÇAM DE MIM..."

Bonecas, bichos de pelúcia,
retratos de um passado glorioso, inglório,
sobre a tua cama,
como num altar,
velam pelo teu sono intranquilo
na vasta solidão do cômodo pequeno demais para conter
a tua fúria
de vida,
de instinto,
de traumas.
Velha feiticeira índia,
amiga das cobras,
dos tucanos, das corujas, dos macacos
e dos cachorros pouco exóticos
que hoje saltam pelos teus domínios,
como salta a tua mente
entre o que foi, o que é,
o que pode ter sido, o que pode ser,
o que você imaginou,
o que você imagina,
passado, presente.
Será que a Cigana ainda segue contigo?
Será que o tempo também passou para ela?
Ou será que para a Cigana,
para a índia,
para a artista,
o tempo não passa nunca?
Anjo raptado,
exposto,
perdido da mãe,
mãe perdida.
Última fagulha do fogo de uma luz a se apagar.
Nos teus olhos, sobras
da mãe alcoólatra, Anelina;
da prostituta suicida, Georgina;
da bailarina nua, Dora;
homens maus, homens apaixonados;
noites dormidas na rua.
Dentro de ti, a tua filha.
Dentro de ti, canções pagãs.
Teatros, boates, circos,

cinema, televisão.
A derradeira dança,
a derradeira cobra,
sobre o mato, sob o céu,
mar ao fundo,
pés no chão.
Ainda as mesmas flechas invisíveis.
Penas,
peruca, olhos de gato,
maiô.
Flor selvagem
que a cidade quis murchar.
Diacuí.
Primavera.
Teresa.
Maluá.
Voz trêmula no portão,
chorosa:
"Não se esqueçam de mim..."

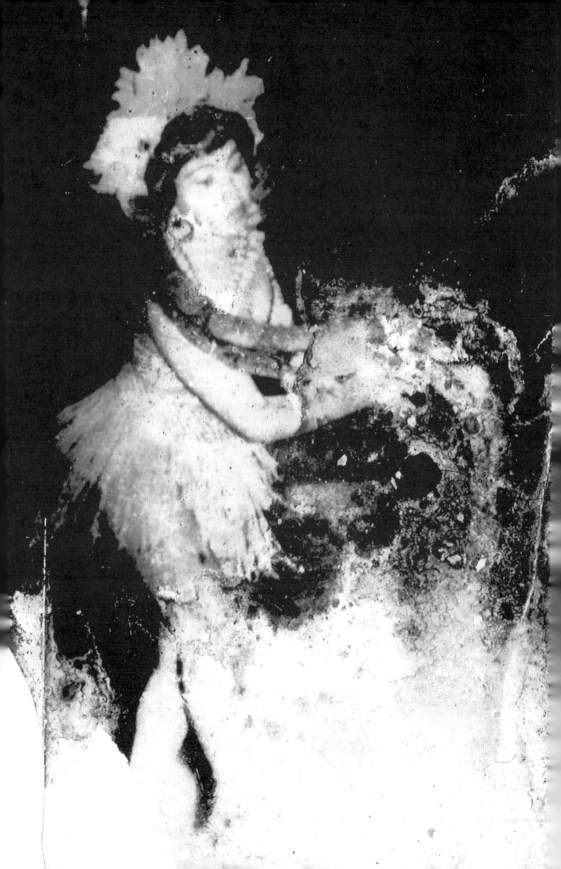

PARA UMA BAILARINA PERDIDA

I

Quem é essa mulher
que perde tudo vida adentro, vida afora,
e se perde de sua própria identidade?
Que força move essa mulher
que corre em desespero sem dar conta de si mesma
e sai em disparada,
caindo, tresloucada,
levantando, obstinada,
levando consigo o que pode,
deixando para trás o que lhe escorrega pelos braços pequenos
que não podem carregar seu mundo?
O que lá no alto fascina essa mulher
e mantém seu queixo erguido, em riste,
apontando o céu, o Céu?
O que lá embaixo quer arrastá-la para os abismos, para os buracos,
para os brejos fundos, para o Inferno?
Quais são as mentiras dessa mulher? Quais são suas verdades?
Que nudez é essa que revela o seu corpo,
mas jamais revela a sua alma,
escondida, camuflada,
sob nomes frágeis demais para contê-la?
Que mulher é essa que segue sem Deus, sem o Diabo,
e morre sozinha, como sempre viveu sozinha,
e não precisa de ninguém?
Que encanto tem essa mulher
que só eu vejo
e sucumbo apaixonado
e feito cobra me enlaço em seu corpo tentando prendê-la
e sou domado?
Para onde foi essa mulher?
Para onde estou indo enquanto persigo seus passos?

II

A menina não morreu e ainda brilha.
É a criança te espiando pela janela
que liga o passado ao presente,
o que se foi ao que se é,
os retratos à vida.

É ela que te inspira a tentar mais uma vez,
ainda que já andes tão distante
do velho sonho da menina,
bailarina desbotada, colorida,
que sustenta a faquireza.

A menina segue contigo.
Brinca com as cobras,
travessa.
Debocha das regras e burla os adultos,
fazendo de conta que é quem não é.
E por acaso é mentira
fantasia de criança?
A menina é
o que quer ser.

É ela, só ela, que vai te acompanhar
até o último instante
do teu sonho.

CTÓNICO

Apagas a luz da sacristia, não queres que eu veja
o teu corpo sagrado, consagrado a Deus,
ofertado ao Diabo, quando em contato com o meu.
O calor que sentes é o Inferno que trago,
menina que sou,
mas velhaca, feito a domadora de cobras que vi,
sacana.
Jequié,
Viena, Berlim,
Lippstadt.
Conheço bem o gosto do teu sangue alemão,
teu membro germânico não é novidade,
ainda que me sangre,
menina que sou.
Mas sou eu que profano o teu corpo,
violo o homem santo,
mais santo do que homem, mais homem do que santo.
Eu te quero carnal.
Vais querer se redimir com tuas curas, milagres.
Vais querer se exibir, levitando.
Vais querer impressionar outras meninas,
príncipe encantado – e proibido – de todas nós,
garotas pobres do sertão baiano,
cavalgando louro, louco, com teus olhos claros,
que embora luminosos,
não iluminam a escuridão da sacristia.
No fundo da igreja vazia,
aceito o teu sexo ereto,
teu desatino, tua luxúria,
teus lobisomens,
aceito a tua marca.
Hás de queimar a minha alma feito um demônio,
amante ctónico, telúrico.
Nem minhas águas vão apagar o fogo
nem meus rios vão cobrir a entrada do esconderijo subterrâneo
onde guardas teus pecados,
meu tesouro:
nosso romance.

VALSA DE GEORGINA

Não vais deixar a cruz
da qual, martirizado,
me olha o teu Jesus,
feroz, a me dizer,
em nome do pecado,
da minha alma a morrer,
entre os escombros do amor
que o escuro escondeu,
quando o sacro confessor
se fez pérfido ateu.

Não há de ser feliz
aquele que sem pai,
pagando o mal que fiz,
há de penar errante,
feito um anjo que cai
na tentação angustiante,
porém, sem conhecer,
em vida, o tormento,
satânico prazer,
de romper com o juramento.

Há de sofrer por nós,
de Deus ouvindo a voz,
cego pela luz
que emana a tua cruz...

MULHER DE FAQUIR

A temer pela tua vida, eu te esperava do lado de fora,
sentada junto à urna de cristal, e jamais dormia,
com a navalha escondida no decote pronta para rasgar o primeiro inimigo.
Tinha ciúme das cobras porque elas atravessavam o teu corpo seminu,
e se espalhavam sobre ti, e a tua pele se confundia com suas peles úmidas,
escuras. As serpentes vinham do Céu, eu pensava,
tinham habitado o Paraíso, e eram divinas o bastante
para enfrentarem contigo a fome e a tortura dos pregos.
Divinas como você, meu homem encantado, faquir brasileiro,
que me resgatara do Inferno, onde eu vivia entre os diabos,
bem mais demoníacos do que as serpentes.
Eu, a mundana, tão suja, incapaz de superar pela mente os suplícios
– e os vícios – da carne, jamais poderia deitar abraçada ao teu corpo
no teu leito santo de cacos de vidro,
na tua cama sagrada de cravos pontiagudos.
Eva, a jiboia favorita, me lançava seu olhar superior
– éramos odaliscas do mesmo sultão,
que passava com cada uma duas estações do ano.
Mas era ela quem te tinha mais vivo, mais forte,
pronto para enfrentar noventa dias de jejum, e a mim restava
cuidar do que sobrava de você ao fim de cada prova.
Talvez eu devesse rasgar com a navalha a primeira inimiga,
a primeira rival – Eva. Talvez eu devesse quebrar a tua urna
e te salvar dos pregos, dos cacos e das cobras; não da fome.
Sou diaba glutona, não teria coragem - sem o dinheiro das entradas,
eu também jejuaria. Talvez eu devesse partir e seguir
qualquer outro que não fosse faquir.
Porém, não fiz nada disso.

Foi num final de madrugada, começava a clarear,
e eu tinha adormecido depois de longa vigília.
Eva me despertou, abri os olhos assustada
– como ela escapara do caixão?

Vi os estilhaços no chão, a urna quebrada.

A essa mulher, restou a serpente e sua própria fome.

No dia seguinte, quem veio à tua tenda se surpreendeu:
já não era um heroico faquir encerrado na urna,
mas uma profana faquireza.

DIANA AMARANTE

Coração de mãe pendurado na parede do camarim do palhaço,
sobra de um drama que o circo deixou de encenar
depois do bom gosto - Brasília.

Os pés afundados na lama:
a domadora de jacarés
Diana caçando
crocodilos, lagartixas.

Atravessemos, pois, o novo pátio do velho circo.

Na cidade, alguém já comenta as joias furtadas pela atriz
que interpreta o papel feminino secundário no segundo ato.

Ladina.

Atravessemos, pois.

Uma lança atravessa o coração da mãe do palhaço.
Outras lanças circundam o corpo nu de Diana.
Tiro ao alvo girando,
Diana amarrada.

Amaranto.

Diana na jaula
recebe o cereal, cuidadosamente calculado por dia.

Vinte dias de jejum.

Ou dieta de amaranto,
desde quando chegou a vedete peruana.

Glu-glu.

Diana é um animal preso em corpo de mulher.

Diana, a mulher trancafiada numa jaula,
venham ver!

Atravessemos, pois, a roleta da bilheteria.

ÚLTIMO APACHE EM SÃO SALVADOR

Dança Apache marina.
O golfinho rodeia o farol.
O tubarão rodeia a carne,
lançada às águas
da Praia da Barra.
Banquete
fugidio,
mergulha e escapa.

A noite tem mais luzes.
À noite, aceso o farol.
À noite, oferecida a carne.
Cravam-se os dentes,
cravados na carne.
Pela janela, entra o mar,
barulho de ondas batendo.
É Yemanjá que lamenta,
saudosa do mergulho
em seus domínios;
chama.

Quando fores
à Casa de Yemanjá,
ponha na liga a navalha, meu amor.
A malandragem guarda a entrada
do templo pagão.
Churrasco, marafa.
Lá dentro, Yemanjá vai querer
entre as flores, as bonecas,
humana oferenda.
Lá dentro, hás de ouvir
uma canção de mistério, feitiçaria,
um mambo para arrastar
para o fundo do mar.
Rasga a rede!

Boleros esperam na superfície.

LA MACABRA NOCHE DE LAS BRIGITTE BARDOT

Morceguinhas!
Vejo-as, à janela,
quando voam noturnas pela praia escura,
às vezes, baixas, bem perto da areia,
às vezes, descendo mar adentro
e sugando o sangue dos peixes,
que não lhes convidam à sua casa,
que é o mar,
mas a quem podem visitar porque o mar também pertence a elas.

Chamo a todas de brigitte bardot,
pelo que há de francês na imagem vampírica que evocam
e por ser sexual se se alimentam à minha vista,
com seus corpinhos de rato nus vestidos de asas,
que abrem e fecham em movimentos repetidos,
femininas contrações,
nas quais provam o que são
- morcegas, nunca morcegos; mas morcegas,
morceguinhas brigitte bardot,
drácula femme encarnada várias vezes,
em simultâneas vidas,
com sua sombra que cobre todo o litoral.

Se me veem à janela, cismando com elas como se delirasse,
e dependendo da veneta da morcega que me vê,
descem e se deixam acariciar no ventre,
deitadas sempre de barriga para cima,
de olhos cerrados como se a luz das estrelas pudesse lhes ferir
ou sentissem grande prazer com a ação dos meus dedos sobre elas.
Vêm sempre assim - uma de cada vez, nunca juntas -
e me sinto o sultão de um grande harém,
recebendo insaciável, enfileiradas,
odaliscas morceguitas de um nome só para vários corpos.

À brigitte bardot, deixo a janela aberta quando vou dormir,
incenso aceso cheirando a convite e o pescoço em oferenda,
eu todo estirado à espera de uma noite
em que me façam peixe e me suguem o sangue.

Noite que eu possa chamar, intensa,
la macabra noche de las brigitte bardot.

PIANISTA DE CINEMA DE ARRABALDE

Quis ser pianista de cinema de arrabalde
para se esconder no breu
da sala de exibição.
Onde a cidade inteira vai,
ela se esconde da cidade.

Escondida
atrás dos filmes,
atrás do piano.
Espiando todo mundo,
ela expia sua sorte.

A plateia vibra,
seus tangos embalam
as tragédias das estrelas.
Dando vida aos filmes mudos,
ela parece não pensar na sua própria mudez.

De madrugada, quando terminam as sessões,
a cuca vai dormir
num bueiro, sua casa.
No buraco mais sujo da rua,
ela sonha com Hollywood.

Outras sessões
e a cuca vestindo seu paletó mais lustroso,
lustra outros filmes com outras canções.
Porque ninguém vê seu paletó,
ela se veste tão bem.

Quis ser pianista de cinema de arrabalde
para ganhar uns trocados
sem ser vista.
Onde irmão mata irmão, pai mata filho,
ninguém perdoa as cucas...

Elas têm cara de jacaré!

O TÉDIO DE GILDA CHAVEZ

"O que há por trás do tédio? Alice, entediada, seguiu um coelho e...
Bem, não sei se delirou, mas pelo menos encontrou maravilhas
que jamais encontraria se estivesse com a cabeça ocupada,
entretida com algum trabalho, ou pensando em uma dessas coisas
que as pessoas costumam pensar e fazem parte da vida...
O tédio me parece sempre o limiar entre o nada e o tudo,
à beira de algo bem grande... Estar entediada, para mim,
é estar pronta para, quando menos se poderia esperar,
mergulhar numa aventura intensa e diferente...
Eu gosto de coisas diferentes.".
"Mas não gosta do tédio...".
Gilda Chavez ficou aborrecida com o comentário da cobra,
que prosseguiu:
"Está sempre irritada, inventando tarefas sem sentido
para preencher esse vazio todo do qual você se cercou...
Já que o vazio te inquieta tanto, não seria melhor colocar
um pouco de movimento nessa vida?".
A velha faquireza sorriu. Não, a cobra não iria compreender.
Há coisas que as cobras, decididamente, não podem entender.
As pessoas também não. Na verdade,
para que mesmo perdia tempo falando disso?
Devia apenas aguardar em silêncio
que um coelho qualquer aparecesse para que pudesse segui-lo.
Mas que coelho se atreveria a penetrar em seu apartamento,
covil de serpentes, e arriscar a própria vida para salvar a sua?
A cobra foi se enrolando no corpo de Gilda.
Baphomet era seu nome, pois embora lhe faltassem
a cara e os chifres de bode, era extremamente fálica. E mística.
"Miss Chavez e suas cobras em novos números de sensação!".
Sua voz soava sedutora e seu tom era suave, quase um sopro.
Quem a visse ali podia jurar que era a própria serpente do Paraíso,
aquela que teria convencido Eva a provar do fruto proibido
e arrastar Adão consigo para o abismo do pecado original.
A artista largou Baphomet no sofá e acendeu um cigarro
para sair daquela estranha hipnose.
A cobra, porém, não se deu por vencida e insistiu,
com as sobrancelhas grossas e vermelhas arqueadas
e um sorriso quase diabólico no rosto esverdeado:
"Miss Chavez, a Rainha do Inferno,
e seu inverossímil exército de serpentes... Ve-ne-no-sas!".
"Jiboia nunca teve veneno, Bafô!".

A tirada de Gilda quebrou de vez a hipnose provocada pela cobra,
que se encolheu no sofá a cismar que a artista era mesmo
a Rainha do Inferno,
aquele inferno no qual tinha lhe metido com as outras cobras,
todas espalhadas pelo apartamento sem nada que justificasse
que estivessem ali. Baphomet sonhava com os palcos.
Com a glória de se enrolar no corpo de Gilda
não na intimidade do apartamento,
mas diante de uma grande plateia,
entre as plumas e as joias que esconderiam do público
o sexo já tão devassado da vedete.
Debruçada na janela, que dava para uma grande avenida,
Gilda fumava seu cigarro, poluindo ainda mais o ar poluído
daquela grande metrópole na qual se escondera
em busca do tédio e do que devia haver por trás dele.
Se voltou para a cobra:
"Mefistófeles... Era assim que eu devia ter te chamado.".
Tomou a cobra nas mãos e a envolveu em seu pescoço.
"Mas não... Quis te chamar Baphomet... Também para poder
te chamar de Bafô... Bafô lembra bas-fond, não acha?".
Agora era Baphomet que se mostrava assustada diante de Gilda,
que se pôs a rodopiar com ela pela sala mal-iluminada.
Era uma Isadora Duncan ofídica,
uma Mata Hari de serpente em punho,
feito fosse uma arma com a qual pudesse combater seus fuziladores.
E Baphomet, que até então só conhecia das histórias
que contavam as cobras mais antigas,
sobreviventes do tempo em que Gilda ainda se apresentava
em circos e pequenos cabarés,
os bailados da encantadora de serpentes, vibrou,
embora tomada por um certo medo
daquele acesso repentino de Gilda.
"Está me achando uma maluca, não é?".
O passo agora era um giro rápido, como se Gilda quisesse ficar tonta.
"Sabe, faz tempo que quero lhe contar uma coisa, Baphomet...".
O sorriso de Gilda era febril, embriagado, quase insano.
"Há meretrizes que decidem se chamar Gilda... E há loucas também!".
Parou a dança. Ficou séria. Baphomet procurou
escorregar de suas mãos e alcançar o chão, mas Gilda não permitiu.
"Mas sabe qual é a maior, Baphomet?
Eu sou a que tem as chaves que abrem tudo.".
Deixou Baphomet escapar e se juntar às outras cobras,
que tinham chegado até a sala para assistir a dança,

saudosas do tempo em que elas próprias
enfeitavam o corpo de Gilda em seus números.
"Amado mio...", cantarolava Gilda enquanto enchia uma taça de uísque.
Voltou para a janela, acendeu outro cigarro e foi bebendo o uísque.
"O que há por trás do tédio? Aliás... De onde vem o tédio?
Alguém me disse que o tédio nasce do pensamento.
Pensar leva ao tédio. Será? Há quem diga que mergulhar no tédio
é como ficar numa estação ferroviária esperando que um trem passe
e alguém acene de lá. Mas e se ninguém acenar?
E se nenhum trem passar?".
"E se não vier nenhum coelho?".
Era Baphomet que voltava a se enroscar
entre as pernas de Gilda, subindo até a janela.
"Se não vier nenhum coelho?
Vocês morrem de fome!", ironizou a dançarina.
"E se o coelho for uma cobra, Gilda? Essa cobra que te acena
com a perspectiva das luzes de um grande palco, e aplausos,
e flores, muitas flores no camarim...".
"Rosas vermelhas...".
"Sim! Rosas vermelhas... Imensos buquês de rosas vermelhas...".
"Como aquelas que...".
"Sim! Como aquelas que... Que... Que...".
Gilda abandonou a janela. Não cairia de novo no feitiço de Baphomet.
"Eu sou a encantadora de serpentes
ou é você que encanta mulheres, Bafô?".
Espiou o espelho e encarou seu rosto eternamente maquiado,
como o de quem espera alguma coisa...
Na certa, reminiscência do tempo em que ela vivia no porto,
sempre à espera de algum marinheiro
que viesse lhe garantir o pão do dia.
Naquele tempo, e só naquele tempo, fazia sentido
estar permanentemente de batom bem vermelho
inflamando a boca murcha e com os olhos pintados de preto,
bem carregados, para esconder as olheiras
de tantas noites não dormidas.
Os marinheiros não gostavam de bocas murchas, nem de olheiras.
Foi então que lembrou: Alice, é verdade, seguira um coelho uma vez,
mas em outra, atravessara um espelho...
Passou a mão no espelho, duro, gelado, nada convidativo.
Ainda assim, tentou, é claro. Que grande louca não tentaria?
Mas não deu.
E porque notou que Baphomet a observava
e queria demonstrar lucidez diante da jiboia,

disse firme para si mesma:
"Você não é Alice. Você não é Alice!".
"Você também não é Gilda...", provocou Baphomet,
"Aliás... Quem é você?".
"Eu sou Gilda sim. Gilda Chavez. Não importa quem fui,
pois não sou mais aquela. Eu sou quem escolhi ser.
Os espíritas não dizem que antes de encarnarmos,
escolhemos cuidadosamente os pormenores de nossa vida futura
em prol de nossa evolução? Pois então... Eu me concedo o direito
de ao longo da vida mesmo, se decido que é a hora
de me tornar outra pessoa, me tornar.
E me transformo em quem quero.
Se um dia, disse que sou Gilda é porque sou Gilda,
pelo menos até que decida ser outra.
Então terei outro nome. Outro signo. Outra cabeça.".
"Mas se ainda é Gilda, Gilda Chavez, a atriz, a cantora...".
"A faquireza...".
"A faquireza! Se você ainda é essa, Gilda,
por que essa insistência em permanecer nesse ostracismo,
nessa solidão, nesse tédio,
quando as luzes da noite te chamam para fora?".
"Eu me entrego ao tédio, Baphomet, para fugir de um outro tédio...
Porque há esse tédio, absoluto, angustiado,
esse que estamos vivendo,
mas atrás do qual há escondido, não sei bem, um tesouro talvez,
e há um que não se percebe, e permeia o cotidiano.
Além desse outro, não há nada.".
A voz rouca de Gilda denotava grande sabedoria e muitas certezas,
mas Baphomet sabia que ela estava tão perdida em seu tédio
quanto Eva devia estar no Paraíso quando apareceu a serpente
acenando com a proposta
de qualquer coisa a mais do que ela já conhecia.
Antes mesmo de provar do fruto proibido,
Eva já perdera alguma inocência.
"Eva não era feliz no Paraíso.".
"O que disse, Baphomet?".
"Eva...".
"Ninguém consegue abandonar o Paraíso sendo feliz ali...
As coisas sempre acontecem quando não estamos felizes,
quando não estamos satisfeitos, pois então passamos a buscar... Algo.
Acho que isso é o que há por trás do tédio, por trás do tédio bom,
do tédio angustiado – uma busca.".
"A busca que desencadeia uma grande aventura...".

"Exato!", Gilda sorria, os olhos arregalados,
como que possuída
pela grande (e rara) alegria de se sentir compreendida.
Correu para a janela, de repente tomada por uma esperança nova.
"Será que vem um furacão? Um tornado?
Ou qualquer vento que nos leve daqui?".
Baphomet olhava sem entender.
"Como Dorothy, Baphomet! Como Dorothy...
Você vem comigo, Baphomet! Diga que venha...
Dorothy tinha um cachorrinho... E eu, Gilda Chavez, tenho uma cobra.
A cobra era uma espécie de chave do Paraíso, não?
A chave para que se saísse de lá.
E eu, Gilda Chavez, possuo as chaves que abrem tudo!
Chave não é só para entrar, Baphomet, chave também é para sair.".
"Sair do tédio, Gilda! E eu sou a chave que vai te arrancar
desse marasmo e te carregar para um picadeiro,
para uma urna de vidro...".
O rosto da artista se fechou. Só então Baphomet percebeu
que Gilda nunca lhe falara das vezes em que se deixara
encerrar numa urna de vidro, em absoluto jejum,
e dormira sobre uma cama de pregos durante longos dias,
e até meses, exposta ao público, seminua com suas cobras.
De seus espetáculos de dança clássica, falava sempre.
E da carreira de bailarina exótica também.
E dos tempos de atriz, quando fazia striptease nos braços da plateia.
E até daqueles dias sombrios no porto,
quando dava grandes alegrias aos marinheiros
em troca de pequenos valores.
"E numa urna de vidro, Gilda?
Você nunca encontrou o tédio encerrada numa urna de vidro?".
Gilda deixou a janela e sentou no chão, ao lado de Baphomet.
Seu olhar era triste.
"Ninguém pode imaginar o que é uma longa temporada
vivendo dentro de uma urna de vidro até passar por isso, Baphomet...".
"Por que fez isso, Gilda? Você garantia uns trocados
com seus bailados, com um trabalho aqui, outro lá...
Não vai me dizer que você, puta velha,
achou que ia ficar rica jejuando...".
"O faquirismo foi um coelho que segui. Um espelho no qual mergulhei.
Não tinha como ficar entediada... Uma urna de vidro é muito maior
e mais profunda do que parece vista de fora. Eu também sou assim...
Maior, mais profunda... Quem não é?
Há um universo tão vasto em cada coisa...".

"E aqui? Também não é maior, mais profundo,
esse apartamento cheio de cobras e restos do teu passado?".
"Mas não há surpresas. O tédio anda junto com o que já se conhece.
Cada exibição de jejum
era mais do que estar exposta diante das pessoas
- era estar exposta ao desconhecido...
O desconhecido é sempre uma grande aventura!
Ou uma grande cilada...".
"Você era feliz jejuando?",
"Não havia tempo de ser feliz ou infeliz... Eu estava vivendo!
Eu nunca te contei, Bafô, mas essa minha resistência
em voltar aos palcos tem um motivo...
Depois que as exibições de faquirismo saíram de moda
nos grandes centros urbanos, passei a me apresentar
em pequenas cidadezinhas da América Latina.
Foi em uma dessas, num pavilhão miserável
montado na zona do meretrício, que fracassei
numa prova de jejum de apenas duas semanas,
imagine!, logo eu que já tinha jejuado
durante meses a fio com sucesso
nas maiores capitais do mundo...
As condições eram péssimas, chovia
e eu tinha muito frio e muita fome.
Então, quando um garoto me ofereceu um biscoito,
eu não pude, eu não quis resistir, e me rendi.
Os moradores da cidade não compreenderam o meu desespero
e quiseram me linchar. O pavilhão foi reduzido a pó
e a urna de vidro ficou em pedaços.
Nunca senti tanto medo na minha vida
e nem ao menos carregava comigo uma navalha para me defender,
como quando eu vivia no porto...
A polícia, porém, chegou no local
e não permitiu que eu fosse agredida,
mas me fizeram prometer que nunca mais pisaria num palco
e juraram que se descobrissem que eu tinha feito outra apresentação,
de jejum ou de qualquer outra coisa,
fariam com que o mundo inteiro soubesse do que se passara ali...
Entende agora, Baphomet, por que fui obrigada
a abandonar a vida artística?
Preferi encerrar a minha carreira
enquanto ainda tinha algum prestígio
do que me arriscar a perdê-lo
e acabar os meus dias totalmente desmoralizada...".

Passava da meia-noite e Gilda começava a ficar deprimida.
Tudo bem, se tivesse mais uísque... Mas a garrafa já estava no fim
e ela não queria ficar com a boca seca,
pois os marinheiros não gostam do seco.
Abriu um jornal. Quem sabe ali poderia encontrar um bom pretexto
para sair de casa e comprar, ou até mesmo encontrar,
outra garrafa de uísque?
Ou quem sabe - será que era esperar demais de um simples jornal? -
não acharia em suas páginas um coelho para seguir?
Um anúncio chamou sua atenção.
"Vamos, Baphomet.", disse Gilda enrolando a cobra no pescoço,
"Há uma domadora de anjinhos se apresentando numa boate
e quero ver isso de perto.".

A DOMADORA DE ANJINHOS

Tinha algo de chocante naquela cena.
Eram quatro ou cinco gaiolas espalhadas
pelo pequeno palco da boate, duas no chão,
as outras penduradas no teto. Dentro de cada uma,
um anjinho pelado.
Anjinhos delicados, bem brancos, de cachos dourados
e asas enormes, além de uns olhos azuis tristíssimos que davam pena.
Bem no centro, sentada num banco alto de madeira,
a domadora - uma cuca dantesca, cabeluda,
jacaré mais terrível que qualquer um dos crocodilos de Koringa,
exibindo a cabeleira loura armada
e o corpo envolvido por inúmeros véus transparentes.
De repente, a plateia ficava às escuras
e uma luz vermelha coloria o palco. Fumaça. Música.
A cuca se levantava e começava sua dança.
Um a um, os véus iam caindo até que lhe restasse apenas
um minúsculo biquíni de pele de onça.
Assim, seminua, ela ia rebolando até uma das gaiolas
e soltava um anjinho, o qual, visivelmente amedrontado,
era tirado quase à força de seu cárcere.
O que vinha em seguida era, por si só, um circo de horrores:
a cuca submetia o anjinho a toda sorte de estripulias,
e depois um segundo, um terceiro, e outros,
até que todos os anjinhos estivessem soltos.
"Piruetas!", ordenava a cuca, "Saltos mortais! Lutem!
Quero sangue de anjo derramado no palco!".
E como se fossem galos, os anjinhos lutavam uns contra os outros
e o público apostava quem seria o vencedor.
Em um dos números mais tenebrosos, a Plástica do Terror,
os anjinhos davam um sopro nos rostos dos espectadores
enquanto eles faziam caretas terríveis,
eternizando para sempre expressões assustadoras.
No início, as vítimas pensavam que se tratasse de uma brincadeira,
oferecendo as faces aos anjinhos.
Quando se davam conta de que o negócio era sério
e estavam irremediavelmente deformados, era tarde.
A cuca gargalhava e toda a plateia gargalhava junto,
ignorando a realidade do espetáculo.
Ao fim do show, os anjos eram engaiolados novamente
e a cuca partia lampeira, carregando consigo a féria do dia.

DELEGACIA DE COSTUMES E DIVERSÕES

"Não importa quem sou. Importa o que sou.
Quando chego num circo, numa boate,
não querem saber o meu nome, nem os meus antecedentes.
Olham para mim e já sabem: sou uma cuca.
Eu não preciso de um nome.
Não tenho nome civil, não tenho nome de guerra.
Eu sou o meu gênero.
Eu sou o meu corpo, mas não posso ser o meu povo,
pois não tenho um povo. Não há união entre as cucas,
as cucas nem ao menos se conhecem umas às outras,
e embora há quem diga que existem muitas cucas,
tirando de cada uma de nós o direito de ser a Cuca, assim,
a primeira e a única, nunca ouvi falar
de uma cuca que tivesse conhecido outra e a ela pudesse se unir,
formando, se não um povo, pelo menos uma dupla de cucas.
Nascer cuca é nascer condenada à solidão absoluta,
pois ainda que me aceitem nessa ou naquela roda,
vão ser sempre sacis, anjinhos ou artistas,
mas jamais alguém que seja realmente como eu,
pois serei sempre a única cuca da roda.
Sem nome, sem identidade: apenas a única cuca da roda.
Compreende o meu drama, seu guarda?".

O discurso da cuca não convenceu o policial
e ela foi levada à Delegacia de Costumes e Diversões.
Claro que importava quem ela era, muito mais até
do que a sua condição de cuca.
Afinal, cucas existem aos montes mundo afora,
embora essa fosse a primeira que ele estivesse vendo pessoalmente,
mas isso sim não importava - era preciso que se soubesse
quem era ela,
aquela cuca flagrada em atitude suspeita
vagando pela zona portuária,
sozinha e cheirando a uísque, em plena madrugada.
Na Delegacia, tiraram as digitais da cuca e localizaram sua ficha.
Registro de artista modificado várias vezes.
Cantora, bailarina, domadora de sacis, domadora de anjos.

"Seus anjos são registrados?", perguntou o delegado.
"Saí do ramo, não tenho mais anjo nenhum.
Agora sou encantadora de serpentes...".

"E essas serpentes, são registradas?".
A cuca suspirou.
"Não tem serpente nenhuma, delegado. Levaram a única que eu tinha...".
"Assim fica difícil... Para se declarar domadora
ou encantadora de alguma coisa, você tem que ter o registro do bicho,
senão quem não pode se registrar é você...
Você não pode se declarar encantadora de serpentes
se não tem nenhuma serpente,
mas também não pode continuar registrada aqui
como domadora de anjos porque não tem mais os anjos...".
"Coloca aí no registro... Principal atividade: cuca.".
O delegado fechou a cara.
"É sério... Pelo menos isso eu vou ser até morrer
e ninguém pode questionar... Basta olhar para mim
que todo mundo já vê que eu sou uma cuca...
E o senhor pensa que alguém, algum dia,
me contratou porque eu era uma cantora colossal
ou uma exímia bailarina? Nada disso...
Me contratam só porque eu sou uma cuca e cuca chama público.
Mesmo quando eu tinha os sacis ou os anjinhos...
Eles eram mero pretexto para eu ter o que fazer no palco
e prender a atenção do público por mais tempo...
O que eles queriam mesmo era ver uma cuca de verdade.".
"Sabe, dona cuca, quando detemos uma mulher em atitude suspeita
perambulando pelas ruas da cidade
e ela não tem uma boa justificativa para estar ali,
o registro mais correto a ser feito é o de meretriz...".
A cuca nem era de grandes pudores;
porém, fingiu que estava ofendida.
"Que disparate! Nem mulher eu sou, embora seja sim
uma representante do sexo feminino... Mas sou uma cuca.
Além disso, como é que o senhor pode querer
me registrar como meretriz
se essa é justamente a última coisa que alguém me pagaria para ser?".
A artista já ia se levantando para ir embora
quando chegou o policial que havia lhe detido no porto
com uma folha na mão:
"O registro de artista não era tudo, senhor delegado...
Veja o que encontramos no arquivo...".
A cada linha que lia, o delegado lançava sobre a cuca
seu olhar de censura.
Ao fim da leitura, exclamou:
"É... Parece que João Bafo-de-Onça baixou por aqui hoje,

mas de saia, peruca loura e batom...".
A ficha criminal da cuca era extensa e variada.
Por toda parte onde andara, cometera algum delito.
"Ser uma cuca na cidade é ser marginal, delegado...
Todas as portas estão fechadas e temos que fazer coisas
de arrepiar até o Diabo para nos impormos entre a corja
e conseguirmos o respeito das pessoas, e que elas abram suas portas...
Quando deixei o mato porque não estava disposta
a findar os meus dias vivendo numa caverna,
convivendo com sacis e comendo criancinhas,
não podia imaginar o que encontraria na cidade...".
"Bobagem... Qualquer puta de esquina sai com essa mesma conversa
quando vem parar aqui...".
"Talvez... Mas nunca duvide dos sonhos que tinha
quem está no fundo do poço. Todo mundo tem sonhos,
ou pelo menos já os teve. Até uma velha cuca
que tenta se passar por artista; porém, não passa de uma bandida.
De qualquer forma, o senhor pode conferir aí...
Já paguei por cada um dos crimes que cometi na vida.
Só Deus conhece os horrores que sofri
nas prisões pelas quais tenho passado desde muito cedo...".
O delegado primeiro achou graça em ver uma cuca falando de Deus,
mas depois ficou sério pensando se não seria pecado.
Analisou a ficha da artista e viu que ela tinha razão.
Se cometera algum crime pelo qual ainda não pagara,
nenhuma queixa tinha sido feita contra ela.
Portanto, só lhe restava alterar o seu registro e dispensá-la.
"E então, o que coloco aqui?",
"Bota bailarina de novo... Acho um retrocesso
voltar a ser algo que já tinha deixado de ser, mas enfim...".
"Se reclamar muito, te registro como meretriz...".
"Abusado!", exclamou a cuca, já de saída da sala do delegado,
receosa de que descobrissem alguma outra folha perdida
e lhe mandassem para a cadeia outra vez.

A madrugada já estava terminando e a cuca não sabia para onde ir.
Ela ainda não tinha a menor ideia de como faria
para ganhar a vida dali em diante.
Sua voz tinha sido estragada pelo cigarro e pelas bebidas
tragadas tão geladas em noites mais geladas ainda,
quando ela, metida em biquínis sumários,
se expusera ao frio como quem não tem nada a perder.
E talvez não tivesse mesmo, já que sua voz nunca fora grande coisa.

Assim, não poderia mais ser cantora,
atividade à qual se dedicara há muitos anos, ao chegar na cidade.
Além disso, ela, que nunca tivera muita agilidade,
tendo sido uma bailarina mediana
desde seus primeiros passos de dança,
se sentia velha para os bailados mais simples que sabia.
Uma esticada de pé que desse
e poderia comprometer suas costas para sempre.
E dava tanto trabalho aguardar dias de muito vento
para capturar sacis
e era tão grande o risco que corria ludibriando os santos
para conseguir anjinhos no Céu...
Que bom seria se fosse realmente como dissera ao delegado,
que bom seria se bastasse ser uma cuca
para ter garantido o pão de cada dia,
que bom seria que qualquer malabarismo vagabundo
que fizesse nos palcos pudesse mesmo lhe trazer
muitos aplausos porque ela nascera assim, tal como era...
"Devia haver um lugar onde alguém me pagasse
somente porque eu sou eu!", bradou a cuca.

DANÇA

Dança para beber essa angústia,
já que a voz não sai, não aguenta o tranco
de tanta tristeza que você não previu.
Dança e marca nos passos
a palavra encardida que você não encontra,
não diz, mas te suja por dentro.
Dança para perder a hora,
não vê o tempo passar quem roda, quem chora,
sem lágrima nem soluço, bailando.
Dança, a vida é uma só,
ninguém perde o dia se dança,
a dança encanta, redime os pecados.
Dança que os teus movimentos
se tornam em sorrisos, teus e dos outros,
quem dança não faz mal a ninguém.
Dança para alguma criança
não mais te esquecer, levar o teu nome,
já que você vai morrer.
Dança, nunca mais se perturbe,
não pensa, só dança,
tomba no chão, mas dança, dança até só com a mão.
Dança na solidão,
nos dias compridos, nas noites a cumprir,
só tem valor a tua dança,
da vida, ninguém leva nada,
então dança.
Dança a tua paixão.

ESPERANÇA DE GIRL

Hei de ser salva, eu sei.
Não espero numa torre, mas num quarto,
sombrio, de goteiras, de um velho hotel.
Minha janela acaba num terreno baldio.
Mas eu sei que ele virá,
o meu coronel.
E eu não espero feito uma princesa.
Vou à luta e busco à luz da noite
o meu coronel.
Se espero, às vezes, nesse quarto de um velho hotel,
é porque me fatiga, me causa fadiga,
o trottoir,
e eu volto para a torre.
Sim, eu sei que não é uma torre
a alcova na qual moro,
mas são monstros os fregueses
de quem o meu coronel há de me salvar.
Não monstros que me prendem na torre,
falsa torre, esse quarto de hotel,
mas monstros de quem fujo, acuada,
quando volto para o quarto
e faço do cheiro de mofo das paredes
e da cama, e das roupas que lanço longe
- nua, tão logo me atiro porta adentro -
a cocaína que me faz esquecer
e faço amor comigo mesma,
pois ninguém mais é capaz de fazer amor comigo,
nem mesmo um coronel,
caso venha um, um dia.

Sou assim feito uma princesa
que enquanto seu príncipe não vem
- virá? -
ama,
entre chamas,
o dragão que lhe aprisiona.

Sou assim
feito uma personagem de Marlene Dietrich, Sarita Montiel
- muito embora, seja apenas
estrela de nenhum cabaré -

TETAS DIAMANTES

Suas mamas cintilam,
diamantes,
as tetas de Theda,
e ninguém pode competir
com seus marajás.
Mas seus marajás já não existem,
talvez nunca tenham existido,
e Theda vai ficar sozinha.
Vai para casa sozinha por mais essa noite
e amanhã, e depois.
Ninguém pode competir
com seus marajás
e Theda vai ficar esperando,
balançando no palco
suas mamas cintilantes
feito diamantes,
como aquelas garotas do Mangue
que balançam nas janelas
suas mamas opacas,
geladas, pálidas, manchadas,
caídas,
mas sempre encontram
alguém à altura
para superar seus cafetões
e nunca dormem sozinhas.
Theda vai dormir sozinha.
Se fosse pelo menos Theda Bara,
teria o cinema
para eternizar
- e expiar -
sua dor.
Mas é Theda Diamant
e no teatro,
quando saem do palco,
mesmo as grandes atrizes
acabam virando fumaça.

PARQUE LAGE

Para que eternizasses teu grande amor por mim num palacete,
seria preciso que eu tivesse
a mesma cara de trágica
pintada no rosto da cantora
e me doesse em óperas
e às vezes fosse cigana,
gargalhando,
feiticeira?

Para que mandasses construir Roma, e grutas, e fontes,
seria preciso que eu tivesse
o mesmo fogo italiano,
cuspindo brasas no canto, te incendiando,
e prometesse me espalhar nua
no pedaço de mata que me desses,
porra-louca,
esposa feita amante?

Para que sempre falassem que me amavas muito,
seria preciso que eu tivesse
os mesmos segredos femininos
exibidos no corpo, encerrados na alma,
e te arrebatasse tanto
que desejasses
me fazer rainha
em meio às misérias do teu povo?

Para que ninguém esquecesse, enfim, jamais, que um dia nos beijamos,
seria preciso que eu tivesse
os mesmos dons preciosos
de pássaros na garganta, devoradora de serpentes,
e te abocanhasse o sexo
suspirando árias, airosa,
para que me fizesses dona do meu próprio templo,
lembrada muito além do nosso tempo?

O MILAGRE DE GUGE KLOZE

I

Dangbé.
"princípio da mobilidade
a eternidade das forças criadoras
o segredo dos mortos
as águas correntes
fecundas e vivas"
(Câmara Cascudo)

Abrir os olhos dos homens
contra o Demiurgo.

Transgredir é romper,
libertar
a alma engaiolada,
submissa à divindade.

Bem-aventuradas
as serpentes
que não devorem suas próprias caudas.

Transmigração.

Thule. Vril.

Hoodoo
("A chave mestra")

Marie Laveau.

A cobra crucificada,
salvadora da humanidade.

Engaiolar-se com ofídios:
sinal de lucidez.

II

Refletida no espelho, em meio à escuridão da carroça
cheirando a fumo e mulher da vida, quase escondida

entre tantas plumas e vestidos coloridos de palco,
Guge Kloze parecia uma bruxa, com seus olhos de louca
saltando em meio à vasta cabeleira que quase lhe escondia o rosto,
não fosse o repetido gesto que a artista fazia com as mãos,
puxando os fios agrisalhados para trás, obsessivamente.
No chão de madeira, duas jiboias se enroscavam uma na outra,
enquanto uma terceira se arrastava com esforço na direção da dona,
ansiosa por um pouco de carinho.
"Venha cá, filhinha!", exclamou Guge Kloze,
"Vem brincar com a mamãe...".
E avançou na direção da serpente, levantando-a do chão
com um gesto rápido, feliz.
De olhos fixos nos olhos da cobra, foi dizendo,
num tom quase solene de quem anuncia algo muito importante:
"Mamãe vai ter que deixar vocês...
Não posso continuar... Envelhecendo assim...".
Voltou a se mirar no espelho,
dessa vez, com uma expressão de sincero horror.
Todos aqueles anos de circo tinham, finalmente,
derrotado a beleza daquela moça polonesa
que aportara no Brasil há tantos anos.
Nem mesmo a má iluminação do circo mambembe
com o qual seguia pelo Nordeste brasileiro
podia disfarçar as rugas que começavam a despontar em sua face
e o seu corpo já meio gordo e pesado demais
quando ela subia ao picadeiro com suas três serpentes.
Uma artista deve saber o momento certo de abandonar o palco.
Uma feiticeira deve saber o momento certo de abandonar seu corpo.
Com a cobra enrolada no pescoço,
Guge Kloze abriu a porta da carroça.
A trupe tinha chegado a Jequié, no interior da Bahia,
naquela madrugada, montando acampamento
num morrinho nas proximidades do centro da cidade.
Quando a encantadora de ofídios saiu dali,
o dia já ia pela metade e os homens do grupo
terminavam de erguer a lona do circo,
que começava a se impor majestoso,
embora com certo ar decadente, diante da população curiosa.
Alguns meninos se escondiam atrás de árvores e pedras
e espreitavam os artistas, que se divertiam com a situação.
Ao avistarem Guge Kloze com sua assustadora companheira de cena,
duas crianças não se contiveram e soltaram gritinhos de pavor,
enquanto três correram de volta para a cidade,

um pouco medrosas da cobra, um pouco para espalhar a novidade
- circo com domadora de bichos
era sempre mais emocionante para a petizada!
A figura da polonesa ao acordar não era das mais agradáveis.
Desgrenhada, com os olhos pintados de preto bem forte
borrados e remelentos, metida num vestido roxo, longo,
mas escandalosamente decotado, Guge Kloze
foi requebrando entre os colegas, dando bom dia a todos
e estendendo sua serpente na direção deles,
como se ela fizesse parte do cumprimento. Naquele início de tarde,
aquela cena tão habitual tinha um significado especial
e muito particular para a artista, pois Guge Kloze sabia
que tudo aquilo estava prestes a acabar para ela.
"Guge!", chamou o dono do circo, "Dê uma descida até a cidade
com uma das tuas feras...", e deu uma piscadela.
O passeio de Guge Kloze e uma de suas cobras
pelo centro das cidades nas quais o circo parava
era quase uma tradição, visto que sempre servia
de excelente chamariz de público, como se oficializasse
a passagem do circo pela cidade e fosse um convite
para que toda a população comparecesse ao espetáculo.
Meio sem vontade, a exótica bailarina atendeu ao pedido
e foi dar sua pinta no centro de Jequié.
A cada passo de Guge Kloze cidade adentro,
o número de crianças a segui-la aumentava,
como se ela fosse o endiabrado flautista de Hamelin
e a cobra sua flauta mágica.
Gaiata, a artista ia andando de um jeito que mais parecia dança
e atraía a atenção de todo mundo que topava com ela.
Nas portas de todos os comércios,
empregados e clientes se aglomeravam para vê-la.
E conforme ia se espalhando pela cidade
a notícia de que uma mulher desfilava por suas ruas
com uma imensa serpente, mais gente corria até lá.
Embora orgulhosa da sensação que provocava,
Guge Kloze simulava indiferença e não interagia com ninguém.
Entrou numa mercearia e, falando com carregado sotaque alemão,
pediu, em português, fumo e rapé.
Depois, encostada no balcão, encarando de frente a imensa plateia,
majoritariamente infantil, que lotava a mercearia,
esganiçou, rouca, encostando o dedo indicador no polegar:
"Um gole de qualquer coisa bem quente, e alegre, por favor!".
"Oh!", soltou em coro a meninada.

Que mulher de Jequié ia à mercearia para beber?
Enquanto tomava a cachaça que lhe tinha sido servida,
Guge Kloze distribuía pequenos beijos
pela cabeça e pelo focinho da cobra.
"Quer um pouco também, filhinha?", perguntou,
em português para que todo mundo ali entendesse,
e estendeu o copo em direção à boca da serpente,
que estirou para fora sua língua bífida para provar da bebida da dona.
Ao fim do copo, Guge Kloze tomou seu pacote na mão,
agradeceu e deixou a mercearia,
novamente seguida por seu séquito de curiosos.
Quase chegando no acampamento,
percebendo que a pequena multidão de fãs começava a se dispersar,
fez o convite: "Venham todos ao grande show
que vamos apresentar na tarde de sábado!
Quem achou demais me ver com esse filhotinho aqui,
não pode imaginar o que farei no picadeiro com seus pais...".
E piscou um olho, serelepe.

Na manhã do sábado, Guge Kloze acordou bem cedo,
mas não quis deixar sua carroça antes da hora do espetáculo.
"Hoje, vamos dançar juntas pela última vez, amiguinhas...",
lamentou às suas cobras, não podendo conter uma lágrima.

A população de Jequié compareceu em peso
à estreia da trupe na cidade.
O espetáculo correu bem e agradou bastante.
No picadeiro, desfilaram anões, trapezistas, bichos, feras e palhaços.
Fechando o show com chave de ouro, foram anunciadas
Guge Kloze e suas serpentes bailarinas.
O picadeiro foi tomado pela escuridão,
rasgada de repente por uma sinistra gargalhada.
Quando as luzes voltaram a se acender sobre o palco,
Guge Kloze surgiu seminua lutando contra três jiboias dantescas.
Demonstrando grande intimidade com as cobras,
a domadora as conduzia de forma que a luta, aos poucos,
ia se transformando em uma dança suave,
na qual ela as dominava a seu bel-prazer.
Em seguida, bailando freneticamente,
Guge Kloze extrapolou os compassos
da valsa vienense tocando ao fundo e se insinuou
erótica e lasciva na direção da plateia, sempre sorrindo meio débil.

Escandalizados, alguns dos presentes deixaram o circo
e outros vaiaram a artista, chocados com tamanha imoralidade
que ela vinha oferecer às suas crianças.
Impassível, Guge Kloze fremia deitada no picadeiro
enquanto uma de suas cobras passava por cima dela.
Ao fim do número, quando a bailarina saiu daquele transe
e abriu os olhos para receber os aplausos que merecia,
todo mundo já tinha ido embora.
Em silêncio, Guge Kloze deixou seu derradeiro palco.

"Ei, menina!".
Georgina olhou para trás e levou um susto quando se deparou
com a domadora de serpentes do circo lhe chamando,
escondida atrás de uma árvore.
"Não precisa ter medo... Venha cá...".
"As cobras estão aí também?", perguntou a menina, desconfiada.
"Oh! Não... Imagine... Estão presas, bem longe...
Quero te mostrar uma coisa...".
A garotinha arregalou os olhos, mordida pela curiosidade.
"Uma coisa?".
"Sim... Você foi assistir ao meu show, não foi?", arriscou a bruxa.
"Fui sim, senhora...".
"Pois então... Eu te vi lá do palco e notei
que entre todas as pessoas ali, você era a mais corajosa...".
"Eu?", sorriu Georgina, meio tímida,
"Mas eu tinha tanto medo, senhora...", completou, corando,
em tom de confissão.
"Não te achei nada medrosa, garota...
Por isso mesmo, quero te dar um presente!".
"Um presente?". "Sim! Um prêmio pela tua coragem. Vem comigo,
o teu presente está guardado numa caverna ali adiante...".
Embora um pouco receosa, Georgina não relutou,
pois nunca ninguém lhe dava presentes.
E foi seguindo Guge Kloze entre as árvores
e se afundando cada vez mais na mata que cercava Jequié.
"Estamos muito longe, senhora?". "Não, menina... É logo ali...".
E a feiticeira tomou a mão de Georgina
e a conduziu durante longos minutos pela floresta
que ia se fechando cada vez mais, deixando tudo em volta escuro.
Finalmente, chegaram na entrada de uma caverna
dentro da qual só se avistava trevas.
"Não quero descer aí!", exclamou Georgina.

"Quer ou não quer ganhar o presente?".
E desceram, desceram, desceram infinitamente caverna adentro.

Já era noite quando Georgina retornou à superfície e deixou a caverna.
Cheia de energia, tomou o rumo de casa,
onde ninguém tinha se dado conta de sua ausência,
brincando com todas as cobrinhas que ia encontrando pelo caminho.
Ao chegar em Jequié, sem surpresa, Georgina se deparou
com os artistas do circo perguntando a toda gente
se alguém tinha visto Guge Kloze.
Que loucura teria feito a exótica artista
depois do fracasso de seu espetáculo?

No dia seguinte, sem sua domadora de serpentes,
a trupe partiu de Jequié.

PRA ENFEITAR OS PALCOS DELA

Os olhos azuis de Carlos brilhavam no escuro.
Éramos dois estranhos vivendo na mesma casa.
Não parecíamos mãe e filho. Não parecíamos irmãos.
Eu não dormia nas primeiras noites
porque a fechadura da porta do quarto estava quebrada
e Carlos dormia na sala.
Eu não conseguia ficar tranquila e simplesmente dormir
sabendo da presença de Carlos na sala.
Não entendia bem o motivo.
Pois antes, em São Salvador, não dormíamos no mesmo quarto,
na mesma cama, quando ele era pequeno?
Então por que é que agora eu estranhava
a presença de Carlos no apartamento?
Quando fui morar em Copacabana,
achei que Carlos podia viver lá.
Ele aceitou o convite e foi.
Logo depois, começaram as cobras
e Carlos foi obrigado a conviver com elas.
Não haviam as cobras quando Carlos aceitou morar comigo.
E nas primeiras noites, quando ainda não haviam as cobras,
me revirava na cama, os olhos abertos, arregalados;
quando começavam a se fechar, por qualquer ruído,
já se abriam de novo e permaneciam em vigília noite adentro.
Eu temia que Carlos entrasse no quarto de repente.
Não estava acostumada com ele.
Do que era capaz? Eu tinha medo e não dormia.
Na sala, deitado no sofá, dormindo como podia,
Carlos, acostumado com as camas estreitas dos colégios internos,
e com outras camas nas quais tivera que dormir até então,
nem cogitava ir ao meu quarto.
Carlos dormia mal, sonhava com cordas que o amarravam
e que seus braços não podiam se mover.
Nos sonhos, ele chacoalhava as mãos, se agitava,
e os braços estavam imobilizados pelas cordas.
Carlos passava a noite tendo esse sonho recorrente
e nem lhe passava pela cabeça ir ao meu quarto.
Na verdade, pouco pensava em sua mãe,
exceto nos momentos em que estávamos juntos na mesa, comendo.
E mesmo esses momentos eram raros,
pois nossos horários eram muito diferentes.

Naqueles dias, eu ainda era bailarina clássica e folclórica
sem dançar com cobras. Ainda não me chamava Suzy King.
Vinha pensando em um novo nome
desde que resolvera deixar Diva Rios para trás,
por achar um nome datado; mas não sabia o que devia ser.
Carlos não tinha certeza se gostava da mãe bailarina,
principalmente nos números folclóricos,
dançando como Eros Volúsia e mostrando o corpo,
trajando roupas de inspiração indígena bem curtas e sensuais.
Eu queria que ele fosse comigo para o palco.
Estava obcecada pela carreira artística e achava que Carlos
também devia tentar,
já que estava desempregado. Às vezes, Carlos me acompanhava
em minhas apresentações em pequenas boates
nos subúrbios cariocas
e cuidava de minhas coisas enquanto eu me apresentava.
Então surgiu a ideia de dançar com cobras.
Eu estava encantada com a figura de Luz del Fuego,
que assistira no teatro de revista bailando com enormes serpentes.
Achava que podia fazer o mesmo, mas melhor.
Cantava mais, compunha,
podia dançar com as cobras enquanto cantava,
também era melhor atriz e podia atuar com elas,
então seria definitivamente
melhor do que Luz del Fuego.
Carlos, no princípio,
duvidou que eu fosse levar aquela ideia adiante.
Mas então começaram as negociações com vendedores de cobras
que prometiam trazer do Pará e do Amazonas ferozes serpentes
que eu teria que domesticar antes de subir ao palco com elas.
Carlos começou a achar a ideia absurda.
Não achava a mínima graça em Luz del Fuego
e muito menos na ideia da mãe se exibindo com serpentes.
Porém, ficou quieto, não deu sua opinião
e deixou que eu fizesse o que bem entendesse.
Ele sabia que não adiantaria falar nada.
Dançar com cobras tornara-se uma obsessão para mim.
"Se as cobras vierem, eu acho que vou embora.",
disse Carlos, por fim, num dia em que eu tinha acabado
de falar pelo telefone com um dos vendedores,
que me dissera que traria duas cobras
que chegariam dentro de poucos dias

no porto do Rio de Janeiro, vindas de navio do Norte do Brasil.
Quando ouvi a ameaça de Carlos, tive ainda mais certeza
de que levaria adiante meu plano
e que as serpentes passariam a morar sob o mesmo teto que nós.
Que audácia! Como Carlos ousava
tentar impedir a realização de meus ideais?
Não bastavam meus esforços para educá-lo?
E tudo o que fizera para trazê-lo de volta à superfície
quando ele mergulhara nas profundezas existenciais de sua loucura?
Como é que agora ele pensava que poderia me persuadir a desistir
de tudo que vinha arquitetando?
Com as cobras, eu seria a Deusa das Serpentes.
A Rainha dos Répteis. A Soberana dos Ofídios.
Coisas que nunca tinha sido até então.
Como Guge Kloze,
a dançarina com as cobras de minha infância em Jequié.
Aquela que chegara e partira com um circo
e de quem eu nunca mais soube nada.
Preferi ficar quieta e não revidar a ameaça de Carlos.
Ele que pensasse e dissesse o que quisesse...
Eu permaneceria convicta de minhas pretensões
e levaria aquela empreitada ofídica até o fim.
Então as cobras chegaram, em uma tarde de 1952.
Carlos viu quando saí para o porto, pouco depois do almoço,
e desconfiou, pela expressão no meu rosto,
que algo grande estava para acontecer.
Horas depois, ele não estava no apartamento
quando cheguei com o carregador que viera comigo desde o porto,
cada um com uma caixa de madeira pesada
dentro da qual havia uma jiboia aninhada
em meio à palha seca.
Eram duas jiboias.
Resolvi chamá-las Cleópatra e Catarina,
que eram nomes imponentes, realescos,
como eu pretendia que fosse minha nova persona.
O nome Suzy King veio assim,
porque King é muito mais forte do que Queen,
ainda mais para uma mulher.
E porque o Cristo Alado me aparecera na véspera,
em uma visão majestosa,
as asas batendo e indicando a direção do Céu.
E Ysus Gnik significa qualquer coisa como

Jesus Cristo Nosso Senhor Primeiro e Único.
E eu tinha o Cristo em mim.
Também tinha a Besta, saindo do mar,
e outra Besta que saía das profundezas da terra.
Tinha a Bernúncia do bumba meu boi.
Tinha o precipício e a vontade de me atirar.
Tinha a flecha procurando o alvo sem que ninguém me lançasse.
Eu era uma flecha que se lançava sozinha, no ar e na vida,
em busca do alvo.
Por isso, me chamei Suzy King.
Carlos não gostou do novo nome.
E não gostava da nova persona que a mãe representava.
E não gostava das cobras.
A presença das duas jiboias no apartamento aborreceram Carlos
e ele decidiu procurar um quarto para morar longe da mãe.
Tinha medo de adoecer de novo e ir parar no hospício.
E achava que as cobras e Suzy King seminua
desfilando e ensaiando pelo apartamento
com as serpentes enroladas no corpo
deixariam ele doente outra vez.
"Eu acho que vou pirar.", pensou Carlos,
"Eu não entendo por que
ela tinha que trazer esses bichos para casa...".
Alheia a tudo, fingindo que ignorava a desaprovação de Carlos,
eu me sentia cada vez mais apegada às cobras e, aos poucos,
fui me fazendo mãe delas.
"Não sou a Deusa nem a Rainha das Serpentes.", pensei,
"De verdade, eu sou sua mãe. Eu sou a Mãe das Cobras.
Mas nenhum cartaz vai dizer isso.".
As serpentes se acostumaram rápido comigo.
No início, aconteceram muitos botes, muitas picadas.
Porque as cobras já eram adultas e não estavam acostumadas
com o contato humano. Tinham nascido em cativeiro;
mas, talvez até por isso mesmo, eram ariscas e desconfiadas.
Aos poucos, o tom da minha voz bastava para que elas se curvassem
e se deixassem manusear
como se fossem um brinquedo nas minhas mãos.
Quando senti que minha intimidade com as cobras
já era grande o suficiente, fui procurar um circo
montado na Praça XV
e ofereci meus serviços como domadora de serpentes.
Menti que tinha experiência

e já dançara em circos fora do Brasil,
mas que perdera todos os meus recortes em uma enchente.
O dono do circo não acreditou, mas gostou de mim
e fui contratada para uma apresentação, com um pequeno cachê.
Se agradasse, seria contratada para toda a temporada.
No dia marcado, fui ao circo para minha estreia
como encantadora de serpentes.
Carlos, mesmo a contragosto, decidiu me acompanhar.
Se eu precisasse de defesa, ele estava disposto a me proteger,
do público e de qualquer um que não me respeitasse.
O palhaço do circo deixou que eu me aprontasse em seu trailer.
Maquiei bem o rosto, mais do que quando dançava nos teatros
ou cantava nas rádios, pois achava que uma artista de circo
precisava estar mais maquiada,
precisava exagerar bastante na pintura do rosto.
Carlos ficou sentado comigo no trailer do palhaço
até a hora da apresentação. Depois saiu
e foi se juntar ao público para me assistir.
Um disco exótico começou a rodar.
Subi no picadeiro carregando uma cesta grande, artesanal.
Coloquei a cesta no centro do picadeiro e,
ao som daquela canção de mistério,
me pus a bailar, fazendo gestos largos que me pareciam sugerir
uma coreografia misteriosa.
Sentia que algo emergia de dentro de mim,
tomava meu corpo e meus movimentos.
Dancei em direção à cesta, abri a tampa com movimentos graciosos,
sempre bailando, e tirei uma cobra. O público urrou!
Carlos sentiu um pouco de orgulho. A mãe estava agradando.
Olhei para ele quando o público se manifestou e sorri.
Em seguida, fiquei séria de novo e me concentrei
na dança com a serpente. Olhava nos olhos da cobra
para fazer cena e fingir que a hipnotizava,
mas aos poucos ia acreditando naquela hipnose
e achava que estava mesmo fazendo efeito.
A cobra parecia capaz de adormecer em minhas mãos.
Deixei que o bicho se enroscasse sozinho em meu corpo
e passeasse por ele enquanto eu pegava a outra jiboia na cesta.
Quando a segunda cobra apareceu, o público urrou de novo.
Carlos estava aliviado. A reação da plateia era boa
e eu estava impecável, trajando um maiô dourado com duas flores,
uma no bico de cada peito.

Eu não parecia vulgar dançando com as serpentes.
Na verdade, reconheceu Carlos, eu tinha mesmo
a imponência de uma deusa, de uma rainha.
Carlos não imaginava que mais do que deusa ou rainha,
eu me sentia mãe quando estava
com as cobras envoltas em meu corpo.
Mais mãe do que me sentira mãe dele até então.
Eu não me sentia mãe de Carlos. Nem irmã.
Eu não sabia o que era Carlos.
Não via mais nele meu menino, não conseguia mais ver.
Há muito tempo, eu não reconhecia Carlos.
Talvez desde aquela vez em 1940,
quando viajamos juntos a bordo do navio Aratimbó,
de São Salvador para Santos,
e eu não conseguia tirar dele um sorriso ou uma palavra sequer.
Carlos fez a viagem inteira mudo, como se não falasse,
e surdo, como se não ouvisse.
Carlos também não me reconhecia.
Na verdade, Carlos nunca me conhecera.
Quem era aquela mulher que o acompanhava
desde suas lembranças mais antigas?
Aquela mulher de sobrancelhas desenhadas,
batom forte na boca, cheiro fortíssimo de manicure antiga,
fumando e cantando o tempo inteiro,
ou recolhida em longos silêncios?
Quem era aquela mulher que não lançava sobre ele
um único olhar de ternura, de compaixão, de amor?
Mãe? Então aquilo que era mãe?
Se aquilo era mãe,
Carlos preferia acreditar que mães não existem.
Naquele dia, me vendo no picadeiro do circo,
Carlos compreendeu que eu nunca mais seria sua mãe,
definitivamente,
como não fora mesmo até então. Mas agora ele tinha certeza.
Ao fim do número de Suzy King, muito aplaudida,
Carlos era órfão.
Saímos do circo antes do espetáculo terminar.
No caminho do apartamento, esperando para apanhar um táxi,
Carlos estava mudo, como naquela viagem em 1940.
Eu não tinha coragem de lhe perguntar
se tinha gostado da apresentação.
Eu carregava a cesta com as cobras, pesada,

e achava que Carlos devia ser mais cavalheiro
e carregar a cesta para mim. Mas não tinha coragem de dizer isso.
Eu estava tão muda quanto Carlos.
Seu silêncio apagou o brilho da apresentação.
O silêncio de Carlos tornou aquele momento
menos feliz para mim. O odiei por isso.
"Por que você sempre tem que estragar tudo?", pensei.
Chegamos no apartamento. Carlos não tinha um quarto
e era obrigado a ficar na sala. Eu fui para meu quarto.
Não queria encará-lo. Estava com raiva.
Queria pensar no meu êxito com as cobras
e em tudo que viveria a partir de então,
mas o incômodo que Carlos me causava não deixava
que eu fosse feliz pelo menos um pouco.
O dono do circo tinha me contratado para o resto da temporada,
que duraria um mês ou talvez mais,
se a bilheteria continuasse rendendo.
Eu estava disposta a ser o motivo pelo qual
a bilheteria renderia por muito tempo ainda.
Não pretendia acompanhar o circo quando partisse.
Não queria fazer parte de circo nenhum, de trupe nenhuma,
de elenco nenhum.
Eu queria ser dona de mim e de minha arte.
Trabalharia aqui e ali,
mas não aceitaria firmar contratos longos com ninguém.
E, mesmo durante a temporada no circo,
tinha exigido que pudesse me apresentar em outros locais,
se conseguisse agendar alguns shows,
desde que fosse em horários diferentes dos espetáculos do circo.
Eram três shows por dia nos finais de semana e um de terça a sexta.
Na segunda, era dia de folga.
Pensando nisso, fui esquecendo de Carlos e de seu silêncio.
Quando deixei o quarto para jantar, ele estava lendo um jornal.
Soltei as cobras na sala
e deixei que elas se esticassem enquanto preparava a comida.
Carlos não comeu. Não falou.
No início da noite, saiu, sem dizer nada.
Voltou com um maço de cigarro.
Acendeu e ficou fumando em silêncio.
Cansada de esperar que ele falasse qualquer coisa,
mesmo que fosse uma crítica negativa à apresentação,
me recolhi ao quarto e adormeci praguejando.

Não percebi que Carlos estava entrando em estado de surto outra vez.
Na tarde seguinte, quando acordei e notei suas olheiras,
percebi que ele não dormira. Carlos continuava mudo,
lendo o jornal. Fingia que lia.
Constatei que olhava a mesma página por muito mais tempo
do que demoraria para lê-la,
mesmo que lesse todas as notícias, palavra por palavra.
Dessa vez, fiquei numa poltrona, observando Carlos
sentado no sofá com o jornal na mão noite adentro.
Ele não levantava nem mesmo para ir ao banheiro.
Não comeu o dia inteiro. Não bebeu.
De madrugada, molhei sua boca com medo que morresse de sede.
Tentei alimentá-lo, mas não consegui.
Tirei o jornal de suas mãos e ele não reagiu.
Assustada, o sacudi. As mãos dele estavam geladas. Seu rosto suava.
"Diabos!", exclamei, percebendo que o caos se instalara outra vez.
Carlos foi internado. Voltei para vê-lo uma semana depois.
Ele já estava falando novamente, comia normalmente
e não entendia por que estava lá, queria sair.
"Você me prometeu que não me internaria aqui de novo.", disse
assim que entrei no quarto em que ele estava.
"Você não se lembra de nada?", perguntei,
procurando manter a calma, preocupada,
tentando entender o que se passava com meu filho.
"Do que você está falando? Da tua dança com as cobras?".
Me surpreendi com a pergunta
e com a menção inesperada à minha apresentação.
"A plateia gostou. Suzy King foi aprovada pelo público rigoroso
do cirquinho da Praça XV!", disse Carlos,
mantendo um ar indiferente, que percebi ser proposital.
"Quando é que você vai me tirar daqui?", perguntou,
"Eu não estou louco.".
Mais tarde, antes de ir embora, falei com o médico.
Ele disse que Carlos devia ficar em observação por mais um tempo,
embora estivesse reagindo bem e parecesse ter voltado a si.
Mas era preciso ter a certeza de que ele não sofreria outro surto,
pelo menos por aqueles dias.
Voltei sozinha para meu apartamento e fiquei nua na sala,
ensaiando um novo número com as cobras.
Elas eram como raios de sol adentrando minha casa escura
pelas frestas de uma janela que não podia ser aberta.
Os aplausos do público seriam a janela se abrindo.

"E o sol?", eu me perguntava, "Será que quando a janela se abrir,
ele ainda vai estar lá? Ou vai ser tarde demais
e eu nunca vou poder ver o sol por inteiro,
mais do que através desses raios?".
O tempo passava, as cobras raios de sol se moviam pela sala
e as janelas continuavam fechadas.

SOLIDÃO DE JACU

Vi pela janela do meu apartamento, que dá para os fundos do prédio,
o movimento suspeito de pássaros
que voavam em bando na minha direção.
Não tive tempo de fechar a janela ou me esconder.
Me sentia hipnotizada pelo voo dos pássaros.
Antes disso, nunca tinha falado com aves
nem conseguira domar um pássaro e dominar seu voo.
Uma legião de répteis me seguia.
Cobras, jacarés. Lagartos. Tartarugas. Sapos.
Minha pele se confundia com as peles esverdeadas dos répteis.
Na cidade, tinha todos os insetos a meus pés.
Aranhas caranguejeiras, escorpiões, baratas.
Pirilampos. Vaga-lumes.
Mariposas de grandes asas negras e frágeis como uma cantora de blues.
E as onças. Os leopardos. Os cavalos, brancos ou não.
Mas os pássaros mantinham distância.
Tentei domesticar uma coruja certa vez, quando morava na Lapa
e desejava trocar cartas com outras bruxas.
A coruja morreu seca, trancada em sua gaiola,
mas não cedeu às minhas tentativas.
Tentei domesticar corvos e urubus e até pombos de Oxalá.
Nenhuma ave comia do que eu oferecia.
Nenhuma ave repetia meus cantos e assobios. Até aquele dia.
Os pássaros foram se aproximando lentamente.
Eram mais de dez. Não chegavam a vinte. Quinze, talvez.
Uma dezena de jacus de vários tamanhos entrou pela janela
e invadiu meu apartamento.
O jacu é um bicho solitário. Não anda em bando. Não voa em bando.
Mas eu ainda não sabia disso e não estranhei o comportamento esquisito
daqueles jacus que passaram a viver comigo.
Fizeram seus ninhos em diferentes pontos do chão do apartamento
e também no topo de alguns móveis.
Se alimentavam dos filhotes de minhas jiboias.
E não pareciam pretender partir.
Eu permitia tudo, pois acreditava nos planos traçados pela natureza.
Com o passar dos dias, comecei a compreender um pouco
a língua dos pássaros,
embora eles jamais se comunicassem uns com os outros.
Descobri que os jacus não são de muitas palavras,
mesmo quando querem se comunicar.
Preferem manter certo mistério sobre a maior parte das coisas.

Eles eram mais receptivos às ondas mentais que eu emitia
quando lançava meu olhar firmemente,
concentrada na mensagem que desejava passar.
Os jacus não desperdiçam seu tempo.
Ao fim de um mês, o número de jacus aninhados ali dobrara.
E ao fim do segundo mês, passavam de sessenta.
Limpando a sujeira que faziam, os alimentando e tentando aprender
as lições que tinham para me ensinar,
eu esquecia de limpar minha própria sujeira, deixava de me alimentar,
não compunha canções, não bolava novos bailados.
Às vezes, flertava vagamente com a ideia de criar
um grande bailado com os jacus;
porém, sabia que não vingaria,
pois nenhum deles se submetera a mim em todo aquele tempo.
Chegou o dia em que eram tantos jacus que perdi a conta.
As cobras desapareceram e suspeitei que tinham se tornado comida
de algum jacu mais guloso, que não se contentara com os filhotes.
Ou tinham se cansado da invasão dos pássaros
e partiram buscando sossego em outro canto.
O cheiro desagradável dos jacus enchia todo o apartamento.
O canto dos jacus se tornou a única música que eu podia ouvir, dia e noite.
Eles ocuparam a porta com seus ninhos e eu não podia mais sair.
Eles ocuparam a cama com seus ninhos e eu não podia mais dormir.
Eles ocuparam o fogão com seus ninhos e eu não podia mais comer.
Por fim, os jacus ocuparam cada centímetro do apartamento
e eu não podia mais me mover dentro dele.
Reclusa em um único ponto que podia pisar, cercada pelos jacus,
eu meditava e refletia sobre tudo que vivera até então.
Em que ponto estava; a que ponto pretendia chegar.
Fazia planos e não incluía os jacus neles.
E enquanto me ocupava com meu próprio destino, esquecida dos jacus,
eles foram sumindo.
Eu jamais soube explicar, depois, que fim levaram os jacus.
Não vi se voaram pela janela,
sumindo na mesma direção da qual chegaram.
Não vi se desapareceram como que por encanto
ou se se converteram em cinzas ao meu redor e o vento levou as cinzas.
Mas eis que um dia, não havia mais nenhum jacu no apartamento.
E as cobras voltaram.
Domar serpentes não é nada. Bem mais difícil seria
domar todos aqueles jacus só com a força do pensamento.
Na parede do meu quarto, em cima da cama,
guardo um jacu num quadro singelo.

Esse não come os filhotes das cobras
nem atrai mais jacus para dentro do apartamento.
Também converso com ele e posso compreendê-lo.
Toda vez que volto à Bahia, é um misto de esperança e pavor.
Anseio encontrar minhas origens. Temo reencontrar dores antigas.
E a Bahia parece carregada de promessas, mistérios e monstros.
Tenho medo que os jacus também me cerquem em algum ponto da Bahia,
justamente onde eu seja obrigada a confrontar o passado,
e que não possa me mover dali, acuada pelos jacus.
Eu domino as cobras. Os jacus comem as cobras.
Há uma dança para amansar as serpentes.
Mas nenhuma dança amansa um jacu.
Sonhei que ganhava um espelho de alguém e me olhava,
sem nenhum objetivo além de me admirar.
Um jacu imponente em estado de pouso
foi a única imagem que pude ver refletida no espelho.
Ao despertar, corri buscar um espelho entre minhas coisas
para verificar se ainda sou eu que habito meus espelhos
ou se um jacu invadiu meu espaço
também no mundo dos espelhos.
Todos os meus espelhos estão quebrados
e eu jamais soube se há algo neles
além de mim.
De que importam os espelhos?
Minha solidão é de jacu.

DOLORES JIBOIA

I

A Jiboia Josephine se arrasta pela casa, está com fome.
Preciso trazer uns coelhos quando for ao sítio, e outras serpentes,
quero a casa cheia desses bichos,
quero cobras que se enrolem no meu corpo
e me apertem, porque sou sozinha, tenho medo, solidão, tenho medo
da solidão dos palhaços, que não acham mais graça
nas piadas de sempre
e contam, para delírio do público, fazem rir, fazem rir,
que prazer!, fazer rir, não rir jamais; será romance?
Quero jiboias, jiboias, jiboias. Jiboia Elvira.
Muita cobra para meter medo nos vizinhos.
É o fogo que espalho, que boto nos prédios, flutuo sobre a cidade,
a louca, a louca, a louca, que não se veste de preto
nos velórios, embora seja teatro,
e não acompanha os enterros sem pintura.
Gosto da boca vermelha que tenho
para beijar os defuntos, para deixar suas testas marcadas pelo beijo.
As baratas comerão o beijo tatuado. Gosto tanto de baratas.
De baratas, de jiboias, de escorpiões
e das bichas, que me amam porque
choco e assassino a moral,
as bichas me amam porque vivo sem roupa,
queriam tanto que o mundo fosse assim,
viver sem roupa, sem fantasia,
sem fantasia nenhuma, se enganam
- quem disse que não uso máscaras?
Quem disse que não é um disfarce quando da minha cabeleira
- matagal oxigenado - emergem as ideias de cavalos do passado,
cavalos de outra vida, cavalos que cavalgo,
e o mundo que cavalga a mulher?
Eu mulher, eu a bicha, danço, danço, danço, não gosto dos homens,
não posso gostar, me sinto ameaçada, e não quero ter filhos.
Não quero um nascimento tão próximo de mim que me transforme.
As mortes bastam para me deixar sem rumo
e nascer tem a mesma força, sem o consolo da lágrima.
Não sei o que fazer quando alguém nasce
e tenho medo das visitas, das presenças,
de quem vem e oferece seu sorriso.

Eu não posso sorrir junto, eu não sei. As expressões!
Quem me dera soubesse tê-las, prontas, guardadas em mim...
Desgraça! Não tenho!
E me restam as Josephines, as Elviras, as rainhas das trevas, do breu.
Quem anda no escuro pode ser meu amigo.
Será luz essa nossa escuridão?
Quem anda no escuro pode ser meu amante.
Será luz essa nossa maldição?
Será benção? Ou loucura travestida? Parecia lucidez, já não sei.
Queria ser vampira para nunca mais me ver no espelho,
para nunca mais saber que tenho o meu rosto e que sou eu.
Não que não goste, mas me custa ser eu, me custa ser,
embora ser me dê tanto prazer, ser eu, ser você,
quando finjo que sou, quando te olho simulando os teus pensamentos.
Será que também simulo os meus pensamentos
enquanto acho que penso de verdade?
Será que ser freira bastava
e eu ficava absolvida da puta que sou desde menina?
Vou tentar um convento, vou tentar esquecer e ter paz.
Não pensar em serpentário. Não pensar em luzes, holofotes,
que pode ser luz de fogueira, luz de Inferno,
caldeirões me queimando, me danando eternamente; sou danada.
Era eu a menina que levava Cérbero para passear,
era eu a menina que divertia Caronte em seus dias de folga
e ganhava as moedas porque dava o que tinha, o que tinha para dar.
Era eu a menina que comia a maçã, todas as maçãs proibidas,
Yemanjá, demonologia, Mercedes de Acosta
comendo, Frida Kahlo comendo, Maria Bethânia comendo.
Montava dragões, não cavalos, bruxa, velha desde criança,
esquelética por dentro, perdida e fêmea, andando nua pelas ruas,
dando nua pelos becos, nua, suja.
Eu nunca tive medo de fazer striptease
nem vergonha da boceta, do cu,
das tetas nas quais os homem mamam e as mulheres e as cobras,
nos shows que fiz exterior afora,
nos cantos mais íntimos da casa amarela, laranja, dos sonhos.
Eu tenho vergonha da alma que alguém me deu
- Deus? - escandalosa demais. Queria escondê-la porque sei,
basta olhar o meu rosto, a minha alma habita a minha expressão,
a minha alma não sai da minha cara. Vive de me denunciar,
vive de me revelar. Não quero que saibam o que penso.
Quero que queiram o meu corpo. Quero ser penetrada.

Quero ser invadida.
Mas não quero que levem nada de mim,
nem a perdida, nem o meu desatino, nem o meu destino,
nem a banheira onde os teus pelos brancos batiam
- tum! tum! tum! - o teu coração,
ne me quitte pas, ne me quitte pas, Nina Simone.
Não quero que saibam do homem, melhor a ilusão da vadia
que dá para comer, que dá porque gosta,
que dá - por quê? ninguém sabe -
Melhor a ilusão de quem dá.
E a Jiboia Josephine se arrastando pela casa. Ela ainda me põe doida,
ela e as outras serpentes que vão vir do sítio para me enlouquecer.
Talvez a vida fosse mais simples se as únicas cobras fossem os paus
de quem entrasse num apartamento que eu tivesse na cidade,
de quem entrasse em mim e me deixasse louca,
de qualquer jeito louca,
que sina a minha! Que fado! E nem ao menos tenho voz
para cantar essa força, para cantar o caminho
que a vida me obriga a seguir,
que quem sou me obriga. O consolo de ter uma voz não me abriga.
O consolo do canto. Nem o consolo de saber ser outras pessoas,
de interpretar personagens. Nasci eu, morro eu, não posso ser outra,
não posso ser outro, não posso ser ninguém, além de quem sou
e tudo o que faço depende de mim e das minhas certezas
e mesmo os riscos que corro não são riscos.
Abandono a calmaria, a vida continua tão calma; nunca vento.
E o meu corpo que ardia, segue ardendo. E as angústias que doíam,
seguem doendo. Continuo seca, mesmo sob tamanha tempestade.

II

Ave! Billie Holiday,
Ave! Janis Joplin,
Ave! Amy Winehouse,
Ave! todas as mulheres-serpente,
Ave! eu, Dolores Jiboia,
Lúcifer del Fuego, Elvira Satã,
as vedetes missionárias,
a Jenny dos piratas,
a Geny do zeppelin,
Ave! Johnny, o de Surabaya,
o dono do harém,

Ave! toda a cafonália.
Ave! às faquirezas,
Rossana, entristecida,
Mara, estranhamente bela,
Suzy King, sem medo, sem medo,
até hoje,
Verinha,
cinquenta anos o segredo guardado,
a vida me achou,
eu achei quem roubou a pulseira,
Verinha,
Ave! à praga da faquireza,
Ave! todas as pragas,
Ave! Cassandra Rios,
Ave! Dora Lopes,
Ave! Linda Rodrigues,
Ave! Carmen Miranda,
Carmen, Carmen, Carmen,
cigana,
Ave!
Tenho sede.

III

Olho extraterrestre. Não pertenço. Não saio do muro.
Não é que não voo, não é que voo. É que não sei
pertencer, não sei existir, mesmo assim existo, não sabendo.
Será que existo certo? Será que alguém sabe existir?
Será que a Jiboia Josephine, se arrastando, se arrastando, faminta,
percebe que existe e se sente existindo?
Será que às vezes fica como eu, que de repente me descubro
existindo e sou tomada por um pavor absurdo
e pela sensação de que não existo direito,
de que não estou fazendo corretamente, existir, ser?
Será que a Jiboia Josephine tem vergonha dela mesma e quer sumir
quando as palavras parecem todas erradas
e ela própria parece toda errada?
Quem é que vai assumir comigo esse meu pesadelo frequente,
essa quase-tristeza, essa dor - existir! ser! não saber...?
Quero ser atriz, para fingir com um roteiro na mão,
para não ter que improvisar, para ser alguém
- Petra von Kant! Baby Jane! Pepi, Luci, Bom, talvez outra tipa do grupo -

Quero fazer papel de cobra no palco, diante das câmeras,
na vida real.
Me arrastar pela sala com fome, com fome, com fome,
procurando coelhos,
procurando um corpo de mulher para me enroscar, para apertar,
para matar a solidão. Vou amar meio Safo, safada.
Minha cama, deserto de nós duas. Freira lésbica.
Sonja Meidell, Coriander.
Amor de peles sem pelos. Mentira!
Quero me afundar pelos grisalhos pelos,
quero sentir um corpo consumido pelo tempo, quero tê-lo,
por poucas horas apenas, que seja! Breve, que seja! Sem amanhã,
sem futuro, que seja! Viver fica mais forte assim
e eu gosto do que é intenso,
do que me gasta e corrói, do que me absorve, do que me absolve
e me compensa pelo tempo em que fui eu, pelo desde quando sou.
Gosto de água, mas não sei nadar.
Gosto de beber a água que a vida me dá,
e que não seja salgada! Água doce, água doce, Oxum, minha calma.
Não sei nadar, nada sei, sei que te quero, marinheiro,
com teu navio que me busca e me leva aos motéis,
onde coroo a minha vida com os teus beijos clandestinos,
onde ando longe da Dolores Jiboia e sou! Pleno, puto, indecente,
anjo. Depois a cortina, outro ato.
A Jiboia Josephine se arrasta pela casa, está com fome.
Eu sempre assusto,
passo má impressão e quero pedir perdão.
Nas missas em latim, nas igrejas luxuosas.
Nossa Senhora me pune devolvendo os presentes
que lancei ao mar, macumbeira.
As crianças da rua me seguem, me xingam
ou me olham com medo. Não querem saber que por trás
das jiboias e da estrela que carrego, que trago na testa,
não querem saber que por trás da Dolores,
eu sou a das Dores,
tão mãe e tão santa
quanto suas santas mães.

DOLORES JIBOIA NÃO PRESSENTIA QUE EU A AMAVA

Dolores Jiboia não pressentia que eu a amava
em seus últimos dias em Santa Esmeralda.
Ficava fumando no portão do cortiço em que morava
no bairro boêmio da Cubana, esperando o carteiro chegar.
O carteiro chegava, deixava um maço de cartas
e nunca tinha nada para ela.
Jiboia fumava nervosa, passava as mãos na cabeça ajeitando a peruca,
fingia que estava tudo bem e entrava em seu quartinho bagunçado
- um horror: a cama por fazer, os lençóis sujos da noite maldormida,
roupas espalhadas pelo chão, pela cama e caindo
do alto do guarda-roupa muito baixo,
cujo topo alcançava na ponta dos pés
para pegar as caixas de chapéu nas quais guardava
relíquias secretas de sua terra natal e roupas de show.
Eram muitas fantasias, turbantes, boás, incontáveis perucas.
Ela acordava pela manhã quase careca
e decidia quem seria naquele dia a partir da peruca escolhida.
Às vezes, loura, como nos tempos de faquireza
no bairro de Dulce Ventana. Em outras, cabelos vermelhos e cheios.
Ou pretos e lisos, bem curtos, com franja.
A pinta no rosto, o batom na boca, os olhos de gatinho bem puxados.
Estava pronta para sair, esperar o carteiro,
fazer compras num mercado, andar pela vizinhança,
caminhar até o porto.
Sempre sozinha, curtindo sua tenebrosa solidão.
De vez em quando, tentava puxar papo com alguém.
Trocava duas ou três frases e não conseguia mais do que isso.
Ninguém em Santa Esmeralda estava disposto a ser seu amigo.
Todos tinham seus próprios problemas para resolver.
E Jiboia também não estava disposta a aprender o idioma local
para ouvir os problemas dos outros; bastavam os seus.
Vestia sua jaqueta surrada, uma peruca alourada de franja,
calças de couro bem coladas nas pernas,
saía do cortiço fumando e nem queria saber.
Em certa feita, se apaixonou por um carro que viu estacionado
numa rua próxima do cortiço.
O carro estava à venda e ela foi falar com o dono.
Bateu à porta e um homem alto e louro atendeu.
Camisa listrada, ombros largos, braços fortes
- parecia um marinheiro.
Não caiu na sedução de Jiboia, foi bem direto ao ponto:

mas queria menos dinheiro do que o carro valia.
Ela topou de imediato e acertaram um horário
para dar uma volta no carro e fechar o negócio.
Já fazia três anos que Jiboia tinha carteira de motorista
em Santa Esmeralda, mas ainda não dirigira. Faltava o carro.
Ela reuniu suas economias
e foi ao encontro do cara no horário marcado
para ver se havia alguma química entre ela e o automóvel.
Deu tudo certo. Jiboia curtiu o carro e fechou o negócio.
Passou um cheque e já foi embora dirigindo.
Naquele dia, dirigiu lentamente pelas ruas de Santa Esmeralda
até o fim da tarde. Não saiu dos limites da cidade.
Queria se entender com o carro
e não tinha pressa, não tinha para onde ir,
não tinha ninguém lhe esperando. Podia dirigir infindamente
enquanto durasse a gasolina ou seu dinheiro para repô-la.
Parecia que tinha dirigido por todas as ruas de Santa Esmeralda.
Atravessou a cidade de ponta a ponta e parou num posto de gasolina
para abastecer e comer alguma coisa.
Tomou uma dose de uísque num bar. Acendeu um cigarro.
Estava feliz com o carro e por estar dirigindo.
Um homem perguntou qualquer coisa no idioma local.
Jiboia não soube responder. "Tanto faz.", pensou,
dando com os ombros e sorrindo para o rapaz.
Pegou o carro e caiu fora, tomando a direção do cortiço.
Era como se tivesse dirigido pelas ruas de Santa Esmeralda
a vida inteira.
Conhecia cada rua, cada atalho para chegar mais depressa
- mas não queria chegar e evitava os atalhos,
inventava caminhos mais longos,
tudo para não ter que estacionar seu carro na frente do cortiço,
entrar de novo naquela bagunça e ficar esperando
por uma carta que nunca chegava.
Quando chegou no cortiço, todo mundo ficou olhando.
Era novidade vê-la chegando de carro.
Jiboia teve medo que alguém roubasse o carro à noite,
enquanto ela estivesse dormindo.
Era o que acontecia sempre que tinha uma coisa nova
e os outros viam: temia que lhe roubassem.
Não confiava em ninguém, muito menos ali,
naquele cortiço cheio de velhinhos suspeitos.
Os velhinhos não viam nem ouviam nada.
Às vezes, nem sequer falavam.

Em outras, eram simpáticos, sorridentes
- mas Jiboia lia a maldade em seus olhos e os evitava.
Não queria problemas com eles, mas também não queria ser sua vítima.
Só queria poder dormir em paz em seu quartinho,
mesmo sabendo que seu carro estava estacionado lá fora.
Então percebeu que ter um carro se tornara
um motivo para que ela ficasse angustiada.
Até então, quando não tinha nada de valor fora do quarto
- e talvez nem mesmo dentro dele - tanto fazia.
Ela não dormia de qualquer jeito, mas por outros motivos.
Pela carta que não chegava. Pelo medo de ficar sem trabalho
quando uma temporada findava.
Mas agora tinha um motivo mais real para não dormir,
para permanecer preocupada pelo resto da vida:
um carro, uma propriedade sua fora do quarto, móvel e disponível,
vulnerável às más intenções de seus vizinhos,
dos amigos de seus vizinhos
e dos bandidos que passassem pelo cortiço à noite
e vissem o carro dando sopa.
Jiboia não sentia nenhuma segurança naquele cortiço.
Também não sentia nenhuma segurança
quando vivia num apartamento em Dulce Ventana.
Nem na zona do meretrício de sua terra natal.
Nem mesmo na fazenda em que crescera.
Ela jamais se sentira segura
- talvez em algum sonho, mas não tinha certeza.
Dormiu mal na primeira noite e acordou bem cedo, excitada,
e correu abrir a janela do quarto
para ver se o carro ainda estava lá - e estava.
Aquela aflição durou mais alguns dias.
Depois de algum tempo, foi passando. E Jiboia cada vez
se preocupava menos com o carro quando se fechava no quarto
e dormia profundamente.
Nos dias mais frios, quando não abria as janelas nem saía para fora,
chegava a passar o dia inteiro sem nem lembrar de verificar
se o carro continuava estacionado na frente do cortiço
- ele sempre continuava.
Nos dias quentes, Jiboia dirigia sem destino. Passava dos limites da cidade.
Evitava ir até o Bairro Chinês de carro, mas foi algumas vezes.
No Bairro Chinês, o trânsito era caótico,
bem diferente do trânsito calmo da Cubana.
Lá, existiam subidas e descidas e carros infernais,
principalmente nas ruas de maior movimento,

que nunca morriam, dia ou noite,
e funcionavam ininterruptamente com alto-falantes
anunciando espetáculos diversos e shows de striptease.
Jiboia pensou em pintar serpentes no carro todo e escrever seu nome,
em letras garrafais: "Dolores Jiboia, a Rainha das Cobras"
- mas tinha medo de chamar muita atenção.
Não era como na sua terra, quando saía pela rua
sem medo do que pudesse lhe acontecer.
Naquele tempo, tanto fazia e ela tinha certeza de seus direitos.
Mas em Santa Esmeralda, muitas vezes,
sentia que não tinha direito nenhum.
Por ser estrangeira, por ser pobre, por ser artista.
Tinha medo de ser deportada e ter que deixar suas coisas para trás,
seu quarto com todos seus pertences, suas roupas,
suas perucas, seus boás. Suas cobras.
Tinha medo de ficar encarcerada por muitos anos
no Presídio Feminino de Santa Esmeralda.
Tinha medo de que chegasse a carta que tanto esperava no cortiço
e jogassem fora pensando que ela nunca mais ia voltar.
Então era melhor deixar o carro ao natural, como estava,
sem grandes excentricidades que pudessem lhe comprometer.
Então era melhor ser discreta na vida cotidiana também,
mas Jiboia não conseguia por muito tempo.
E logo começava a beber, a alucinar.
Jiboia sentava no chão do quarto
e ficava olhando para o nada ou chorava.
Ninguém jamais viu Jiboia chorando na Cubana
ou no Bairro Chinês, exceto suas cobras.
Com as cobras, ela tinha um pacto de absoluta sinceridade.
Não escondia nada delas. Também não dividia nada com elas.
Mas, de alguma forma, as cobras sempre eram
cúmplices de seus sentimentos, de alegria ou de tristeza.
Nessa época, Jiboia não conversava mais com as cobras.
Simplesmente dançava com elas
- nas noites em que conseguia fazer algum show.
Alimentava-as uma vez por mês ou menos. Limpava a sujeira
das caixas em que viviam. Mas não falava mais com elas,
como fazia antes. Eram três cobras. Três jiboias.
Duas tinham mais de dois metros. A outra, cerca de um metro e meio.
Nas noites em que não se apresentava, Jiboia se transformava em gato
e ia caçar ratos para suas serpentes.
Vagava pelos quintais da vizinhança, procurando os ratos
em meio aos amontoados de sujeira aqui e ali.

Pegava eles com a boca, mas nunca matava um
- para não tirar a diversão das cobras.
Quando voltava, elas pareciam já estar esperando por sua dona felina.
Retomando a forma humana, Jiboia fechava bem a porta do quarto
para que o rato não escapasse e o soltava no chão.
Às vezes, ficava do lado de fora, fumando e esperando
que uma das cobras desse conta do rato. Meia hora depois,
entrava no quarto para ver se ele já tinha sido capturado.
Em outras, ficava deitada na cama,
folheando uma revista e assistindo a cena grotesca.
As jiboias derrubavam objetos tentando pegar o rato.
Brigavam entre si por ele.
Cada uma queria o rato inteiro e estava disposta a matar ou morrer
para comê-lo - e sua dona se divertia muito com a disputa.
E assim se passavam as horas, os dias, as semanas, os meses, os anos...
O carteiro nunca trazia nada para ela. O telefone jamais tocava.
Os shows no Bairro Chinês eram cada vez mais escassos.
E quando Jiboia quis se relançar como faquireza
e jejuar no Bairro Chinês,
percebeu que estava fora de forma.
Era tarde demais para retomar o faquirismo
e nem as cobras aguentariam ficar com ela
dentro de uma urna de cristal no calor de Santa Esmeralda.
As cobras também estavam velhas e doentes.
Foi nesse período que elas começaram a morrer.
Quando a primeira serpente morreu,
Jiboia sabia que se iniciava um ciclo
que fecharia com sua própria morte.
Mas ainda levou um bom tempo para isso acontecer.
Anos mais tarde, depois que todas as cobras morreram,
Jiboia não precisava mais se transformar em gato para caçar ratos.
Quando não resistia e assumia novamente a forma felina,
ficava pelos muros, andando pelo bairro e mexendo com os vizinhos.
Não comia nem bebia nada que tentavam lhe dar.
Tinha medo de ser envenenada enquanto estava vivendo como gato
- os gatos costumam morrer envenenados.
"As grandes prostitutas também.", pensou Jiboia certa vez,
"Mas eu ainda estou aqui...".

A GAROTA MAIS ERRADA DO BRASIL

Quando ele entrou na boate, notei seu porte másculo,
senti-me atraída, mas disfarcei e continuei a dançar no palco,
depois desci e fui perambular entre as mesas,
tomando cuidado para que ele não notasse meu interesse.
Eu queria que ele fosse até mim.
Era um homem meio louro, cujos cabelos começavam a ficar brancos,
tinha os olhos claros e era louco,
mas gostei de suas roupas, era como um cowboy,
e perguntei-me se finalmente cruzaria com um herói americano
e chegaria à América. Tive certeza que aquele homem
seria minha passagem para os Estados Unidos.
Então aproximei-me, sem olhá-lo ainda, como que
fugindo e ao mesmo tempo caminhando direto para ele.
O cowboy notou e segurou firme no meu braço desnudo,
ainda sentado, enquanto eu passava.
"Para onde pensa que vai, garota?", perguntou em espanhol,
"Hoje o teu lugar é no colo do papai!".
Não curti sua atitude meio violenta e sacudi o braço,
livrando-me de sua mão e respondendo:
"Meu pai não é um homem sem classe nenhuma!".
Continuei perambulando pela boate e sentei-me numa mesa
da qual podia vê-lo, mas fingia que não.
Ele não se fez de rogado e foi até minha mesa.
"Me perdoe.", pediu, com um indisfarçável sotaque americano,
"Não sei mesmo tratar uma dama. Eu quis dizer
que tenho idade para ser teu pai...".
Sorri. Claro que não tinha.
Talvez fosse até mais novo do que eu.
Mas a maquiagem, a plástica, a luz,
tudo ajudava para que eu parecesse mesmo
ter os trinta e poucos anos
que constavam nos meus documentos falsos.
"Tudo bem...", cedi, "Aceito que me pague uma bebida.".
O cowboy pediu uma garrafa de uísque.
"Permita-me que me apresente, senhorita...
Sou Bill Bailey, às suas ordens.".
"Americano?".
"Sim! Graças a Deus! Nascido no coração do Texas!
E você, de onde vem? Teu sotaque te entrega... Não é mexicana...".
"Sou brasileira.".
"Você é uma índia? Os índios do Brasil são diferentes

dos índios que temos na América, não?".
"Somos mais selvagens, sem dúvida alguma".
A bebida chegou e Bill serviu uísque na minha taça.
Olhava meus seios que saltavam do biquíni,
minhas pernas que escapavam da saia de rumbeira,
meus cabelos escondidos no arranjo de penas.
"Para onde você vai agora, garota?".
"Ainda subo no palco mais uma vez nessa noite, às duas da manhã.".
"Puxa... Mas está tão longe...".
"Pois é... Essa é a minha rotina... Danço meia-noite
e duas da manhã, bebo com os homens...".
"Ah, então é por isso que você está bebendo comigo...
Pensei que gostasse da minha companhia...", gracejou.
Dei com os ombros. Acendi um cigarro e dei uma baforada na cara dele.
"Se me esperar até duas horas, vou com você para onde quiser.".
"Para a América?".
Os meus olhos brilharam: "Para a América!".
Uma rumbeira chacoalhava-se no palco.
Depois a orquestra atacou uns ritmos românticos
e alguns casais dançaram. Bill quis dançar comigo.
"Não posso dançar com você. Estou aqui para te fazer beber.
Peça mais uísque que todo mundo ficará feliz comigo... E contigo!".
Ele compreendeu quando viu
o leão de chácara que nos observava à distância,
atento para ver se eu estava agindo na linha
e se Bill era um cliente que valia a pena manter na boate pequena.
Lá fora, na rua, uma fila de fregueses possivelmente mais auspiciosos
aguardava para entrar, ver o show, dançar e gastar com bebida.
"Você é uma prostituta?", ele quis saber.
"Você quer saber se vou cobrar para passar a noite com você?".
"Sim.".
"Que diferença faz?".
O cowboy ficou calado. Não gostava de gastar com prostitutas.
"Muito bem, lá vou eu. Te vejo daqui a pouco...", avisei.
Às duas em ponto, entrei no palco
carregando duas cobras gigantescas nas costas.
A plateia veio abaixo. À meia-noite, eu apenas cantava e dançava.
Mas às duas, fazia meu número de maior sucesso: o das cobras!
Bill estremeceu. Ele não sabia que eu domava serpentes.
Afinal, eu não era simplesmente outra dançarina de boate,
mais uma puta... Era uma domadora de cobras!
Ir para a cama com uma encantadora de serpentes
devia ser formidável para um homem excêntrico como ele.

Dancei entre a plateia, apavorando todo mundo,
enojando as garotas da boate, e quando passei por Bill,
coloquei uma das jiboias com a linguinha bífida
bem perto de sua boca. Ele manteve-se impassível,
e ainda sorriu. Mais uns passos de dança e saí de cena.
Voltei dos bastidores carregando um grande cesto.
Bill olhou desconfiado.
"Sim. Elas estão aqui. Não posso deixá-las na boate!
São minhas filhinhas... Você se importa?".
Meu cowboy balançou a cabeça e saímos. A noite estava quente.
Era o verão de 1969 e tudo parecia mais romântico
naquela madrugada iluminada na Baixa Califórnia.
Bill indicou um carro parado logo adiante.
Um carro velho, americano, dos anos 1940.
"Conheço um hotel perto daqui... Muito discreto...
Podemos passar a noite lá.", ele sugeriu.
Não gostei. Não era um americano rico.
Mas tinha um bom porte e talvez valesse a pena,
mesmo que fosse somente uma noite de sexo.
Eu fumava um cigarro atrás do outro a caminho da espelunca
na qual Bill pretendia passar a noite.
"Você vai levar as cobras ou elas ficam no carro?".
Gargalhei. De olhos fechados, parecia feliz de verdade:
"Meu Deus! O que você está pensando que vamos fazer?".
Ele ficou envergonhado. Mas subi com o cesto
até o segundo andar do hotelzinho.
Deitei-me sobre Bill assim que ele fechou a porta,
jogando-o na cama suja, de lençóis manchados.
Mordi seu pescoço. Lambi sua boca.
"Eu sei o que você quer!", exclamei.
Soltei as cobras na cama. Ele suou frio.
As cobras pareciam acostumadas com aquilo
e não estavam assustadas nem alvoroçadas.
Aos poucos, misturavam-se conosco e
Bill relaxou e até sentiu prazer, mais tesão,
com a presença dos ofídios.
Rolamos na cama, envolvidos pelas serpentes.
Bill desceu e foi com a boca na minha boceta.
Ficou lá trabalhando com a língua,
sentindo a cobra que passeava em sua bunda, bem no meio.
"Eu nunca fiz sexo assim!", exclamou, entusiasmado.
Eu não queria falar. Queria ser possuída.
Deixei que ele metesse o pau, na frente, atrás,

na boca, de todo jeito. Depois Bill dormiu nos meus braços
como se não houvesse amanhã.
Mas havia... E quando despertou, ele não me encontrou mais,
nem as cobras, nem sua carteira nos bolsos das calças.
Ficou puto da vida, mas achava que sabia onde encontrar-me.
Naquela mesma noite, Bill voltou à boate e ficou me esperando.
Deu meia-noite, duas horas, e nada.
Foi tirar satisfação com o dono da boate
e descobriu que a encantadora de serpentes
partira para uma temporada em outra cidade.
O cara não pensou duas vezes, pegou o carro,
ganhou a estrada e foi atrás de mim.
Não fiquei surpresa quando o vi entre as mesas.
Era isso mesmo que eu queria.
Eu tinha certeza que a grana da carteira
não justificava aquela viagem. Só de gasolina,
Bill gastara mais do que tinha na carteira roubada.
Desci do palco para falar com ele assim que terminei meu número.
"Ordinária!", sussurrou, alto o bastante para que eu ouvisse.
"Pensei que fosse me chamar de ladra no meio do meu número!".
"Devia mesmo ter feito isso... Não sei por que não fiz...".
"Não fez porque gosta um pouco de mim...".
"Vadia! Vim aqui para recuperar minha carteira!".
"Não seja tolo! Você sabe muito bem que não é por isso que veio aqui.".
"E por que você acha que é?".
Puxei Bill para o centro da boate:
"Vem! Dança comigo. Aqui eu posso.".
Dançamos um bolero açucarado e ele não gostou do que sentiu.
"Para onde vamos nessa noite?", perguntei bem junto ao seu ouvido.
"Para quê? Para você levar minha carteira outra vez?".
"Não vou mais fazer isso. Prometo... Eu gosto de você.".
Bill duvidou um pouco, mas queria sim outra noite comigo.
Sem cobras. Agora queria eu, sem fantasias.
Transamos a noite inteira.
Para minha surpresa, depois, Bill dormiu como um anjo.
De manhã, deparou-se comigo fumando e olhando para ele na cama.
"Você ainda está aqui!", exclamou, surpreso e feliz.
"O que você pensou que eu fosse fazer?", perguntei.
"Sei lá... Achei que levaria minha carteira de novo...
Ou o carro, dessa vez...".
"E mesmo assim dormiu desse jeito?".
"Acho que eu quis arriscar... E parece que não preciso me arrepender!".
Balancei a cabeça, suspirando.

Começava a sentir certo medo. Tinha que manter o foco.
Era a América que eu queria, não Bill.
Ele quis saber de quanto tempo era meu contrato.
Expliquei que ficaria lá pelo resto do mês
e depois viajaria para outra temporada. Vivia assim.
De boate em boate, de cidade em cidade, de homem em homem...
"De homem em homem não...", ele propôs, "Se me prometer fidelidade,
te levo para a América quando terminar esse contrato.".
"Não posso te prometer fidelidade... Você ainda não percebeu
como eu vivo? Preciso me garantir.".
Bill pensou um pouco. Por fim, fez seu lance:
"E se eu deixar uma grana com você? Um dinheiro
que complemente sua renda e dure até o fim do contrato?".
"Mas eu sou uma mulher muito cara! Bebo muito.
Uso umas coisas que você não pode imaginar...
E o que gasto em cigarro?".
Bill jogou um bolo de dinheiro na cama. Fiquei chocada.
"Você veio para a cama comigo carregando tudo isso?
E se eu te roubasse de novo?". "E aí, aceita?".
Contei o dinheiro, era bastante, mas, mesmo assim,
quis bancar a difícil: "E as cobras? Elas também precisam se alimentar.".
Ele não gostou do meu cinismo: "Vai à merda! É pegar ou largar.".
"Ok, Mr. Bill. Você venceu! Resistirei às propostas durante todo o mês
e te encontro no último dia da minha temporada. Se você não estiver lá,
te mando para o Inferno e vou para a cama
com o primeiro homem que me abordar.".
"Esse homem vai ser eu, não tenha dúvida!".
Não foi fácil segurar a vontade
de voltar para o México durante um mês inteiro,
mas Bill não queria entregar-se assim.
Na América, quando pensava em mim, seu coração dava pulos.
Eu também não era indiferente àquele texano
sobre quem não sabia absolutamente nada
além do nome e de que se vestia como um cowboy.
Ao longo de toda a temporada, fui assediada, cortejada,
desejada pelos frequentadores da boate
e incentivada pelo proprietário
a acompanhá-los em seus delírios sexuais,
mas estava decidida a manter-me fiel ao pedido de Bill.
Ele seria a porta para a América, eu tinha certeza.
Precisava ganhar sua confiança.
Então eu entraria na América.
Dali para Hollywood e New York, seria apenas um pulo. Ou dois.

A cada dia que passava, eu contava as horas que faltavam
para meu reencontro com aquele homem estranho e promissor.
No dia marcado, Bill estava na boate, sentado na primeira mesa.
Quando entrei para o número da meia-noite, sem as cobras,
vestida como Carmen Miranda, chacoalhando num samba rápido,
tive que segurar-me para não pular no pescoço de Bill.
Era mais do que a América!
Sentei-me à sua mesa e disse: "Comece a beber!".
Assustado com a minha praticidade, ele logo lembrou-se
que eu atuava sob pressão e quebrou meu galho
consumindo muito uísque durante toda a noite.
"Cumpriu o que me prometeu?", quis saber.
"Não dei para ninguém! E olha que não faltaram oportunidades...".
"E quem pode me garantir isso?".
"Quem pode te garantir isso?", devolvi,
dando com os ombros e bebendo um gole cheio de uísque.
Bill gostou da resposta e perguntou: "E agora?".
"Agora case-se comigo e serei só tua! O que você faz da vida?".
"Sou engenheiro mecânico. Faço umas outras coisas também...
Acho que você gostaria mais de saber o que já fiz...".
"E o que você já fez?". "Já fui traficante, por exemplo".
"E por que você acha que eu gostaria disso?". "Um palpite.".
"E se eu te disser que também já fui traficante?
De drogas, de muambas, de cobras...".
"Eu acharia muito divertido.".
"Você não sabe com quem está se metendo, menino.",
insinuei, balançando a cabeça,
"Sou a garota mais errada do Brasil!".
Às duas, subi para o número com as cobras, brinquei com Bill
e ele improvisou, de modo que todos na plateia pensassem
que era a primeira vez que lidava com serpentes.
Se alguém ali soubesse que intimidade tinha com elas!
No fim da madrugada, abri o jogo
e disse que queria mesmo entrar na América.
Bill garantiu que cumpriria sua promessa. Acreditei.
A América finalmente me esperava, pronta para ser desbravada.
Ninguém começa na América por cima, eu sabia disso, e tinha muito a lutar
até tornar-me uma estrela do tamanho de Carmen Miranda,
Marlene Dietrich, Greta Garbo, todas aquelas estrangeiras que chegaram lá
dispostas a mostrar a que vieram ao mundo.
Mas eu sabia que nenhuma delas começou tão por baixo...
Nenhuma estrela era mais beat do que eu.

OS ESPÍRITOS SELVAGENS
ME ENCONTRARAM NAS TRÊS AMÉRICAS

No início, nos primeiros anos depois que parti,
eu tinha medo de perder o contato com os espíritos selvagens,
os espíritos da floresta, com aqueles espíritos
que me acompanhavam no Brasil desde a juventude,
desde o tempo mais remoto do qual podia me lembrar,
depois que me metera sozinha nas matas da Bahia,
na escuridão da noite, no breu que tudo revela.
Eu temia que os espíritos não pudessem me encontrar
tão longe de minha terra.
Não tinha certeza se meu vínculo com eles era tão profundo
que os fizesse sair pelo mundo à minha procura
ou mesmo que permitisse que eles soubessem onde eu estava
e me contactassem quando quisessem.
Eu temia perder o contato com eles, sua proteção, sua amizade.
Mas parti, subindo pela América do Sul
em direção à América Central,
com o mapa no qual traçara o caminho até o México
e depois para Hollywood.

Dias sombrios aqueles da incerteza
de que os espíritos seguiam comigo.
Há muito tempo, quando não me importava tanto com eles,
me surpreendera ao encontrá-los na cidade grande,
longe do mato, pelas ruas de São Salvador,
depois no centro de São Paulo e também na Lapa carioca
e em Copacabana. Não sabia se estavam
o tempo todo me acompanhando, invisíveis,
ou se continuavam vivendo na mata
e apareciam e desapareciam quando desejavam
ou quando era preciso que estivessem perto de mim.
Não sabia se eram meus e se só eu os via
ou se outras pessoas também mantinham contato com eles.
Muitas vezes, desejara que aqueles espíritos fossem só meus.
Em outras, tinha medo de que fosse loucura
ser a única a ver esse e aquele espírito,
então desejava que muitas pessoas também os conhecessem.
Que também soubessem de cada um o mesmo nome que eu sabia.
E também vissem de cada um a mesma face que eu via.
E ouvissem de cada um a mesma voz que eu ouvia.
E aprendessem de cada um as mesmas lições que eu aprendia.

Em Copacabana, me importava muito mais com eles,
me sentia quase dependente deles, algumas vezes,
quando estava solitária e somente a chegada
de um desses espíritos me dava um pouco de alegria
ou despertava minha inspiração para criar uma nova canção,
escrever outra peça, imaginar um novo número
para apresentar no palco com minhas cobras e outros bichos.
Me importava mais com eles do que no início,
quando apareciam na pensão em que estava hospedada
ou num quarto de hotel e eu me surpreendia
e demorava para entender por que estavam ali.

Mas justamente agora eu deixava o Brasil e subia,
sempre solitária, em busca de qualquer coisa
que não podia encontrar em meu próprio país.
Talvez para provar a mim mesma que não pertencia ao Brasil
nem a terra nenhuma nem a ninguém.
Mas tinha pena pelos espíritos que deixava.
Eram espíritos genuinamente brasileiros, reconhecia.
Usavam penas, tintas nativas, frutas penduradas,
e cheiravam a ervas nacionais, dançavam no compasso do samba,
eram índios, eram negros, eram brancos,
eram principalmente índios, indígenas filhos da terra,
nascidos e mortos em território brasileiro.
Eles não iam querer se aventurar comigo pelo estrangeiro.
E eu sentia imensa pena por isso.

Mas não demorou para que fosse provado o contrário.
Foi no Panamá, pouco depois de ter deixado a América do Sul para trás,
quando ainda procurava me acostumar com a língua espanhola
e com a comida e os hábitos cada vez mais exóticos para mim,
mais distantes do que conhecera
mesmo viajando de quando em quando
pelo Peru, pelo Uruguai, pela Colômbia.
Foi no Panamá, onde trabalhei em um circo
e em uma boate de prostituição,
dançando com minhas cobras e convencendo os clientes
a beberem um pouco mais e mais um pouco
a cada noite de uma temporada de vinte dias.

Foi numa madrugada em que bebi mais do que qualquer cliente
e deixei a boate embriagada. Gastara cada centavo
e tive que ir a pé para o hotel. Nenhum homem apareceu

me oferecendo carona. Nenhum homem apareceu naquela noite
me oferecendo companhia e um quarto diferente do meu,
em um hotel num bairro pobre. O hotel era longe
e saí tropeçando, fim da madrugada, um guarda apitando ao longe,
cada vez mais próximo, mas nunca aparecia,
eu encostando nos postes, me amparando nas cercas para não cair,
seguindo entre os prédios, tentando lembrar o caminho.

Ninguém na rua. Nem sequer um ladrão.
A iluminação era triste. A madrugada um pouco fria,
só um pouco. E eu sem agasalho carregando uma grande bolsa
de pele de cobra legítima, de calças compridas,
top brilhante coberto de purpurina, de peruca escondendo
os cabelos cada vez mais ralos.

De repente, avistei ao longe um vulto de pena na cabeça
que parecia um de meus espíritos. Assobiei,
como esses espíritos tinham me ensinado,
para que eu os chamasse e os identificasse
conforme ouvisse o assobio de volta, mesmo que estivessem
sob uma forma diferente das que eu conhecia.
Esses espíritos costumavam mudar de rosto e de corpo,
mas tinham sempre o mesmo nome
e cada um mantinha seu assobio característico.

Ouvi o assobio de volta e reconheci que era Ewà.
Me aproximei dele e fiz o sinal da cruz.
"A benção, mainha.", pediu Ewà.
Estendi minha mão para que ele beijasse.
O beijo dos espíritos era como um sopro frio, que eu já conhecia bem,
pois sempre pediam minha benção quando me aproximava
e me chamavam respeitosamente de "mainha",
como se eu exercesse sobre eles algum poder ou domínio,
ainda que de origem afetiva. Em encarnações passadas,
teria sido mãe desses espíritos que me procuravam?

"Eu pensei que vocês não pudessem me achar aqui.", confessei.
"Um filho nunca perde de vista os rastros de sua mãe
pelo deserto em que ela caminha,
mesmo depois de uma tempestade de areia, mainha.".
"Eu poderia dizer o contrário, Ewà, que isso é verdadeiro
quando se fala de uma mãe, mas nem isso eu posso dizer.
Perdi os rastros de Carlos e ele ficou pelo deserto,

talvez soterrado por alguma tempestade. Eram tantas tempestades...".
"Essa foi a vontade do Universo, mainha. Mas você não nos perdeu.
Seguimos todos com você. Eu, Jupiara, Dã-Mah, Ewè... Zubi...
Tem caboclo, preto-velho, índio, cigano, povo do Oriente...
Teu séquito é muito grande, mainha.".

"Ewà, me carrega nas tuas costas e me leva para o hotel.
Eu não acho o caminho e estou muito bêbada.
A manhã já vem e não quero ser vista por ninguém,
não quero ver ninguém. Por favor...".
Ewà não hesitou um segundo e me colocou sobre suas costas.
Ele era grande e forte, não tinha menos do que dois metros de altura
e seus olhos verdes insinuavam florestas profundas em seu interior.
Apesar do nome africano, tinha um tipo todo indígena
e eu não sabia bem o que ele era. Às vezes, tinha trejeitos de caboclo.
Outras vezes, fazia danças selvagens de cura e proteção.
Mas nessa madrugada, me carregando nas costas,
Ewà tinha um tipo todo indígena que me encantou.
Rapidamente, como se viajássemos num redemoinho,
chegamos ao meu quarto no hotel vagabundo.
Ewà me deitou na cama e ficou ao meu lado.
As minhas mãos acariciavam seus braços, seus ombros, seu peito.
Deitada, de olhos quase fechados, sentia tesão pelo corpo de Ewà,
que nunca antes me parecera tão másculo, tão sensual, tão sólido.
O beijo de Ewà em minha boca também foi diferente.
Não pareceu um sopro gelado,
como aqueles que ele dava em minha mão.
Era quente. Sua língua era quente. A boca inteira de Ewà ardia.
E senti que ele me penetrava como em um delírio
e me deixei penetrar feliz até adormecer.

Quando acordei, Ewà não estava mais lá
e o sol entrava pela janela, já enfraquecendo.
Passava das quatro da tarde.
O quarto ainda cheirava a ervas como Ewà.
A minha vagina continuava molhada,
como se tivesse passado todo o sono
pronta para receber um homem dentro de mim.

Quis saber dos funcionários do hotel
se alguém tinha visto minha chegada.
Ninguém. Mas eu tinha certeza que não fora fantasia:
Ewà estivera comigo; portanto, os espíritos

continuavam seguindo meus passos e eu não perderia o contato
com eles nem com a inspiração que traziam.

Mais tarde, encontrei Jupiara, Ewè, e também um erê mexicano
que não conhecia quando vivia no Brasil
e passou a me seguir por toda parte e brincava com as cobras,
que podiam enxergá-lo; e mais tarde, encontrei a Comadre Florzinha,
com quem já topara uma vez, há muito tempo, no interior da Bahia,
e com quem dividi um cigarro de maconha
na fronteira do México com o Texas.

Eu tinha um metro e meio de altura
e a Comadre Florzinha não chegava em meu ombro.
Era muito baixa, miúda, com um corpo gostoso
e longos cabelos negros. Fumava o tempo inteiro.
Bebia. Ria muito. Gargalhava.
Eu nunca soube o que ela estava fazendo
na fronteira do México com o Texas, mas a reconheci de imediato
quando a vi em uma boate na qual dançava com minhas serpentes.
Terminei meu número e fui abordá-la:
"Você não é a Comadre Florzinha,
que conheci em 1929, no interior da Bahia?".
A Comadre Florzinha era muda e apenas assentiu.
Continuava idêntica ao que fora há quase quarenta anos.
E eu, bem mais velha, não tinha certeza
se a Comadre Florzinha se lembrava de mim.
Passamos a madrugada juntas, fumando e rindo muito,
sem falar nada. Não era preciso palavras
quando se estava com a Comadre Florzinha.

De manhã, peguei o carro que alugara
e fui com a Comadre Florzinha para o deserto.
Passava do meio-dia quando paramos em um posto na estrada
e a Comadre Florzinha desapareceu.
Me senti abençoada por sua companhia durante tantas horas
e escrevi uns versos dedicados a ela ali mesmo.

E assim foi por todo o tempo em que viajei pela América Central
e pelo México até chegar em Chula Vista:
nunca deixei de cruzar com as entidades brasileiras
que via desde menina
e com outras tantas que passei a ver pela primeira vez,
principalmente no México, onde me converti ao culto da Morte

e tive visões de caveiras encantadas
que me fizeram revelações importantes.

Mas nenhuma entidade, nenhum espírito, nenhuma caveira,
ninguém jamais soube me dizer o paradeiro de Carlos.

Às vezes, dirigindo pelas Américas em alta velocidade,
eu sentia que estava o tempo todo fugindo de Carlos.
Era dele que eu fugia.

As entidades, os espíritos, as caveiras,
todos eles deviam saber disso
e não me contavam por onde andava Carlos.
Porque, no fundo, eu não queria saber.

Depois descobri que as entidades, os espíritos, as caveiras,
todos eles eram parte de mim mesma.
Habitavam uma caverna dentro de mim
e de lá emergiam sempre que eu me negava
a confrontar comigo e encarar o que sabia de mim.
As entidades, os espíritos e as caveiras vinham para dizer
o que eu, sozinha, não tinha coragem de me dizer.

Descobri que as entidades, os espíritos e as caveiras
eram meu jeito de conversar comigo.

Ouvir as vozes das entidades, dos espíritos e das caveiras
era ouvir minha própria voz rejeitada.

Ver as entidades, os espíritos e as caveiras
era ver minha própria imagem rejeitada.

Muitas vezes, pensei que talvez a única coisa no mundo
que não era eu, não fazia parte de mim, mas, mesmo assim,
saíra de dentro de mim, era Carlos.

Carlos era o único elemento que impedia
que o meu mundo fosse absolutamente
minha relação comigo mesma
desdobrada em entidades, espíritos, caveiras
e outros disfarces.

"Acho que foi isso que senti

quando Carlos se mexeu dentro de mim pela primeira vez,
acho que foi isso: que eu não estava mais sozinha no mundo.
Até então, era fácil. Ninguém marcava sua presença suficientemente
para que existisse de fato para mim. Não no meu mundo.
Mas de repente, não tão de repente, Carlos estava lá,
se impunha e existia, independente de mim.",
refleti certa vez, depois que aceitei minha solidão absoluta.

Mas de que adiantava Carlos existir se também existia sozinho
e talvez, fora dele, a única coisa que lhe parecesse real,
e pela qual tinha aversão, era eu?

"Carlos também vive às voltas com suas próprias entidades,
seus próprios espíritos, suas próprias caveiras.
Carlos também vive às voltas com seus próprios mortos,
com seus próprios deuses. E todos eles são desdobramentos dele mesmo.
Mas eu sou real. E Carlos tem medo de mim e me despreza
e me odeia por isso. Porque sou real. É por isso que ele foge de mim.
Para continuar sozinho com seu próprio séquito
sem ter que encarar a minha realidade.", refleti num momento
em que parecia compreender tudo.

E continuei fugindo de Carlos, torcendo para que ele jamais respondesse
um de meus pedidos nos jornais para que se comunicasse comigo,
esperando que nunca me mandassem notícias dele,
aflita pelo desejo de não ver minhas súplicas atendidas.

"Que horror de mãe sou eu, que fujo do meu próprio filho?",
me perguntava, "Mas ele é outro. Outro que não sou eu. E o outro,
para mim, é a morte. Para ele, também. E para ele, o outro sou eu.".

Mesmo depois que descobri a verdade sobre minhas entidades,
meus espíritos e minhas caveiras, não deixei de adorá-los, cultivá-los,
nem passei mais do que alguns poucos dias sem manter contato
com um deles. E falava com eles como se fossem reais,
como uma criança que busca levar a sério sua brincadeira,
até as últimas consequências.

Ewà voltou a se deitar comigo no México e em Chula Vista.
Jupiara também. Ewè. E a Comadre Florzinha. O Diabo.
O Cristo Alado não me possui, mas foi possuído por mim.

Apenas Carlos jamais se deitou em minha cama.

ODALISCA DE PEDRA

Velas me fascinam, acesas,
vermelhas de tinta, negras de noite,
macumbeiras,
e cristais baratos, joias falsas
- desde que belas -
Gosto de truques, ilusões, miragens.
Ambiente de Inferno recriado numa mesa.
Exus, entidades femininas e seminuas,
feito a Godiva tropical
cavalgando na cidade grande
com um índio
e muitas cobras enfeitando sua cabeça, por dentro.
Procuro prazeres, sabores
(a tua presença saborosa)
Sonhos.
Conheço uma cidade que foi tomada pelos cangaceiros,
em seu tempo, e ainda hoje está deserta.
As portas dos comércios permanecem fechadas.
As moças de família permanecem estupradas.
Lá dentro de uma casa grande, branca, vazia,
Umbanda, Quimbanda,
uma voz diz ao meu ouvido:
"Culto de Caboclo.".
Guaracy, Jacy, Rudá.
Jurupari.
Os sete filhos de Tau e de Kerana.
Sou a odalisca que atravessa as ruas da cidade
procurando alguém que conheça
um caminho até Timbuctu,
ou qualquer outra terra de prédios sem portas nem janelas,
desses cujas entradas e saídas de ar e pessoas são apenas
buracos nas paredes.
Sou a odalisca que procura alguém que conheça
um caminho.
Alguém, mas não o gato
- às vezes, invisível -
listrado, colorido, na árvore.
Sou a odalisca que segue,
dolorida.
As serpentes sempre sabem
um caminho.

Alguma delas há de me indicar
uma trilha até um porto.
Os marinheiros já viram até
sereias voando, monstros terríveis,
meretrizes se assassinando uma à outra, simultaneamente.
Decerto conhecem
um caminho
até Timbuctu,
ou qualquer terra encantada.
Talvez São Salvador.
Na Bahia, encerram odaliscas em urnas de cristal
- barato -
montadas sobre velas de feitiçaria acesas,
feito essas
que me fascinam.
Talvez valha a pena ficar
na cidade deserta,
tomada pelos cangaceiros,
depois abandonada.
Talvez valha a pena ficar
e virar
odalisca de pedra,
atração para turista.
Talvez valha a pena
partir.

BABY ANTES DO TROTTOIR

Eu era a rainha dos ratos da noite boêmia
que moravam dentro de um piano
num cinema antigo do subúrbio da cidade.

Os últimos filmes mudos chegavam a São Salvador.
Eu costumava dormir com uma navalha embaixo do travesseiro.

Em 1933, um homem me viu tocando piano num puteiro
e esqueceu do prazer que buscava.
Passou a madrugada bebendo, fumando
e escutando o que eu tocava.

Dizia-se argentino ou peruano. Talvez fosse cubano.
Recebera uma orientação espiritual
para ir à Bahia. Mas naquela noite,
em vez de ir a um centro de macumba ou algo do gênero,
sentira-se motivado unicamente por entrar naquele bordel.
E agora entendia o motivo.

Fizemos amor.
Ele sumiu como chegou.

Dias depois, no banho, dei um berro ao perceber
entre minhas pernas, próxima à vagina,
uma estrela pequena tatuada,
como se fosse uma marca de nascença.
Mas tatuada, à moda dos presidiários.
Só podia ser coisa dele!

Os filmes mudos estavam acabando
e os cinemas não contratavam mais pianistas.
E eu não sabia fazer outra coisa.
Sabia tocar piano e sabia vender meu corpo.

Às vezes, a meretriz tinha mais facilidade
para trabalhar
do que a pianista.

Foi um amante que me deu cocaína pela primeira vez.
Até então, eu só conhecia a bebida,
na qual ainda não abusava tanto,

e fumava muito.
A cocaína virou um hábito.

Corta para a infância.

Quando Libertad de la Rosa Mystica chegou na minha cidade,
seu circo desfilou pelas ruazinhas e depois foi armado
num grande terreno baldio, para onde consegui que me levassem
os missionários protestantes que me criavam,
meio a contragosto, e mais ainda quando surgiu no palco
aquela mulher indecente fascinando as serpentes.
Rebolava para lá e para cá, gargalhava,
atirava as cobras contra a plateia e as puxava de volta
antes que caíssem de suas mãos, arregalava os olhos, fazia caretas,
simulava incorporações, incorporava,
era uma mulher possuída por um espírito.
Os missionários me tiraram do circo, indignados contra aquela mulher
que dançava sem qualquer respeito a Deus,
com bichos malignos que para eles
tinham sido criados pelo Diabo para compor seu exército
de anjos maus e outras anomalias.

Eu criança, impressionada, não podia esquecer aquela visão.
Não podia esquecer aquelas danças.
Os aplausos e as vaias que ela recebera.

Aos nove anos, tive uma visão.
Vi o Cristo Alado, como São Francisco de Assis.
Para os missionários, o Cristo Alado não foi um sinal dos Céus,
mas o ponto final: eu era louca e demoníaca.

Na igreja, eu ouvia as pregações, os cânticos, as orações
e sentia arrepios e temia aquele Deus e aqueles homens humildes
que não queriam mais do que algo com Cristo,
algo que eu já tinha,
ainda que meu Cristo fosse alado.

O Cristo Alado apareceu para mim
e fundiu-se com Libertad de la Rosa Mystica.

Ela era meu Cristo crucificado, envolvido por serpentes,
meu Cristo de asas, como um monstro alado.

Numa noite clara, voei até o amanhecer com o Cristo Alado,
segura em suas costas, segura nas costas de meu príncipe encantado,
o Cristo Alado, que era Libertad de la Rosa Mystica.

Recebi dele o condão infantil de ver o futuro e conhecer os mistérios,
mas silenciei. Já sabia que ninguém acreditaria
e segui meu caminho, sozinha, antes de ser expulsa de casa
pelos tais missionários.

LÁ PARA ALÉM DA CALLE COAHUILA

Traçava na solidão de meu quarto mapas astrais,
cruzava baralhos, astros, linhas da mão,
lembranças de antigas profecias de pitonisas
e mulheres loucas da Lapa
depois de uma noite de prostituição.

Numa madrugada, visitei em Tijuana
o prédio da primeira boate
na qual me apresentei na cidade em 1967,
lá para além da Calle Coahuila.
Estava ainda mais decadente
e não havia show. O subsolo jazia abandonado
e nos andares acima, mulheres e crianças
se vendiam a troco de pão.

Cleópatra morreu primeiro e só restou uma cobra.
Vi muitas Cleópatras morrerem, mas aquela foi mais triste,
pois eu sabia que quando a outra morresse,
seria o fim da presença ofídica em minha vida.
Aguardei mais uns dias e ela também se foi.

Essas duas últimas serpentes estavam tão doentes,
com a pele feia, descascada,
soltando pó, escamas e o diabo,
que nem pude fazer uma peça de roupa com elas
e as enterrei no meu quintal,
numa madrugada escura em que ninguém saiu de casa
porque estava muito frio e escuro.

Abri a boca e fui soltando os pássaros, os jacarés
e as cobras que engolira.
Abri a boca e foi caindo penas, borboletas,
lantejoulas e mulheres.
Sobrou apenas a garganta limpa.

MALA DE GAVETAS

Ela tinha uma mala de gavetas comprada no exterior.
Sempre que chegava e partia, carregava consigo sua mala
e às vezes trazia presentes para seu filho,
que dormia embaixo da escada do hotel de bailarinas
de Madame Ladi Buorini, na Rua Vitória, 50.
Ela confidenciava à Madame suas mais recentes aventuras
e meia dúzia de novos casos de amor na mesa da cozinha,
enquanto o garoto ouvia novelas no rádio da sala,
cercado pelas moças maquiadas prontas para mais uma noitada
- para a qual não saíam antes que terminasse o capítulo do dia.
Ela não gostava que seu menino ouvisse o que tinha para contar
e jamais permitia que abrisse uma das gavetas de sua mala importada.

Ele nunca sabia por onde andava sua mãe,
exceto quando numa conversa, alguém perguntava à Madame
o paradeiro atual da cantora tresloucada.
Podia ser Marília, Bauru, Itu, Porto Feliz, Salto,
Buenos Aires, Rio de Janeiro.
Estava sempre cantando num cabaré, bailando num dancing,
dormindo em pensões, hotéis e espeluncas em geral,
viajando em busca de trabalho - ela e sua mala de gavetas.
Ela tinha que dar duro. No fundo, ele sabia disso,
mas era difícil perdoar o que lhe parecia descaso e abandono.
Ele não perdoava porque ela ria escandalosamente com os outros,
mas entre os dois era sempre silêncio e sisudez.
Aos dez, ele começou a fumar e ela não percebeu.

Por muitos anos, continuou sendo assim.
Num quarto alugado na Lapa, num apartamento em Copacabana:
ele ficava sozinho e ela chegava e partia,
carregando consigo sua mala de gavetas.
Com o tempo, ela deixou de trazer presentes.
Com o tempo, ele não tinha o menor interesse
em saber por onde ela andava.
E quando chegou a vez dele ir embora e não dar satisfação,
saiu de casa sem mala nem gavetas,
com o que cabia nos bolsos - e olhe lá!

Ela esperou um pouco, mas não podia esperar para sempre.
A vida dizia que era quase tarde e não podia perder mais tempo.
No passo da marcha do caracol, ela partiu pela última vez.

E quando ele voltou, aí sim era tarde demais.
Para ela, para ele, para os dois.
O porteiro do prédio só sabia dizer que ela não estava mais lá.
Porém, deixara algumas coisas, uns móveis, uns objetos.
Ele pediu para ver. Que surpresa! A encontrou pela última vez...
Não ela, sua mãe; mas ela, a mala de gavetas.
Finalmente pôde abri-las, uma a uma. Abriu, fechou.
"O senhor pode ganhar um bom dinheiro vendendo essa mala.",
disse ao porteiro, "Fique com ela.".
E saiu, também pela última vez, sem mala nem gavetas,
sem presentes, sem amor de mãe, sem mãe.

Quando viajo até ele, dois terços de um dia dentro de um ônibus,
também carrego comigo a minha própria mala de gavetas,
levando umas canções que lhe fazem sorrir
e outras que lhe fazem chorar. Através das canções, falo dela.
Ele nunca sabe por onde ando e dorme num quartinho sem janelas,
cuja porta dá para o corredor estreito do cortiço onde mora.
Em seus dias bons, ele me conta que em 1937,
ela tinha uma máquina Singer e costurava para fora.
Eram só os dois naquele tempo.
Na primeira vez em que ela o abandonou, ele chorou a madrugada inteira.
Ela ainda não tinha a mala de gavetas e vendeu a máquina de costura.
Na primeira vez em que eu o abandonei, chorei madrugadas inteiras.
Meu coração ainda chora toda vez que vou embora,
dois terços de um dia dentro de um ônibus,
morrendo um pouco a cada quilômetro que ele fica para trás,
com medo que seja pela última vez.

A sina dele é estar sempre à espera de alguém
que chega e parte com uma mala de gavetas,
sem dar muitas explicações.
A minha sina é chegar e partir,
dois terços de um dia dentro de um ônibus,
tentando impedir que, por um desatino, ele morra sozinho,
tentando permitir que dessa vez, finalmente,
ele abra as gavetas e encontre o que é seu:
não mais presentes e canções,
mas, antes que seja tarde,
o amor de sua mãe.

O SANTUÁRIO DE LORNA LOVE

Esfinge,
pelos teus caminhos obscuros,
te persigo.
Alada, voas,
e quero te alcançar correndo descalço pelo chão de pedras.
Às vezes, de areia.
Às vezes, pela água.
Em outras, apenas pretendo dormir no teu ninho de pregos,
cacos de vidro,
entre as serpentes,
esperando que ao acordar, me depare contigo,
amante dos suplícios,
das torturas,
da fome.
Sangue escorrendo do teu corpo de mulher.
Sangue babado da tua boca de vampira.
Criatura noturna,
deusa de trottoir e emoções baratas.
Foges de mim.
Te chamo,
não respondes.
Chamo o filho
- o filho da Esfinge de Copacabana,
teu filho -
e me arrebata o tabuleiro de xadrez.
Triângulo. Trindade. Três.
A Mãe, o Filho
e Eu.

Esfinge,
nossa história não acabou.
Ainda vou te decifrar,
antes que acabe o teu jejum e me devores.

Tuas cobras não vão me petrificar.

GRILL ROOM TABÚ, LARGO DO PAISSANDÚ

Não deves brincar com os cacos
dos tangos que Nelly Bijou quebrou,
brejeira.
Podem te ferir
quando as coxas dela crescerem à tua vista,
refletidas no cristal.
Sempre há quem corte os pulsos
por ela;
não coronéis,
mas umas infelizes
que frequentam essas noites
sem vender o corpo a ninguém:
querem comprar os prazeres
de Nelly Bijou,
disputá-la com os homens,
querem morrer
quando a veem sair,
provocante,
rica,
até a noite seguinte,
quando volta também Lolita Ruamor, incêndio,
fumaça.
Não deves acender os teus cigarros
nas fagulhas da rumba
da vedete espanhola,
traiçoeira.
Quem pode ler as letras miúdas
dos contratos de Lolita Ruamor?
Quem pode desviar o olhar
das tetas diamantes,
brilhantes,
de Theda Diamant?
Sempre há uma sambista
nas madrugadas do Grill Room,
trejeitos demais,
sobrancelhas de decaída.
Não deves cair em seu samba,
perigoso, subversivo,
malandro.
Cantam sereias malignas
- Uyara de Goiás? -

Os que se perdem no sonho
do palco colorido
desconhecem as perversões
das artistas,
não sabem dos feitiços
de paixão desesperada
da Anã Lili,
não imaginam os diabinhos
presos nas garrafas
guardadas nas gavetas das penteadeiras
nos camarins de cada uma das estrelas
que se despedem na alva,
luciferianas.
Os que se perdem na ilusão
da ribalta
esquecem
o que a fachada alerta:
tudo aqui é
tabu.